Doriana del Gallo

Prinzessin Fantaghirò

Die Grotte der Goldenen Rose

Aus dem Italienischen
von Dorothee Haentjes

vgs

Das Buch »Prinzessin Fantaghirò. Die Grotte der Goldenen Rose« entstand nach der Fernsehserie »Prinzessin Fantaghirò«, ausgestrahlt bei SAT.1

Die Geschichten dieses Buches basieren auf Drehbüchern von Gianni Romoli

Die Deutsche Bibliothek – CIP-Einheitsaufnahme

Laudan, Dorothy:
Prinzessin Fantaghirò : die Grotte der goldenen Rose /
Doriana DelGallo. Aus dem Ital. von Dorothee Haentjes. –
Köln: Vgs-Verl.-Ges., 1995
ISBN 3-8025-2363-6
Vw: DelGallo, Doriana [Pseud.] – Laudan, Dorothy

4. Auflage 1996

Lektorat: Katharina Tilemann
Umschlaggestaltung: Papen Werbeagentur, Köln
Satz: Typo Forum Gröger, Singhofen
Druck: Clausen & Bosse, Leck
Printed in Germany
ISBN 3-8025-2363-6

Prinzessin Fantaghirò

Die Grotte der Goldenen Rose

Inhalt

I

Die Grotte der Goldenen Rose

II

Das Reich der Schwarzen Königin

Die Grotte
der
Goldenen Rose

Wie Fantaghirò geboren wurde

Es war einmal an einem nebelverhangenen Sommermorgen, an dem das ganze Königreich noch in tiefem Schlaf zu liegen schien. Kein Vogelzwitschern, kein menschlicher Laut durchbrach die friedliche Stille des Waldes.

Da ertönte plötzlich von ferne dumpfes Donnergrollen. Es klang wie schneller Hufschlag und das metallische Klirren aneinanderschlagender Rüstungen. Das Geräusch kam schnell näher und schwoll schließlich zu einem wilden Wirbel aus Pferdegetrappel, rasselndem Eisen und heiseren Rufen an. Es waren die Truppen des Königs, die auf ihren Streitrossen durch den stillen Wald preschten. Kampflustig trieben sie ihre Pferde auf die Grenze zum benachbarten Königreich zu, die genau hier durch den Wald verlief.

Denn es herrschte Krieg, schon seit vielen Jahren. Ja, sogar schon seit so vielen Jahren, daß niemand mehr wußte, worum es eigentlich ging.

Niemand wußte es mehr? Nun, zumindest die Soldaten wußten es nicht. Aber auch der König konnte sich nicht mehr an den genauen Grund des Streits mit dem Nachbarkönig erinnern. Doch er war sich sicher, daß wenigstens sein General und oberster Kriegsmeister die Zusammenhänge kannte. Und der würde ihn schon informieren, wenn der Zeitpunkt gekommen wäre, um Frieden zu schließen.

Frieden, überlegte der König, der ein wenig abseits auf seinem prächtigen Roß saß und den Kampf beobachtete.

Frieden, dachte er, dieses Wort habe ich schon lange nicht mehr aus dem Munde meiner Untertanen gehört. Ich bin sicher, die Jüngeren unter ihnen kennen dieses Wort gar nicht. Sorgenvoll strich er über seinen Bart, der bereits von ein paar silbernen Strähnen durchzogen wurde.

In diesem Moment trat einer seiner Diener, der sich im Schutze der Bäume bis zu ihm durchgeschlagen hatte, an ihn heran.

»Herr«, flüsterte er vorsichtig, »Herr, es ist soweit. Ihr sollt nach Hause kommen.«

Der König wandte ihm den Kopf zu. Seine Augen, die eben noch bedrückt auf das Schlachtfeld geblickt hatten, leuchteten nun hoffnungsvoll. »Wirklich?« fragte er unsicher.

Der Bedienstete nickte. »Ja, Herr. Der Thronfolger schickt sich an, das Licht der Welt und die Herrlichkeit Eures Hofes zu erblicken.« Er machte eine leichte Verbeugung.

»Wohlan«, sagte der König daraufhin mit fester Stimme und warf einen letzten prüfenden Blick auf den Kampf, »ich komme. Trefft Ihr derweil die Vorbereitungen, um die Boten mit der Nachricht von der Geburt des Thronfolgers auszusenden.« Er rückte seinen mit Edelsteinen besetzten Helm gerade. Dann wendete er sein Pferd und trieb es eilig an.

Als sich der König dem Schloß mit seinen unzähligen Zinnen und Türmen näherte, war die Sonne bereits aufgegangen und das ganze Land zu neuem Leben erwacht. Vor dem Schloß standen die Fuhrwerke der Bauern, die im Innenhof ihre Waren anboten; auf den Wiesen weideten Hirtenjungen ihre Kühe und Schafherden, und von Zeit zu Zeit trieb ein junges Mädchen eine heftig schnatternde Gänseschar wieder zusammen.

Wenn es doch überall in meinem Lande so friedlich zuginge, dachte der König und seufzte sorgenvoll.

Sobald die Wachen erkannten, daß es ihr Herrscher war, der im Galopp auf das Schloß zuritt, öffneten sie eilig das Haupttor zum Innenhof. Hier hatten die Bauern ihre Waren in großen Körben ausgebreitet. Aus der ganzen Umgebung kam das Volk herbei, um einzukaufen. Wie immer hatten sich neben den Händlern auch die Gaukler und allerlei fahrendes Volk eingefunden. Doch an diesem Tag nahm der König das bunte Treiben nicht wahr. Statt dessen ritt er weiter voran, auf die Brücke, die den Hof mit dem Schloß verband, und verschwand mitsamt seinem Pferd durch das prächtige Eingangstor.

»Wo ist mein Sohn?« rief er und ritt durch die Empfangshalle direkt in den Thronsaal. »Ich will ihn endlich sehen. Dies ist der Tag, auf den ich seit zehn Jahren warte.«

Sogleich liefen eine Reihe Knappen und Diener auf den Herrscher zu, um ihm beim Absteigen von seinem Pferd und dem Ablegen der Rüstung behilflich zu sein. Mit ihnen trat auch der Schreiber an den König heran. Er war ein älterer Mann, dessen weißer Spitzbart einen eigentümlichen Kontrast zu seiner schwarzen Kleidung und der dunklen Kopfbedeckung, die er trug, bildete.

»Majestät, die Geburt eines jungen Königs ist kein Kinderspiel. Wir werden uns noch einen Moment gedulden müssen«, flüsterte er, und sein Spitzbart wippte im Takt seiner Worte. »Aber um uns die Zeit ein wenig zu verkürzen, wollen wir in der Zwischenzeit die Wahrsager befragen.«

»Das ist eine gute Idee«, antwortete der König und ließ sich von einigen Dienern seinen Mantel aus Goldbrokat um die Schultern legen. Dann klatschte er dreimal kurz in die Hände, während er sich auf seinem Thron niederließ. »Die Wahrsager mögen kommen.«

Nur wenige Augenblicke später erschienen drei Männer

im Thronsaal. Aus ihren faltenreichen orientalischen Gewändern hingen viele kleine Beutel und Schnüre, an deren Enden seltsame, aus Eisen oder Knochen geformte Anhänger baumelten. Auf ihren Köpfen trugen sie Turbane und Kappen, die mit Goldstickerei verziert waren. Die Männer verneigten sich mehrmals ehrerbietig vor dem König, doch dabei kicherten sie unaufhörlich und stießen sich untereinander heimlich in die Rippen.

Der König seufzte. Hätte sein General ihm nicht schon so oft versichert, daß diese drei Männer Wahrsager waren, hätte er sie viel eher für die neuen Hofnarren gehalten.

Die drei nestelten aufgeregt an einem der kleinen Beutel herum, den einer von ihnen am Gürtel trug. Schließlich hielten sie drei kleine schwarze Steine in den Händen.

»Das Steinorakel«, verkündete einer der Wahrsager, ein ziemlich dicker Mann. »Wollen sehen, was es uns zu sagen hat.« Er warf die Steine in einem kunstvollen Bogen in die Höhe, verfolgte ihren Flug mit den Augen und betrachtete schließlich die Form, in der sie auf dem Boden liegenblieben. »Kein Zweifel«, sagte er dann und bemühte sich, ein Kichern zu unterdrücken. »Es wird ein Junge.«

Der König runzelte die Augenbrauen und sah den dicken Wahrsager an. »Du weißt, was dich erwartet, wenn du gelogen hast?« Ohne die Antwort des Magiers abzuwarten, vollführte er mit seiner Handkante einen Querstrich an seiner Gurgel entlang.

»Schnell das Flammenorakel«, warf in diesem Moment der zweite Wahrsager, der im Unterschied zu seinem Kollegen ausgesprochen dünn war, ein und schob den dritten Magier nach vorne. »Die Flammen lügen nie.«

Im gleichen Moment blies der dritte Wahrsager aus seinen vollen Backen auch schon eine riesige Stichflamme hervor. Er wartete einen Moment, dann blies er noch eine Flamme, die noch größer und farbenprächtiger als die erste war.

Der König wich erschrocken zurück. »Was bedeutet sie?« wollte er wissen und sah den Feuerschlucker fragend an.

»Majestät, er ist stumm«, antwortete der dicke Wahrsager nun an dessen Stelle. »Die Flammen haben ihm die Zunge verbrannt. Aber seid beruhigt, es wird ein Junge, nicht wahr?« wandte er sich an seinen Kollegen, und der nickte, ein bißchen zu eifrig.

»Nun fehlt nur noch das Schlangenorakel«, warf der dünne Wahrsager ein. »Wir wollen sehen, was die Schlangen uns zu sagen haben.«

Doch bevor der dünne Wahrsager den Beutel mit den Tieren öffnen konnte, brachte die Hofdame zwei kleine Mädchen zu dem Thron. Die beiden hielten verschüchtert die Köpfe gesenkt und wagten kaum, den mächtigen König anzusehen.

»Oh, meine Töchter!« rief der König überrascht. »Katharina ...«, er streichelte über den Kopf des dunkelhaarigen Mädchens, dann strich seine Hand über die blonden Locken des anderen Kindes, »... und Carolina! Nun seht gut zu. Die Schlangen werden uns die Geburt des Thronfolgers voraussagen, eures Bruders und zukünftigen Königs, dem ihr gehorchen müßt.«

Bei diesen Worten wandte er seinen Blick auf die Schlangen, die sich in ganz ungewöhnlichen Formen und Linien auf dem Boden ringelten.

Der dicke Wahrsager erhob sich jetzt aus seiner gebückten Haltung und richtete sich vor dem König auf. »Die Schlangen ...«, begann er und stieß seine Kollegen hinterrücks wieder heimlich an, »die Schlangen weissagen einen Erben, der Eurer und Eures Reiches würdig ist.« Jetzt grinsten alle drei Wahrsager, während es aus ihren Augen listig blitzte.

»Also ein Junge«, schloß der König, der die Grimassen

der Männer offenbar nicht bemerkt hatte, erfreut und lächelte seine Töchter an. »Ich hab's doch gewußt. Der Sieger des langen Krieges und der König, der meinem Land endlich den Frieden bringen wird, wird euer Bruder ...«

»Eure Schwester sein!« unterbrach ihn in diesem Moment eine Stimme, die die ganze Thronhalle erfüllte.

Die Augen aller Anwesenden richteten sich erschrocken in die Höhe, wo jetzt über der steineren Brüstung eine weiße Gestalt erschien.

»Die Weiße Hexe!« entfuhr es dem König.

»Ich will Euch die Wahrheit sagen, Majestät. Welchen Sinn sollte die Lüge haben?« fuhr die weiße Frau fort, während sie die Stufen in den Saal herabschritt. »Das Kind, das in diesem Moment geboren wird, ist ein Mädchen. Und Ihr müßt es genauso lieben wie Eure beiden älteren Töchter.« Bei diesen Worten warf sie den beiden verschüchterten Mädchen einen freundlichen Blick zu.

Die Augen des Königs verdunkelten sich jedoch, und seine Stirn verzog sich in ärgerliche Falten. »Lügnerin!« schrie er und sprang von seinem Thron auf. »Verschwinde, los, geh mir aus den Augen. Ich will dich hier nicht sehen. Du bringst mir Unheil! Wie du es schon immer getan hast, so auch jetzt, im schönsten Moment meines Lebens, wo ich endlich meinen Nachfolger in die Arme schließen werde.«

Der König hatte kaum geendet, da öffnete sich fast geräuschlos die Tür, die in die Schlafgemächer der Königin führte. Gesenkten Kopfes trat eine Amme ein, in ihren Armen hielt sie, in Windeln und Tücher gewickelt, das neugeborene Kind. Im Saal machte sich Stille breit. Schweigend durchquerte die Frau den Raum und blieb vor dem Thron stehen. »Majestät«, flüsterte sie jetzt mit kaum hörbarer Stimme. »Dies ist Euer Kind.«

Der König stürmte freudestrahlend auf die Kinderfrau zu. Einen Moment zögerte er, dann schlug er vorsichtig die

Windel zurück ... und erstarrte. »Es ist ... es ist ein Mädchen«, flüsterte er fassungslos. Die Amme nickte und wagte nicht, ihren Herrn anzusehen. Da fuhr der König herum. Sein Gesicht war vor Zorn gerötet. »Das ist dein Werk«, schrie er die Weiße Hexe an. »Du bist schuld! Du hast die guten Orakel zunichte gemacht. General! Wo ist der General? Los, verhaftet sie!«

»Wache!« rief jetzt auch der General mit schneidender Stimme. »Worauf wartet ihr noch?«

Sofort umzingelten die Wachen die Weiße Frau und hielten ihre Speerspitzen drohend auf sie gerichtet.

Aber die Weiße Hexe lächelte den König noch einmal freundlich an. »Viel zu oft schon haben Eure Wahrsager Euch betrogen. Ich kann es nicht, denn ich habe Mitleid mit Euch und Eurem Volk. Und obwohl das Kind kein Sohn ist«, bei diesen Worten warf sie den Wahrsagern einen herablassenden Blick zu, »werde ich dafür sorgen, daß sich das Schlangenorakel letztlich erfüllen wird.«

Das Gesicht des Königs war vor Ärger inzwischen tiefrot. »Widerliche Hexe«, stieß er zwischen den Zähnen hervor. »Ergreift sie endlich!«

Doch in diesem Moment begann sich die weiße Gestalt zu drehen, erst langsam, dann schneller und immer schneller, bis man nur noch einen weißen Wirbel sah. Und dann war sie plötzlich verschwunden. An ihrer Stelle saß jetzt eine kleine weiße Maus auf dem Boden. Sie stellte sich auf ihre Hinterbeine und ließ die Barthaare witternd zittern. Dann lief sie los.

»Versiegelt die Tore! Sie darf nicht entkommen!« Der General hatte sich als erster von seiner Überraschung erholt. Doch schon war die Schwanzspitze der Maus in einer Ritze der mächtigen Holztür verschwunden.

»Die Katzen! Los, die Katzen!« rief nun der König, und sogleich wurde ein Korb geöffnet, aus dem eine Schar von

Katzen sprang, die begierig die Fährte der Maus aufnahmen.

Es begann eine wilde Jagd durch alle Zimmer und Flure des Schlosses – die Maus vorneweg, dahinter die Katzen und dazwischen die Wachen in ihren schwerfälligen Rüstungen. Doch immer, wenn sie die Maus zu erhaschen versuchten, stolperten die Männer über ihre schweren Eisenschuhe, so daß es bald ein heilloses Durcheinander gab, weil der nächste Wachmann schon wieder über seinen Vorgänger fiel. So kam es, daß die Katzen schließlich als einzige Verfolger übrigblieben.

Die Flucht der Maus endete vor einer Wand, in der auch nicht das kleinste Loch, nicht der schmalste Ritz zu entdekken war. Hilflos rannte sie hin und her. Die Katzen bauten sich vor ihr auf, um noch ein wenig Spaß an dem grausamen Spiel zu finden, bevor sie die Maus töteten.

Da richtete sich die Weiße Hexe plötzlich wieder zu ihrer menschlichen Gestalt auf. »Schämt euch«, rief sie den Katzen zu und verpaßte ihnen einen heftigen Fußtritt. »Alle gegen einen? Ist das ein fairer Kampf?« Dann raffte sie ihre weißen Röcke zusammen und schritt erhobenen Hauptes durch den von Kerzen erleuchteten Gang davon.

In der Zwischenzeit betrat der König die Schlafgemächer seiner Frau. Bevor er an das Bett herantrat, nahm er die Hebamme beiseite. »Wie geht es der Königin?« fragte er sie.

Die Hebamme schüttelte betrübt den Kopf. »Es geht ihr nicht gut. Die Geburt war sehr anstrengend, und ich fürchte ... ich fürchte, ihr bleibt nicht mehr viel Zeit.«

Als der König das hörte, wurden seine Augen noch dunkler. Dann ging er zum Bett seiner Gemahlin hinüber.

Die Königin lag blaß und erschöpft auf den seidenen Kissen. Als sie ihren Gatten erblickte, hob sie ein wenig den Kopf. Aber der König drückte ihn vorsichtig wieder zurück. »Psst, meine Liebe«, sagte er sanft, »nicht sprechen. Das strengt dich zu sehr an. Warte, bis du wieder bei Kräften bist.«

Aber die Königin schüttelte kaum merklich den Kopf. Dann erhob sie ihre matte Stimme: »Ich werde nie wieder zu Kräften kommen, denn ich fühle, wie sie mir von Minute zu Minute mehr schwinden. Aber sag mir eins, mein Herrscher, damit ich wenigstens beruhigt sterben kann: Gefällt dir dein Thronfolger? Wie sieht er aus? Ist er gut gewachsen?«

Der König betrachtete seine Frau einen Augenblick schweigend. Wie sollte er ihr sagen, daß sein Traum nicht in Erfüllung gegangen war, daß auch das dritte Kind ein Mädchen war? So enttäuscht er zwar war, daß er noch immer keinen Thronfolger hatte, überfiel ihn doch genausoviel Mitleid mit der sterbenden Königin.

»Er ist wunderbar geraten«, sagte er schließlich und bemühte sich, seine Stimme genauso fest wie sonst klingen zu lassen. »Von dir hat er die ebenmäßige Gestalt und die Anmut, und von mir hat er ...«, er zögerte einen Augenblick, »von mir hat er die Kraft und den Willen.«

Die Königin seufzte erleichtert. »So ist es mir doch noch gelungen, dich glücklich zu machen. Wenn ich es auch mit dem Tod bezahlen muß.« Sie schloß die Augen und ließ den Kopf ermattet auf die Seite rollen. Ein Lächeln glitt über ihr blasses Gesicht. »Du hingegen wirst durch die Geburt deines Nachkömmlings weiterleben. Leb wohl, mein König.« Sie atmete noch ein paarmal tief, dann entspannten sich ihre Züge.

Der König wich erschrocken zurück. »Nein«, sagte er fassungslos, »das ist nicht möglich.« Er legte seine Hand auf ihre stille Brust. »Sie ist tot. Sie ist tot!« Er schrie jetzt so laut, daß es jeder im Schloß hören konnte. Dann erhob er sich, und seine Augen fixierten einen Punkt an der Wand.

»Das Kind«, stammelte er atemlos. »Sie ist durch das Kind gestorben. Durch das Mädchen!« Entschlossen warf er seinen Brokatmantel über die Schulter. Sein Gesicht zeigte tiefen Grimm. »Wer die Königin umbringt, darf selbst nicht weiterleben.« Und mit diesen Worten verließ er die Gemächer seiner Frau, in die schon die Klageweiber eindrangen, um sich am Bett der Verstorbenen niederzuwerfen.

In einem Seitentrakt des Schlosses hatte die Amme das neugeborene Baby soeben der ältesten Tochter Katharina in die Arme gelegt. »Sieh dir dein Schwesterchen genau an«, sagte sie freundlich. »Sie ist noch sehr klein, und wir alle müssen gut auf sie aufpassen.«

Prinzessin Katharina nickte eifrig und ernsthaft. »Ja, das werden wir tun. Findest du sie nicht auch niedlich, Carolina?«

Prinzessin Carolina schüttelte abwägend den Kopf. »Niedlich ist sie schon. Aber ich glaube, ich war ein bißchen hübscher.«

Da wurden auf einmal die Türflügel aufgestoßen. Ohne ein Wort zu sagen, stürmte der König ins Zimmer und riß Katharina das Kind aus dem Arm.

Die beiden Mädchen schrien erschrocken auf. So dunkel hatten sie die Augen ihres Vaters noch nie zuvor gesehen.

»Mein Schwert«, kommandierte der König mit donnernder Stimme, während er, das Kind in seinen Armen, zurück in den Thronsaal lief.

Die Prinzessinnen klammerten sich vor Angst weinend an das Kleid ihrer Amme und verbargen die Köpfe. Doch schon kurze Zeit darauf drang aus der Empfangshalle Hufschlag – der König verließ das Schloß.

»Wo bringt Vater unsere Schwester denn hin?« Prinzessin Katharina löste als erste vorsichtig ihre Finger aus dem Kleid der Kinderfrau. Doch ihre Stimme zitterte noch immer.

Die Amme barg die Kinder fest in ihren Armen. »Wenn alles wahr ist, was man sich von der Grotte der Goldenen Rose erzählt, so wird er sie dorthin bringen«, antwortete sie dumpf.

Es schien, als sei mit dem Tod der Königin plötzlich die Nacht hereingebrochen. Der Himmel hatte sich verfinstert, und über das Land peitschten heulend gewaltige Sturmböen. Von Zeit zu Zeit grollte Donner; Blitze erhellten für Augenblicke den gespenstischen Anblick geteilter Bäume und aus der Erde ragender Wurzeln.

Der König ritt so schnell er konnte durch das Unwetter. Sein Pferd setzte über umgestürzte Bäume und durch reißende Bäche, bis hin zu der Stelle, wo sich am Fuße eines gewaltigen Berges der Eingang einer Höhle auftat. Nur wenige Meter drang das Tageslicht in sie hinein. Dieser Eingang zur Grotte hätte ebensogut der Vorhof zu einem finsteren Reich sein können, wenn nicht gar die Grenze zur Unterwelt.

Hier stieg der König vom Pferd, das Bündel mit dem Kind immer noch im Arm. »Böse Geister«, rief er nun gegen den Donner und das Heulen des Windes an, »böse Geister haben die Geburt meines Thronfolgers vereitelt. Statt eines Sohnes haben sie mir eine weitere Tochter angehext. Doch nicht genug damit, nein! Sie haben mir auch noch meine über alles geliebte Königin genommen.« Ein Blitz erhellte den Himmel, so daß ein Schauder den König durchzuckte. Dann fuhr er fort. »Was soll ich mit diesem Kinde? Nehmt es zurück, ihr bösen Mächte! Es bringt mir Unheil!« Mit diesen Worten legte er das schreiende Bündel auf einen der Opfersteine, die vor dem Eingang der Höhle standen. »Hier, am Eingang der Grotte der Goldenen Rose, soll seiner schmachvollen Existenz ein Ende bereitet werden. Ich opfere dieses Kind dem Heiligen Tier, damit die bösen Mächte endlich von mir ablassen.« Er zückte sein Schwert und hielt es über das Neugeborene.

Da hörte das Baby plötzlich auf zu weinen und sah seinen Vater aus großen Augen an.

Der König hielt sein Schwert weiterhin erhoben, doch er spürte, wie durch den Blick des Kindes seine Kraft nachließ und seine Hand immer schwächer wurde. »Wenn ihr das Opfer allerdings nicht annehmen wollt, ihr bösen Mächte«, fügte er daher unsicher hinzu, »dann gebt mir ein Zeichen. Aber bitte schnell«, denn sein Arm begann nun bedenklich zu schwanken.

Unbemerkt ließ sich eine weiße Taube auf dem Felsen hinter dem König nieder. Sie gurrte ein wenig und plusterte ihr Gefieder auf. Dann drehte sie sich ein paarmal im Kreis – und wie durch Zauber stand auf einmal die Weiße Hexe dort. Ohne daß der König sie bemerkte, hob sie die Hände in die Höhe und sammelte darin alle ihr zur Verfügung stehende Zauberkräfte.

Der König seufzte. »Also gut, ihr bösen Mächte, ihr wollt sie tatsächlich haben. Ich beuge mich eurem Willen.« Und er holte mit dem Schwert zu einem mächtigen Schlag aus.

Doch jetzt sandte die Weiße Hexe hinter ihm die gesammelte Kraft aus, und ein mächtiger Blitz entwich ihren Fingerspitzen. Er zitterte, leuchtete blendend hell und glitt gleißend auf das Schwert des Königs zu. Genau in dem Augenblick, als dieser das Schwert auf seine Tochter herabfahren lassen wollte, traf der Blitz die Klinge der Waffe, schlug sie mitten entzwei und entriß dem grausamen Vater den mit Edelsteinen besetzten Griff.

Auch der König wurde von der Kraft des Blitzes getroffen und gegen einen Felsen geworfen. Um seine Augen vor der unnatürlichen Helligkeit, die der Blitz verbreitete, zu schützen, hielt er seine Hände vor das Gesicht. Ein ungeheurer Donner, als wollte die Erde sich auftun, folgte dem Licht. Dann war alles wieder still.

Der König richtete sich langsam auf. Es dauerte einen Moment, bis er wieder sehen konnte, doch dann lief er eilig zu dem Opferstein hinüber, auf dem das Kind nach diesem Schauspiel der Naturgewalten laut schrie. Doch es war unversehrt geblieben.

»Meine Tochter«, begann der König. Seine Stimme zitterte, doch er selbst hätte nicht sagen können, ob vor Schrecken oder vor Rührung und Liebe zu seiner Tochter. »Die bösen Geister, vielleicht aber auch die guten Götter, wollen, daß du lebst. Ja, du sollst leben, und dein Vater wird dich über alles lieben! Bitte verzeih mir die schreckliche Tat, die ich an dir vollziehen wollte. Ich wußte vor Verzweiflung nicht ein noch aus. Aber ab heute soll niemand in meinem Reich mehr das gräßliche Tier und die Höhle auch nur erwähnen. Ich werde es höchstköniglich verbieten lassen.« Er nahm das noch immer leise weinende Kind auf den Arm und beruhigte es. In seinen Augen standen Tränen. »Komm, meine Tochter, wir wollen zum Schloß zurückkehren. Deine Schwestern warten, und mein Volk wartet. Und wir wollen dir einen Namen geben. Einen Namen, an dem jeder erkennen kann, was für ein außergewöhnliches Kind du bist.«

Wie Fantaghirò aufwuchs

Die Jahre zogen ins Land, und noch immer hatte der König keinen Frieden mit seinem Nachbarn schließen können. Im Gegenteil, er war schon wieder seit Wochen unterwegs, um bei den schweren Schlachten, die zur Zeit ausgetragen wurden, höchstselbst anwesend zu sein.

An diesem Morgen lief die Kinderfrau, mit einer Hand ihren Spitzhut festhaltend, aufgeregt den Wehrgang des Schlosses entlang. »Fantaghirò! Fantaghirò! Wo versteckt sich dieses Mädchen nur schon wieder?« Seit Fantaghirò, die jüngste Tochter des Königs, laufen gelernt hatte, tat die Kinderfrau fast nichts anderes mehr, als dem Kind hinterherzurennen. So wie sie sich bei den beiden älteren Prinzessinnen Katharina und Carolina darauf verlassen konnte, daß sie friedlich miteinander spielten und ihre Puppen an- und auszogen, konnte sie sich ebenso darauf verlassen, daß Fantaghirò irgendeinen Unfug ausheckte – vor allem, wenn das Mädchen wie jetzt wie vom Erdboden verschluckt schien.

Hier oben, vom Wehrgang aus, hatte man den besten Ausblick über alle Höfe und Gärten im Schloß. Und irgendwo dort, im Gestrüpp oder auf den Bäumen, trieb sich die jüngste Prinzessin bestimmt gerade herum.

Plötzlich vernahm die Kinderfrau das aufgeregte Schreien von drei Kinderstimmen, die sie alle sehr gut kannte. Sie blieb stehen und beugte sich über die Brüstung. Tatsächlich standen direkt unter ihr die Prinzessinnen

Katharina, Carolina und Fantaghirò, zum Erstaunen der Kinderfrau alle zusammen. Katharina und Carolina drückten ihre Puppen fest an sich, während Fantaghirò eine Steinschleuder in der Hand hielt. Ihre dunklen Augen blitzten schalkhaft.

»Du hast unsere Puppen beschossen!« warf Katharina ihrer Schwester vor.

»Und dabei ihre Kleider kaputtgemacht«, fügte die blonde Carolina hinzu.

»Na und? So ist das eben, wenn Krieg ist«, antwortete Fantaghirò und warf trotzig ihre dunkelbraunen Locken über die Schulter. »Ihr könnt ja Vater fragen.«

»Fantaghirò!« Eilig lief die Kinderfrau mit aufgerafften Röcken die Treppe hinunter. »Streitest du schon wieder mit deinen Schwestern?« fragte sie mit sanftem Tadel.

Fantaghirò schüttelte energisch den Kopf. »Nein, tue ich nicht. Sie streiten mit *mir*«, antwortete sie.

»Aber Kinder«, sagte die Amme und nahm alle drei Mädchen gleichzeitig in ihre Arme. »Wer wird denn heute streiten? Heute ist doch euer Vater, unser Herrscher und König, aus dem Krieg heimgekommen. Kommt mit, er möchte euch sehen!«

Der Thronsaal war zur Ankunft des Königs prächtig geschmückt worden. Aber der König selbst schien die Freude, die an seinem Hof über seine Rückkehr herrschte, gar nicht zu genießen. Statt dessen saß er erschöpft und traurig auf seinem Thron. Er hatte so sehr gehofft, den Krieg endlich beenden zu können, und nun hatte er nach langen Wochen im Feld doch wieder unverrichteter Dinge nach Hause reiten müssen.

Jetzt wurden seine Töchter zu ihm gebracht. Doch als der König auch nur von weitem ihre Gesichter sah, wußte er, daß er von ihnen auch keine Aufmunterung zu erwarten hatte: Katharinas Gesicht spiegelte hellste Empörung wider, Carolina war in Tränen aufgelöst, und Fantaghirò blickte finster wie ein wilder Krieger.

Der Blick des Königs fiel auf die rechte Hand seiner jüngsten Tochter. »Fantaghirò, was hast du da?« wollte er wissen. »Gib es mir«, sagte er und entwand ihren kleinen Fingern die Steinschleuder.

Wie bin ich des Krieges müde, dachte der König bei sich, während er die Schleuder von allen Seiten betrachtete. Und nun finde ich auch noch in meinem eigenen Haus ein solch unfriedliches Gerät. »Du hast diese Schleuder doch nicht etwa selbst gemacht?« fragte er seine Tochter. »Also sprich! Wer hat sie dir gegeben?«

»Doch«, antwortete Fantaghirò. »Die habe ich selbst gemacht. Und wenn Ihr sie mir nicht wiedergeben wollt, mache ich mir eben eine neue.« Zur Unterstützung ihrer Worte stampfte die Prinzessin mit dem Fuß auf.

Der König zog erstaunt die Augenbrauen hoch. »Spricht man so mit seinem Vater – oder etwa gar mit dem König?« Seine Stimme nahm einen drohenden Ton an, und der gesamte anwesende Hofstaat zog die Köpfe ein, aus Furcht, er könne wegen des frechen Betragens seiner Tochter wütend werden.

»Wenn es Euch nicht paßt, braucht Ihr ja nicht zuzuhören«, gab Fantaghirò patzig zurück.

»Jetzt ist es aber genug!« donnerte der König und sprang von seinem Thron auf. Wenn er so stand, war er eine wirklich mächtige Erscheinung, die allen Anwesenden Angst und Respekt einflößte. »Du bittest mich jetzt sofort um Verzeihung!« rief er und drohte Fantaghirò mit dem Finger.

Carolinas Tränen flossen bei diesem Ausbruch ihres Vaters noch heftiger, und auch Katharina begann aus Furcht leise zu weinen.

Nur Fantaghirò blieb störrisch. »Das tue ich nicht«, rief

sie empört. »Erst müßt Ihr Euch bei Carolina und Katharina entschuldigen, weil Ihr sie schon wieder zum Weinen gebracht habt!«

Der König blickte fassungslos um sich. Soviel Frechheit war ihm selten begegnet. »Los«, wandte er sich ein wenig ratlos an seine Diener, »ergreift sie. Und dann, äh, dann laßt sie in den Brunnen herab. Da kann sie über ihre Ungezogenheit nachdenken.« Kopfschüttelnd wandte er sich ab und hörte nicht darauf, daß Katharina und Carolina jetzt um Gnade für ihre Schwester zu flehen begannen. Denn wenn sie auch oft genug von Fantaghirò geärgert wurden, letztlich liebten sie ihre kleine Schwester doch. Und die Vorstellung, in einem dunklen Brunnen versenkt zu werden, auch wenn das Wasser bis auf eine kleine Pfütze versiegt war, erfüllte sie mit Schrecken und Ekel.

Zwei Hofdiener ergriffen nun Fantaghirò. Doch obwohl sie noch ziemlich klein war, war es alles andere als leicht, sie hinauszubefördern. Sie wehrte sich so heftig, daß die hohen Wände des Thronsaal von ihren empörten Schreien widerhallten: »Das macht mir gar nichts aus! Ich hab keine Angst in dem dunklen Brunnen. Es stört mich überhaupt nicht, da hinabgelassen zu werden.«

Prinzessin Fantaghirò war ein ungewöhnliches, ja ein ausgesprochen schwieriges Kind – das fanden alle bei Hofe. Nicht, daß sie grundsätzlich ungehorsam oder gar böse gewesen wäre, nein, sie konnte sogar sehr lieb und folgsam sein. Nur ihr Verhalten war einfach nicht so, wie man es von einer Prinzessin erwartete. Sie benahm sich wie ein kleiner Wildfang, fast hätte man sagen können – wie ein Junge! Sie interessierte sich nicht für die Spiele ihrer Schwestern, sondern begeisterte sich statt dessen für alles, wofür sich höchstens ein kleiner Prinz interessieren durfte.

Und diese Tatsache brachte den gesamten Hofstaat, einschließlich des Königs, ziemlich durcheinander.

Doch darüber hinaus irritierte den König noch etwas anderes: Während der ersten Nacht, die Fantaghirò im Brunnen verbrachte, hatte er beobachtet, daß Katharina und Carolina ihrer Schwester heimlich zu essen brachten. Sie hatten für Fantaghirò sogar auf ihren Nachtisch verzichtet. Und dabei hörte er, wie die beiden Fantaghirò baten, dem Vater doch endlich besser zu gehorchen. Aber alles, was sie darauf antwortete, war: »Er soll erst einmal aufhören, so herumzubrüllen. Oder führt er etwa auch zu Hause Krieg?«

Der König glaubte zunächst, seinen Ohren nicht trauen zu dürfen. Doch dann dämmerte ihm, daß seine Tochter möglicherweise gar nicht unrecht hatte. Und während die Prinzessin in dem Brunnen saß, um über sich und ihre Worte nachzudenken, geriet auch der König immer mehr ins Grübeln. Natürlich ließ er sich nichts anmerken, und vorsichtshalber sprach er auch mit keiner Menschenseele darüber.

Niemand weiß zu sagen, wie viele Male die kleine Fantaghirò in den Brunnen herabgelassen wurde. Es war auf alle Fälle so, daß sie sich im Laufe der Zeit ganz gut mit den dort unten lebenden Gesellen anfreundete: mit Fröschen und Unken, mit Mäusen und mit Spinnen.

Und jedesmal, wenn der König hoffte, daß sich seine Tochter nun endlich gebessert haben würde oder er in eine neue Schlacht zog, wurde Fantaghirò in einem Eimer wieder ans Tageslicht heraufgezogen. Dabei mußte sie stets eine ganze Liste von Versprechen geben, die mit den Jahren immer länger wurde, ganz so wie der weiße Bart des Schreibers, der die Liste gewissenhaft führte und säuberlich Fantaghiròs Antworten eintrug.

Es war an solch einem Tag, an dem der König seinem Volk wieder einmal verkündet hatte, daß eine große

Schlacht bevorstand, die ihnen den Sieg und endlich Frieden bringen sollte, als zwei Diener die schwere Kurbel des Brunnens drehten, um Fantaghirò heraufzuholen.

Neben dem Brunnen standen Katharina und Carolina und hörten andächtig der Litanei des Schreibers zu. Sein weißer Spitzbart reichte mittlerweile bis auf den Boden, und ebensolang war die Pergamentrolle mit den Forderungen, die der Schreiber vorlas. Und während Fantaghirò hochgezogen wurde, beantwortete sie jede einzelne Frage mit einem lauten »Ich verspreche es«, das von den Wänden des Brunnens vielfach zurückgeworfen wurde.

»Versprichst du, dich maßvoll und bescheiden zu betragen?« fragte der Schreiber gerade. »Die Würde deines Vaters als König sowie als Mann anzuerkennen, darüber hinaus nicht zu laufen, nicht zu schreien und nicht zu springen, mit einem Wort, dich nicht wie ein Junge zu betragen? Versprichst du weiterhin, hausfrauliche Künste wie Backen, Kochen und Nähen zu erlernen und dir die höchste weibliche Tugend, das Schweigen, anzugewöhnen?« Bei diesem Satz nickten Fantaghiròs Schwestern beifällig. Doch Fantaghirò antwortete wieder mit gelangweilter Stimme: »Ich verspreche es.«

Die Kurbel war jetzt fast ganz aufgedreht, und über dem Brunnenrand erschien der Griff des Eimers, in dem Fantaghirò saß. Der Schreiber stellte die letzte Frage, die auf seiner Liste stand:

»Und versprichst du endlich und endgültig, mit dem Lesen und Schreiben aufzuhören?«

Bei diesem Satz sprang Fantaghirò aus dem Eimer und über den Brunnenrand in den Hof. »Das ist leider vollkommen unmöglich!« antwortete sie dem alten Schreiber. Jetzt, wo sie aufrecht stand, konnte man erkennen, daß sie ein kleines Stückchen größer war als der königliche Schreiber.

Ja, tatsächlich, Prinzessin Fantaghirò war mittlerweile

erwachsen geworden. Sie hatte einen schlanken, hochgewachsenen Körper und eine so anmutige Haltung, daß ihr Kopf über ihren Schultern geradezu zu schweben schien. In ihrem Gesicht spiegelte sich eine Mischung aus Intelligenz und Warmherzigkeit, wie man sie selten sieht. Ihre Augen waren noch immer dunkel, doch sie leuchteten vor Lebensfreude, während um ihren Kopf ein wilder, brauner Haarschopf flatterte.

»Ich werde niemals aufhören, zu lesen und zu schreiben, und wenn ich mein ganzes Leben im Brunnen sitzen muß!« erklärte die Prinzessin laut.

»Aber Fantaghirò, das Lesen und Schreiben ist den Männern vorbehalten«, entgegnete Katharina. Sie und Carolina waren mit den Jahren ebenfalls zu hübschen jungen Frauen herangereift. Alle drei Prinzessinnen befanden sich inzwischen in dem Alter, das man gemeinhin als »heiratsfähig« bezeichnet.

»Wenn du so weitermachst, findest du nie einen Mann«, gab auch Carolina zu bedenken.

Aber Fantaghirò zuckte nur die Schultern. »Dann eben nicht. Ich habe sowieso nicht vor zu heiraten. Denn wenn ein Leben als Ehefrau so ist, wie es hier drin steht«, sie zeigte auf das Buch, das sie im Brunnen gelesen hatte, »ist es gräßlich langweilig. Geschichten von tapferen Rittern und Schlachten finde ich viel spannender.« Mit diesen Worten wandte sie sich zum Gehen und warf dem Schreiber das Buch über die Schulter zu, das sie sich heimlich aus seiner Bibliothek geliehen hatte.

»Fantaghirò, bleib hier«, rief Katharina hinterher. »Wir sollen zusammen zum Vater kommen.«

Fantaghirò verdrehte unbemerkt die Augen, dann wandte sie sich wieder um und folgte seufzend ihren Schwester, die eifrig davoneilten, um den König nicht warten zu lassen.

Doch noch bevor die Prinzessinnen den Thronsaal betreten hatten, fing Carolina schon an zu weinen. Obwohl sie jetzt fast erwachsen war, hatte sie sich noch immer nicht abgewöhnen können, in Tränen auszubrechen, sobald sie zum König gerufen wurde. Dabei war Carolina stets so brav und folgsam, daß sie wirklich keinen Grund für ein schlechtes Gewissen haben konnte.

Auch Katharina, die weit über den Hof hinaus einen Ruf als überaus kluge und wortgewandte Prinzessin hatte, verzagte, sobald sie ihren Vater sah.

Nur Fantaghirò betrat den Thronsaal mit hoch erhobenem Haupt und verpaßte ihrer Schwester Carolina noch rasch einen Stoß mit dem Ellenbogen. »Hör endlich auf zu heulen«, zischte sie. »Du weißt doch noch gar nicht, was er von uns will.«

Dann traten die drei Prinzessinnen auf den Thron ihres Vaters zu und sanken, wie es die Etikette des Hofes vorschrieb, mit einem tiefen Knicks auf die Knie.

»Erhebt euch, meine Töchter«, begann der König nun und rückte seine Krone ein wenig bequemer auf seinem Kopf zurecht. »Ich habe euch rufen lassen, weil ich eine gute Nachricht für euch habe.« Er drehte vergnügt an seinem Bart und warf dem Schreiber und dem General, die zu seiner Seite saßen, zufriedene Blicke zu. »Aber zunächst möchte ich meine kluge Katharina bitten, uns ein wenig darüber zu berichten, was sie von Männern und Frauen weiß.«

Katharina, die sich gerade erst erhoben hatte, machte erneut einen tiefen Knicks. »Gewiß, Vater.« Dann begann sie: »Es ist in der Natur so angelegt, daß die Frau unter dem Manne steht. Sie ist ihm nicht nur körperlich, sondern auch geistig unterlegen ...«

Der König begleitete die Rede seiner Tochter mit zufriedenem Nicken. Doch plötzlich stutzte er. Hatte er nicht gerade leise das Wort »Unfug« vernommen?

Aber Katharina fuhr weiter fort: »Und so soll es auch in der Ehe sein. Die Frau lasse sich vom Manne führen und leiten. Und es ist ihre oberste Pflicht, ihm zu dienen und so wenigstens in irgendeiner Art und Weise doch noch nützlich zu sein.«

»Aber das ist doch Unfug!« Fantaghirò machte ihrem Unmut jetzt laut Luft. Der gesamte versammelte Hofstaat erstarrte vor Schreck.

»Wie kannst du reden, wenn du nicht gefragt bist?« rief der König empört.

»Weil das alles nicht wahr ist«, entgegnete Fantaghirò. »Ich habe gelesen, daß es so nicht richtig ist.«

Der König riß nun erstaunt die Augenbrauen hoch und erhob sich von seinem Thron. »Du hast was ...? Wer hat dir erlaubt zu lesen?« donnerte er dann. »Laß das gefälligst und verhalte dich endlich wie eine normale Frau!«

»Es ist mir egal, was normal ist. Ich bin nun mal so, wie ich bin!«

Der König holte tief Luft. Doch dann zauderte er einen Moment. »So«, antwortete er schließlich. »Dann müssen wir die Prinzessin Fantaghirò eben ändern. Und glücklicherweise habe ich auch schon jemand gefunden, der dazu in der Lage sein wird.« Er verschränkte die Hände auf dem Rücken und wanderte nun vor seinen drei Töchtern hin und her. »Die Prinzen von Assabal haben mir ein Sendschreiben geschickt. Es enthält ein Heiratsangebot, genauer gesagt, drei Heiratsangebote, denn es sind drei Prinzen.« Er drehte wieder zufrieden an seinen Bartspitzen. »Das Erfreuliche daran ist nicht nur, daß ich euch auf diese Weise alle auf einen Schlag vermählen kann, sondern daß durch die Eheschließungen auch das gesamte Heer von Assabal unter unserer Befehlsgewalt stehen wird.« Nun nickte er dem General freundlich zu, und der lächelte geschmeichelt zurück. »Die Prinzen werden euch in wenigen Tagen einen

Besuch abstatten, um um euch zu werben. Ihr habt bis dahin genügend Zeit, euch vorzubereiten und ein wenig hübsch zu machen. Vorerst schicken sie euch diese kleinen Aufmerksamkeiten.« Er winkte, und drei Diener traten heran. Auf seidenen Kissen trugen sie für jede Prinzessin eine goldene Kette und einen Ring mit einem Stein, der jeweils die Farbe ihrer Augen hatte.

»Oh, wie wunderbar«, sagten Fantaghiròs Schwestern wie aus einem Munde. Dann fuhr die kluge Katharina fort: »Ein Bewerber, der mir bereits zur Verlobung ein solch kostbares Geschenk macht, wird Reichtum in unser Land und für unser geliebtes Volk bringen.«

»Und ein Bewerber, der so großzügig ist, bevor er seine zukünftige Frau nur gesehen hat«, ergänzte Carolina, »wird sie mit Schmuck und Edelsteinen überhäufen, wenn er sich erst überzeugt hat, wie schön sie wirklich ist.«

Der König lachte gutgelaunt. Diese dreifache Vermählung war für ihn ein wahrer Glücksgriff. »Nun, Fantaghirò, auch du hast einen Ring bekommen. So steck ihn doch an«, forderte er seine jüngste Tochter auf.

Doch Fantaghirò betrachtete den Ring auf dem Seidenkissen nur, ohne ihn zu berühren. Schließlich nahm sie ihn zögernd und machte Anstalten, ihn über ihren Ringfinger zu schieben. Doch im letzten Moment hielt sie inne. »Ich kann nicht, Vater«, sagte sie leise.

»Paßt er etwa nicht?« fragte der König. »Dann versuch es doch an einem anderen Finger, Kind.«

»Nein, Vater«, antwortete Fantaghirò. »Es tut mir unendlich leid, aber ich kann Euch nicht gehorchen. Ich werde nicht den Ring eines Mannes tragen, den ich noch nie gesehen habe. Auch wenn es zum Besten unseres Landes wäre. Denn ich werde niemals heiraten.«

Die Augen des Königs verdunkelten sich. Er warf seinem General einen kurzen Blick zu, dann polterte er los. »Geh mir aus den Augen! Ich will dich nicht mehr sehen, bis die Prinzen auf dem Schloß eintreffen. Erst dann werde ich dich wieder holen lassen. Und wehe dir, wenn du dich weiterhin meinem Befehl, dich zu verloben, verweigerst! Verstoßen werde ich dich müssen und deinen Namen aus allen Büchern des Reiches tilgen lassen.« Der König sank erschöpft auf seinem Thron zusammen. Zum ersten Mal in den vielen Jahren, in denen Fantaghirò Strafpredigten von ihrem Vater gehört hatte, hatte seine Stimme nicht nur einen drohenden, sondern sogar einen etwas bitteren Klang angenommen. Ob aus Ärger oder aus Trauer, das wußte in diesem Moment niemand in dem ganzen Hofstaat genau zu sagen.

Und zum ersten Mal in all den Jahren standen Fantaghirò die Tränen in den Augen. Sie war tatsächlich traurig, daß sie ihrem Vater wieder einmal nicht gehorchen konnte. Aber ebenso traurig war sie darüber, daß niemand sie danach fragte, was sie eigentlich dachte und fühlte.

Sie nahm den Ring, den sie noch immer in der Hand hielt, und schleuderte ihn mit aller Macht auf den Boden. Dann wandte sie sich um und stapfte wütend durch die Empfangshalle des Schlosses hinaus auf den Innenhof. Sie sah sich einen Moment lang um, dann lief sie entschlossen zu einem der Pferde, die dort angebunden standen, löste die Zügel, schwang sich in den Sattel und trieb es an, ohne sich um die aufgeregten Rufe des Händlers, dem das Pferd gehörte, zu kümmern. Der König würde es ihm schon ersetzen!

Fantaghirò ritt im Galopp voran – wohin wußte sie selbst nicht. Sie galoppierte über Felder und Wiesen, wo in der lauen Luft des Vormittags die Schmetterlinge spielten, durch feuchte Auenlandschaften, wo Bäche und kleine Flüsse im Schatten hoher Bäume fröhlich plätscherten. Und sie ritt durch tiefe Wälder, in die kein Strahl der Sonne hineindrang.

Auf einer Waldlichtung zügelte sie schließlich das Pferd und sprang ab. So schön dieses Königreich auch war, niemals wollte sie sich an einen fremden Prinzen verkaufen, nur um den Reichtum und die Kriegsmacht ihres Vaters zu mehren! Sie griff nach dem Schwert, das am Sattel befestigt war, zog es aus der Scheide, und begann voller Wut auf die umstehenden Bäume einzuschlagen.

»Au! Auah!« machte plötzlich eine Stimme.

Prinzessin Fantaghirò hielt inne. »Wer ist da?« fragte sie unsicher und sah sich um.

»Wer wohl, ich natürlich«, antwortete die Stimme.

»Aber wer bist du?«

»Ich bin der Baum.«

Fantaghirò fuhr herum. Tatsächlich erkannte sie nun in der Rinde des Baumstammes, auf den sie soeben eingeschlagen hatte, ein Gesicht. Erschreckt hob sie nochmals das Schwert.

»Vorsicht!« rief der Baum nun. »Ich kann mich sehr gut verteidigen.« Und während er sprach, ließ er alle Äpfel, die an seinen Ästen hingen, mit einem Schlag auf Fantaghirò herabregnen, so daß das Mädchen auf den weichen Waldboden hinschlug. »Siehst du«, lachte der Baum, aber seine Stimme klang dabei warm und freundlich, »so schadest du nur dir selbst.«

Fantaghirò erhob sich. »Vielleicht hast du recht«, antwortete sie zerknirscht. »Ich sollte meine Wut dort auslassen, wo ich niemandem weh tue.« Und sie ging zu einem nahegelegenen Teich herüber, hob einen Stein auf und schleuderte ihn mit aller Wucht ins Wasser.

»Bist du verrückt geworden?« Ein Fisch steckte seinen Kopf aus dem Wasser. Vor Empörung hatte er seine Backen ganz dick aufgeblasen. »Du hättest mich fast am Kopf getroffen. Laß das gefälligst!«

Fantaghirò, die sich schon nach dem nächsten Stein

gebückt hatte, hielt inne. »Oh, entschuldige bitte, das wollte ich nicht.«

»Das möchte ich auch hoffen«, antwortete der Fisch und tauchte wieder ab.

»Komm jetzt bloß nicht auf den Gedanken, mich einfach fallen zu lassen!« Schon wieder redete eine unbekannte Stimme mit Fantaghirò. Diesmal kam sie direkt aus ihrer Hand, die den Stein umklammert hielt. »Bitte leg mich jetzt schön vorsichtig wieder genau dorthin, wo du mich aufgehoben hast. Und zwar mit dem Gesicht nach oben, wie es sich gehört«, sagte der Stein.

»Oh, ja ... natürlich.« Fantaghirò betrachtete das zerfurchte graue Gesicht des Steins und mußte fast lachen. Die Grimassen, die der Stein zog, während er sich mißmutig beklagte, sahen einfach zu lustig aus. Dann legte sie den Stein ganz vorsichtig wieder genau an die Stelle, wo sie ihn aufgehoben hatte. »Sind denn hier alle Dinge lebendig?« sagte sie dabei leise zu sich selbst.

»Ja, das sind sie. Warum sollten sie es nicht sein?« Wieder hatte eine Stimme zu Fantaghirò gesprochen.

Als das Mädchen sich jetzt herumdrehte, stand wie aus dem Boden gewachsen eine weißgekleidete Gestalt auf einem weißen Pferd vor ihm. Die Gestalt trug wie ein Ritter eine Art Rüstung und einen Helm, nur waren sie nicht aus Eisen. Und die unbekannte Erscheinung sah auch nicht kämpferisch aus, sondern sanft und sehr schön.

Der Weiße Ritter stieg von seinem Pferd ab, und als er näher auf sie zutrat, erkannte Fantaghirò seine milden Gesichtszüge. »Vieles, was die Menschen für tot und unbeweglich halten, ist beseelt«, erklärte er. »Aber die Menschen hören viel zu wenig auf die Stimmen der Natur. Die einzige Sprache, die sie zu verstehen scheinen, ist die Sprache der Gewalt. Und Gewalt erzeugt als Antwort wieder Gewalt. Sieh dich an, dein Vater war gewalttätig gegen dich, und du warst gewalttätig gegen Unschuldige – gegen die Natur.«

Fantaghirò senkte den Blick. Möglicherweise hatte der unbekannte Weiße Ritter recht. Doch dann warf sie den Kopf trotzig in den Nacken. »Ja, ich war ungerecht. Weil ich selbst ungerecht behandelt wurde. Ich hasse es, wenn mir immer nur gesagt wird, wie ich mich als Frau zu verhalten habe: daß ich nicht springen soll, daß ich nicht lesen soll. Daß ich statt dessen nur kochen, sticken, den Männern dienen, den Mund halten und mich dumm stellen soll.«

»Das alles ist mir schon zu Ohren gekommen«, antwortete der Weiße Ritter, während ein leichtes Lächeln seine Mundwinkel umspielte, »und auch daß du aufbrausend und wild bist und dich über alle lustig machst, die dich leiten wollen.«

Fantaghirò blickte dem Weißen Ritter fest in die Augen. »Aber soll ich denn zu denken aufhören, damit ich eine solche Frau sein kann, wie alle es von mir erwarten?«

Der Weiße Ritter wiegte freundlich mit dem Kopf. »Man kann das eine tun, ohne das andere zu vernachlässigen.«

Fantaghirò wurde aus dieser geheimnisvollen Antwort nicht schlau. »Wer seid Ihr eigentlich?« fragte sie.

Der Weiße Ritter wendete seinen Blick zum Horizont, wo soeben die Sonne in leuchtenden Farben unterging. »Betrachte mich als eine Art Vermittler«, antwortete er. Dann legte er einen Finger auf seine Lippen und bedeutete der Prinzessin zu schweigen.

Wie Fantaghirò vom Weißen Ritter unterrichtet wurde

Der Morgen des folgenden Tages begann wie unzählige vor ihm. Der König hatte sein Frühstück bereits beendet. Jetzt saß er auf seinem Thron und ließ sich von einer Dienerin die Füße waschen. Dabei bemühte er sich, nicht zu lachen, obwohl er an den Füßen äußerst kitzelig war. Aber die Würde seines Amtes verlangte von ihm, daß er ernst blieb.

Die Magd war gerade dabei, den ersten Fuß abzutrocknen, als der General und oberste Kriegsmeister in den Thronsaal stürzte. »Majestät, Majestät, wir haben Schwierigkeiten. Soeben ist ein Bote aus dem Feld eingetroffen.«

»Ach so«, der König seufzte erleichtert auf. »Ich dachte schon, es handelt sich wieder einmal um Prinzessin Fantaghirò.«

»Nein, Majestät. Aber der Krieg ...«, der General rang nach den richtigen Worten, »der Krieg ist möglicherweise zu Ende.«

»Haben wir ihn verloren?« fragte der König mißtrauisch.

Doch der General schüttelte den Kopf. »Das ist es nicht ...«

Der König lehnte sich entspannt zurück. »Dann haben wir die Schlacht also gewonnen?«

»Auch das ist es nicht«, antwortete der General und schüttelte wieder den Kopf. »Euer Feind, der Nachbarkönig ... Er ist plötzlich gestorben.«

»Ach!« Die Miene des Königs verdüsterte sich aufs neue. »Das ist eine sehr traurige Nachricht. Immerhin haben wir viele Jahre gegeneinander gekämpft.« Dann stutzte er einen Moment. »Was fällt ihm eigentlich ein, so plötzlich zu sterben? In unserer letzten Konferenz hat er kein Wort darüber verloren.« Und er klopfte unwillig mit dem Zepter auf die Armlehne seines Thrones.

»Nun«, versuchte der General zu erklären, »möglicherweise war er schon alt.«

Die Augenbrauen des Königs zogen sich düster zusammen. »Er war nicht älter als ich.«

»Dann ist er vielleicht durch einen Unfall ums Leben gekommen«, schlug der General vor.

»Möglich«, brummelte der König. »Aber damit muß der Krieg nicht zu Ende sein. Wir warten einfach, bis sein Sohn Romualdo den Thron bestiegen hat – wozu hat mein Kollege denn einen Sohn –, und dann machen wir weiter.«

»Aber ist Romualdo denn schon alt genug?« erkundigte sich der General vorsichtig.

»Das will ich meinen«, antwortete der König. »Er hat seinen zwanzigsten Geburtstag bereits hinter sich, und soviel ich gehört habe, ist er tapfer und stark. Sein Vater hat ihn im Ausland ausbilden lassen – man tut für die Kinder ja, was man kann«, seufzte er. »Aber was kann man schon tun, wenn man nur Töchter hat?«

Der General zuckte bedauernd die Schultern.

Jetzt erhob sich der König von seinem Thron und schritt wie immer, wenn er nachdachte, mit auf dem Rücken verschränkten Händen durch den Saal. »Außerdem stehen ihm zwei junge Krieger mit Namen Ivaldo und Cataldo zur Seite. Ich fürchte, wir werden uns auf einiges gefaßt machen müssen«, schloß er und richtete seinen Blick aus dem Fenster, wo sich über den Hügeln soeben die Sonne erhob.

Genau an der Stelle, wohin der König an diesem Morgen seinen Blick richtete, befand sich seit dem Sonnenaufgang seine Tochter Fantaghirò. Sie hatte ihr langes Kleid, das sie als Prinzessin zu tragen pflegte, kurzerhand über den Knien abgeschnitten. Auf diese Weise konnte sie sich viel besser bewegen, und das spielte im Moment eine wichtige Rolle.

Über ihren Kopf hielt sie mit beiden Händen ein blinkendes Schwert und hieb mit gezielten Schlägen um sich. Die scharfe Schneide durchtrennte die Luft, als ob es darum ginge, einen Gegner zu besiegen. Und mit jedem Schlag, den die Prinzessin ausführte, wurden ihre Bewegungen sicherer und leichter.

»Du hast gut gelernt«, sagte der Weiße Ritter, der sich am Rand des Feldes niedergelassen hatte und Fantaghiròs Übungen beobachtete. »Dein Arm war am Anfang noch schwer, aber nun bewegst du dich leicht wie ein Tänzer – als hättest du dein Lebtag nichts anderes getan als zu fechten.«

Fantaghirò lächelte glücklich über das Kompliment. »Jetzt fehlt mir nur noch eins«, sagte sie dann. »Ich habe noch keine Erfahrung im Zweikampf.«

»Das ist der nächste Teil deiner Ausbildung«, antwortete der Ritter und rief, ohne sich zu erheben, »En garde!« Im gleichen Moment erschien, einer Lufttäuschung gleich, ein schimmerndes Schwert vor Fantaghirò. Wie von Geisterhand geführt erhob sich die Klinge in die Luft und begann, nach Fantaghirò zu schlagen. Nun mußte sich die Prinzessin wohl oder übel verteidigen. Sie hieb der Klinge entgegen, kreuzte die Waffe oder sprang geschickt in die Höhe, wenn das feindliche Schwert unter ihren Füßen rundum schlug.

»Aber wie soll ich denn einen Feind schlagen, den ich nicht sehen kann?« rief sie dem Weißen Ritter atemlos zu, während das schwebende Schwert sie immer weiter zurückdrängte.

Doch der Weiße Ritter lachte nur. »Bevor du ihn schlägst, mußt du dich erst einmal ausreichend verteidigen können. Den anderen treffen, und damit sogar töten, sollst du nur, wenn deine Verteidigung zu deinem Schutz nicht mehr ausreicht. Die Selbstverteidigung ist der wichtigste Teil des Kampfes.«

Fantaghirò schlug und kämpfte nach allen Regeln der Kunst. Schließlich sank sie erschöpft zu Boden. »Sag dem Schwert, es soll aufhören«, bat sie den Weißen Ritter, denn die Spitze der Klinge näherte sich bedrohlich ihrer Nase.

Sogleich machte der Weiße Ritter eine leichte Handbewegung, und im selben Moment war das Schwert verschwunden. Fantaghirò richtete sich erleichtert auf. »Du hast gut gelernt«, sagte ihr Lehrmeister, »das Schwert beherrschst du nun. Als nächstes sollst du lernen, mit Pfeil und Bogen umzugehen.« Er schnippte mit zwei Fingern, und im selben Moment lagen neben Fantaghirò ein prächtig verzierter Bogen und ein Köcher mit spitzen Pfeilen, an deren Ende bunte Federn wippten. Der Weiße Ritter erhob sich und winkte der Prinzessin, mit ihm zu kommen. »Komm, das Reich von Pfeil und Bogen ist der Wald. Du sollst lernen, wie deine Hand mit der Saite des Bogens eins wird, und der Pfeil deinen Arm verlängert.«

Fantaghirò folgte dem Weißen Ritter. Er führte sie durch dichtes Gestrüpp, bis hinauf auf einen Hügel innerhalb des Waldes. Hier drang kaum noch das Licht des Tages durch die hohen Bäume, obwohl die Mittagssonne jetzt schon hoch über den Wipfeln stand. Nur von Zeit zu Zeit schickte sie einige irrlichternde Strahlen in das Dunkel des Waldes hinab.

Der Weiße Ritter stellte sich hinter Fantaghirò. Er zeigte ihr, wie sie den Bogen fassen und die Sehne mit dem Pfeil spannen sollte. »Nun atme ein. Hebe den Bogen und ziele. Denke den Flug des Pfeiles voraus. Dann atme aus und laß die Sehne frei.«

»Aber worauf soll ich denn zielen«, fragte Fantaghirò, während sie die Spitze des Pfeiles mit den Augen fixierte. »Auf den Baum da drüben?«

»Das ist ein viel zu nahes Ziel«, antwortete der Weiße Ritter. »Ziele auf die Sonne. Du mußt versuchen, über den Hügel zu schießen.«

»Aber da drüben beginnt das Land des feindlichen Königs«, entgegnete Fantaghirò. »Außerdem ist es ganz unmöglich. Soweit komme ich nie!«

»Bevor du aufgibst, solltest du es versuchen«, ermunterte sie ihr Begleiter. »So wird es immer im Leben sein. Und wenn du es erst versucht hast, wirst du feststellen, daß das Wort ›unmöglich‹ gar nicht existiert.« Er lächelte. »Es ist selbst ganz einfach ›unmöglich‹.«

Fantaghirò hielt den Bogen noch immer gespannt. Sie schloß die Augen und konzentrierte sich.

Dann flog der Pfeil nahezu lautlos durch die Luft.

Zur gleichen Zeit waren im feindlichen Nachbarland die Feierlichkeiten zur Krönung des jungen Königs in vollem Gange.

Gerade war der große Augenblick gekommen, in dem Romualdo die Rüstung seines Vaters, des verstorbenen Königs, anlegen sollte. Ein ungeheurer Panzer aus Eisen, der an Knien und Schultern mit langen, spitzen Stacheln versehen war, wurde mit Hilfe eines Krans auf Romualdo herabgesenkt. Sobald sich der Kran wieder hob und der neue König in seiner prächtigen Kriegskleidung dastand, applaudierten die versammelten Würdenträger.

Doch da riß sich Romualdo den Helm wieder vom Kopf. Unmutig warf er seine Haare zurück, und seine hellen Augen blitzten ärgerlich. »Das ist keine Rüstung«, schimpfte er, »das ist ein Gefängnis. Wie soll man darin kämpfen können?«

»Nun, es ist die Rüstung des Königs, und meistens steht der König sowieso nur als Beobachter am Kampffeld und ...«, versuchte ein Leibdiener dem jungen König zu erklären.

Aber Romualdo unterbrach ihn. »Das wird es bei mir nicht geben. Wenn die Soldaten kämpfen, wird auch der König kämpfen und nicht abseits stehen. Ivaldo, Cataldo«, rief er jetzt seine Vertrauten herbei, »helft mir aus dieser Blechbüchse heraus.«

»Aber Majestät!« Der Leibdiener stürzte auf den jungen König zu. »Ihr könnt doch nicht ohne ...«, setzte er an, während Ivaldo und Cataldo bereits die Verschlüsse lösten.

»Ich kann sehr gut«, unterbrach ihn Romualdo schon wieder. »Macht euch um mich keine Sorgen. Der einzige Schutz, den ich im Kampf brauche, besteht hierin.« Und er reckte seinen Arm, so daß der Ärmel des Königsmantels zurückfiel und seine sehnigen Muskeln und die starke Hand mit dem Schwert darin zu sehen waren.

Inzwischen hatten Cataldo und Ivaldo die letzten Verschlüsse gelöst, und mit lautem Scheppern fiel die Eisenrüstung von König Romualdo ab und zu Boden. Er winkte seinen Getreuen, ihm zu folgen und ihn auf dem ersten Ausritt durch sein Reich zu begleiten.

Im Hof des Schlosses schwangen sich die drei jungen Männer auf ihre Rösser. Doch sobald das Hoftor geöffnet wurde, drängte eine riesige Menschenmenge herein, um ihren neuen Herrscher zu begrüßen. Sie hatten schon seit Stunden vor dem Schloß darauf gewartet, daß sich Romualdo seinen Untertanen zeigte.

»Es lebe der neue König«, jubelten die Kinder.

»Er gebe uns Brot!« riefen einige alte Männer.

»Er bringe uns Frieden!« riefen die Frauen.

Romualdo ließ die Blicke über sein Volk gleiten. Menschen in abgerissenen Kleidern umstanden ihn, Kinder,

Frauen und Greise. Sie alle reckten hilfesuchend ihre Hände zu ihm in die Höhe. Der Hunger und die Entbehrungen des Krieges hatten sie gezeichnet. Bettler waren sie allesamt. Was für ein Königreich, das solche Untertanen hatte! Und was für ein König, der das Leiden seines Volkes hinauszögerte.

Romualdo löste einen Beutel mit Goldstücken von seinem Gürtel und gab ihn Cataldo. »Hier, sorg dafür, daß Brot verteilt wird.«

Aber Cataldo schüttelte bedauernd den Kopf. »Es gibt kein Brot. Das Mehl ist ausgegangen, da seit Jahren niemand mehr die Felder bestellt. Alle gesunden Männer sind im Krieg.«

»Über kurz oder lang wird eine Hungersnot ausbrechen«, ergänzte Ivaldo.

Romualdo ließ seine Augen über die verhärmten Gesichter der Greise und die bittenden Mienen der Frauen inmitten ihrer schreienden Kinder wandern. »Nein«, antwortete er dann, »denn der Krieg wird zu Ende gehen.«

»Du willst den Krieg beenden? Aber was ist ein König ohne Krieg?« hielt Ivaldo ihm entgegen.

»Möglicherweise ein König des Friedens. Wozu soll ich einen Krieg weiterführen, von dem niemand mehr weiß, warum er ausgebrochen ist?« sagte Romualdo so leise, als spräche er zu sich selbst.

»In jedem Fall wirst du aber einen Sieg herbeiführen müssen«, führte Cataldo das Gespräch fort.

»Genau das ist die Lösung«, antwortete Romualdo ebenso leise wie zuvor. Dann richtete er das Wort an sein Volk: »Geliebte Untertanen. Dieser Krieg dauert schon viel zu lange. Er hat euch Opfer abverlangt, von denen ich nicht weiß, wie ich sie wieder gutmachen kann. Deshalb verspreche ich euch jetzt, daß der Krieg binnen kurzem beendet sein soll.« Allgemeiner Jubel unterbrach seine Rede, doch König Romualdo winkte kurz mit der Hand, und alle schwiegen wieder still. »Ich werde den feindlichen König oder den stärksten seiner Ritter zum Kampf herausfordern. Der Zweikampf soll entscheiden, wer fortan Herrscher über beide Reiche sein wird. König Romualdo oder …« Der erneute Jubel übertönte seine Worte.

Jetzt trieb der junge König sein Pferd wieder an. Die Menge stob auseinander, und unter den anhaltenden Hoch-Rufen seiner Untertanen verließ Romualdo mit seinen Getreuen Cataldo und Ivaldo das Schloß.

Erst im Wald zügelte der König sein Roß wieder. Im Schrittempo ritt er nun weiter, sich aufmerksam nach links und rechts umsehend.

»Wonach suchst du?« Cataldo betrachtete seinen Freund und neuen König verständnislos.

»Ich will die Grenze meines Landes abreiten, damit ich weiß, was ich bei dem bevorstehenden Zweikampf aufs Spiel setze«, antwortete Romualdo.

Er hatte kaum zu Ende gesprochen, als ein Pfeil vorbeizischte und nicht weit von ihm in einem Baum steckenblieb.

Romualdo blieb abrupt stehen. Irgend etwas hatte ihn ganz merkwürdig durchzuckt, als der Pfeil an ihm vorübergeflogen war. Was konnte das gewesen sein? Doch er dachte nicht lange nach, sondern wendete sein Pferd in die Richtung, aus der der Pfeil gekommen war, und ritt, ohne sich um Ivaldo und Cataldo zu kümmern, durch die dunklen Bäume davon.

»He, Romualdo! Bleib hier! Da drüben beginnt das feindliche Land«, riefen ihm seine Getreuen aufgeregt hinterher, aber schon war er ihren Blicken entschwunden.

Fantaghirò hatte ihrem Pfeil nur für Momente nachgesehen, als sie plötzlich Pferdegetrappel vernahm. Sie wandte sich fragend nach dem Weißen Ritter um, aber der war wie vom Erdboden verschwunden. Einer plötzlichen Eingebung folgend sprang sie in das nächste Gebüsch, um sich vorsichtshalber zu verstecken. Konnte es sein, daß die feindlichen Truppen unerwartet angriffen?

Nun vernahm sie Schritte, die immer näher kamen. Fantaghirò schloß die Augen. Zum ersten Mal in ihrem Leben verspürte sie Angst. Würde sie im Zweifelsfall kämpfen können, so wie der Weiße Ritter es ihr beigebracht hatte? Fantaghirò schluckte, dann öffnete sie die Augen und blickte zwischen den Zweigen hindurch.

Nur wenige Schritte von ihr entfernt war im Gebüsch ein Augenpaar zu erkennen, das die Prinzessin unablässig betrachtete. Es gehörte zu einem jungen Mann, scheinbar einem jungen Ritter, der sie nun ansprach: »Wer bist du? Woher kommst du?«

Obwohl seine Stimme sehr freundlich klang, stieß Fantaghirò statt einer Antwort nur einen kurzen Schrei aus. Dann sprang sie auf und lief so schnell sie konnte davon. Ihr Herz raste, und der Atem schien ihr zu stocken.

»Halt, halt, bleib doch hier!« rief der Ritter ihr nach.

Aber da stolperte Fantaghirò, blind vor dem seltsamen, neuen Gefühl, das ihr der Blick dieser fremden Augen verursacht hatte, einen Abgrund hinab. Im letzten Moment wurde sie jedoch von dem mächtigen Wurzelwerk eines alten Baumes aufgefangen, der sie davor bewahrte, in die tiefe Schlucht unter ihr zu stürzen. So behutsam wie die Arme eines Vaters hielt er die Prinzessin fest.

Fantaghirò hatte sich kaum von ihrem Schreck erholt, als sie oberhalb des Abgrunds eine Stimme vernahm, die ihr vertraut und doch fremd schien. Die Prinzessin konnte zwar nichts sehen, aber sie hörte, wie die Stimme zu dem Fremden sprach: »Erschreckt nicht, Ritter! Ich bin die Fee dieses Waldes, und ich begehre zu wissen, was Ihr hier sucht.«

Der Unbekannte antwortete: »Ich ... ich bin auf der

Suche nach einem Mädchen, das ich gesehen zu haben glaube, und das ...«

»Ich weiß, ich weiß«, unterbrach ihn die Fee sanft. »Sie ist eine meiner Nymphen, und sie macht sich ihren Spaß mit den Menschen.«

»Aber ich muß sie wiedersehen«, entgegnete der Fremde. »Ihre Augen ... ich habe noch nie solche Augen gesehen.«

Die Fee lächelte nachsichtig. »Ja, das glaube ich. Aber ich rate Euch, es ist besser, wenn Ihr nicht mehr an sie denkt«, fügte sie hinzu. »Sie ist nicht von Eurer Welt. Sie ist nur ein Traumgespinst. Geht wieder. Ihr tut besser daran, ein solches Augenpaar in Eurer Welt zu suchen – in der Welt der Menschen.«

»Aber ...«, wandte der Fremde nochmals ein.

»Kein Aber«, unterbrach die Fee mit freundlicher Stimme. »Und erzählt keiner Menschenseele von dem, was Ihr gesehen habt.«

Fantaghirò konnte hören, wie sich Schritte jetzt langsam und zögernd entfernten, und kurz danach vernahm sie den Hufschlag eines davonreitenden Pferdes.

Als es wieder still geworden war, hoben die Baumwurzeln die Prinzessin zurück auf den sicheren Waldboden. Und kaum hatte Fantaghirò sich aufgerichtet, da erblickte sie inmitten der dunklen Bäume eine weiße, hohe Gestalt – die Fee des Waldes. Vor Schreck hätte Fantaghirò fast wieder einen Schritt zurück in den Abgrund gemacht, doch im letzten Moment fing sie sich. »Wer seid Ihr, und wo ist der Weiße Ritter?« fragte sie ein wenig ängstlich.

»Ich bin die Weiße Fee«, antwortete die Gestalt mit einer warmen und freundlichen Stimme. Ja, sie klang genau so, wie die Prinzessin sich die Stimme einer Mutter vorstellte. »Der Weiße Ritter schickt mich, um dir seinen Gruß auszurichten. Er mußte dich heute verlassen.«

»Aber ...« Man konnte die Enttäuschung in Fantaghiròs Stimme deutlich hören. »Wie kann er mich verlassen? Kommt er vielleicht morgen wieder? Ich will noch besser fechten und Bogen schießen lernen.«

Doch die Weiße Fee schüttelte den Kopf. »Nein, er wird nicht wiederkommen. Er sagte, du könntest jetzt ohne ihn auskommen.«

»Aber das ist nicht wahr!« rief Fantaghirò, und ihre Augenbrauen zogen sich wie unter Schmerzen zusammen. »Ich muß noch so viel von ihm lernen.«

Die Weiße Fee schüttelte den Kopf. »Du hast das Wichtigste von ihm gelernt, was man überhaupt lernen kann: nämlich daß man nie aufgeben darf.« Und als sie sah, daß Tränen in Fantaghiròs Augen standen, fügte sie hinzu. »Sei nicht traurig, er ...«

»Wie soll ich nicht traurig sein«, unterbrach sie Fantaghirò schluchzend. »Er war der einzige, bei dem ich mich sicher fühlte. Der mich mochte, so wie ich bin; und ich habe mich zum ersten Mal in meinem Leben wirklich geliebt gefühlt.«

»Und was hat dir diese Liebe gegeben?«

»Kraft und ... und Zuversicht«, antwortete Fantaghirò noch immer weinend, »und Vertrauen zu mir selbst. Ohne ihn hätte ich nie gelernt, diese Welt zu begreifen. Erst jetzt weiß ich, wie ich in dieser Welt leben kann, und wo mein Platz ist.«

»Siehst du, das ist es, was der Weiße Ritter dir beibringen konnte. Den Blick für das Ganze.« Die Weiße Fee beschrieb mit ihren Händen einen geschlossenen Kreis. »Nun geh, sei nicht weiter traurig. Geh! Geh!« Die Weiße Fee hob ihre Hand und winkte Fantaghirò.

Und ganz langsam begann sich ihre weiße Gestalt in Nebel aufzulösen und zu verflüchtigen, bis es Fantaghirò schien, als schwebe nur noch ihr Lächeln in der Luft.

Wie Fantaghirò in den Kampf zog

Es war für Fantaghirò genau der richtige Augenblick, um nach Hause zurückzukehren. Denn während sie durch den Wald auf das Schloß ihres Vaters zuritt, bereiteten sich ihre Schwestern bereits auf den Besuch der Prinzen von Assabal vor, die noch an diesem Abend kommen wollten.

Katharina zog soeben den Schnürleib ihrer Schwester, den Carolina eigens zu diesem Anlaß von weither hatte kommen lassen, mit aller Macht zu.

»Uff!« machte Carolina leise, dann lächelte sie und tippelte zum Spiegel, um sich zu betrachten.

Katharina folgte ihr. »Mit diesem Schnürleib hast du wirklich eine märchenhafte Figur, Carolina«, sagte sie voller Bewunderung.

Ihre Schwester lächelte sie dankbar an. Doch dann weiteten sich ihre Augen plötzlich angstvoll. »Ich ... ich ...«, japste sie. »Ich bekomme ... keine ... Luft mehr«, preßte sie mühsam hervor.

Sofort war Katharina zur Stelle und löste den Verschluß des Schnürleibs. Augenblicklich nahm Carolinas Figur wieder deutlich an Umfang zu. »Das kommt davon, wenn man so eitel ist«, schimpfte sie ihre jüngere Schwester jetzt aus. »Du wirst dich noch umbringen.«

Doch Carolina zuckte nur die Achseln. »Ich will meinen Zukünftigen eben nicht enttäuschen. Ich will schön sein für ihn – so wie ich hoffe, daß auch er ein schöner Mann ist. Hoffst du das von deinem Bräutigam denn nicht?«

Aber Katharina lächelte nur. »Ich hoffe eher, daß er ein kluger und aufrichtiger Mann ist«, antwortete sie. »Aber jetzt sollten wir gehen. Es reicht doch, wenn Fantaghirò unpünktlich zum Besuch der Prinzen erscheint.« Die beiden Schwestern hakten sich unter und liefen die Treppen des Schlosses hinab in den Thronsaal.

Und genau in diesem Moment wurden die Prinzen auch schon durch ihren Herold angekündigt. So reich, wie der Bote gekleidet war, und so geschickt, wie er die Worte wählte, gab er Anlaß zu den schönsten Erwartungen. Doch noch bevor Carolina ihrer Schwester erneut ihre Vorstellungen über ihren zukünftigen Gemahl zuflüstern konnte, winkte Katharina ab. »Hoffnungen taugen meist nur dazu, enttäuscht zu werden«, raunte sie.

In die prächtigsten Gewänder gehüllt, betraten jetzt die Prinzen von Assabal hinter ihrem Hofgesinde den Thronsaal, und dem König blieb gerade noch Zeit, seinen beiden Töchtern ein schnelles »Wo steckt denn nur Fantaghirò?« zuzuflüstern. Katharina und Carolina antworteten mit einem ratlosen Achselzucken.

Die drei Prinzen blieben vor dem Thron stehen, und der gesamte Hofstaat konnte beobachten, wie dem Herrscher des Landes und seinen Töchtern die Kinnladen herunterfielen.

Denn mit dem, was sie da sahen, hatten sie beim besten Willen nicht gerechnet. Vor ihnen stand ein langer Dünner, der aussah, als könne er nicht bis drei zählen. Daneben stand ein kleiner Dicker, dessen Gesicht über und über mit Warzen bedeckt war. Der dritte schließlich war zwar ein normal gewachsener Mann, aber er hatte einen so gemeinen und hochnäsigen Gesichtsausdruck, wie sie es noch nie zuvor gesehen hatten.

Nun trat der erste, der lange und dünne Prinz, vor. »Ich ... ich bin ... ich bin – Augenblick, ich weiß es gleich wieder –, ach ja, natürlich: Ich bin Prinz Issibil von Assabal. Ich wollte, äh, dings – ... ich glaube, ich wollte um die Hand Eurer Tochter ... wie hieß sie doch gleich ... Katharina anhalten.« Er lächelte den König mit einem etwas blöden Gesichtsausdruck an, dann reihte er sich wieder neben seinen Brüdern ein.

Nun trat der Dicke hervor. Seine Warzen schwollen vor Aufregung rot an. »Ossobol ist mein Name, Prinz Ossobol von Assabal. Ich möchte um die Hand Eurer holden Tochter Carolina anhalten, dem schönsten Mädchen unter der Sonne.« Er verneigte sich zu Carolina hinüber und trat wieder zurück.

Jetzt war die Reihe an dem dritten Prinzen. Er machte einen energischen Schritt nach vorne, so, als wolle er den Vater der Prinzessinnen zum Kampf herausfordern. Unwillkürlich wich der König ein wenig zurück. »Ich bin Prinz Ussubul von Assabal«, bellte der Bewerber. »Und ich bin gekommen, um um die Hand Eurer Tochter Fantaghirò anzuhalten.« Hochmütig warf er den Kopf in den Nacken.

Der König war ganz blaß geworden. »Die ... äh ... die Prinzessinnen – und der König natürlich auch –«, versuchte er nach den Regeln der Etikette zu antworten, »fühlen sich durch den Antrag geehrt ...« Doch dann verschlug es ihm einfach die Sprache. Mit solchen Bewerbern hatte er selbst in seinen schlimmsten Träumen nicht gerechnet. Aber sie verfügten nun einmal über reiche Ländereien und ein großes Heer!

Inzwischen waren der dicke und der dünne Prinz auf Katharina und Carolina zugetreten. Nur Prinz Ussubul sah sich suchend im Thronsaal um. »Wo ist denn Eure Tochter Fantaghirò, mein König?« wollte er wissen. »Der Ruf, ein rebellisches Frauenzimmer zu sein, eilt ihr weit voraus, und gerade das ist es, was mich an ihr reizt. Ich liebe rebellische Frauen. Es macht solchen Spaß, ihren Willen zu brechen.« Und auf seinem Gesicht machte sich ein hämisches Grinsen breit.

In diesem Moment flogen die Flügeltüren des Thronsaales auf, und Fantaghirò stürmte herein. Sie trug noch immer das Kleid, das sie mit dem Schwert gekürzt hatte, und auf dem Rücken Pfeil und Bogen, so daß sie wie ein junger Bursche aussah, der soeben von der Jagd kam.

»Fantaghirò!« Der alte König sprang vor Schreck aus seinem Thron. »So erscheinst du bei Hofe? Du hättest dich wenigstens umziehen können!«

»Das hätte bedeutet, den hohen Besuch warten zu lassen«, entgegnete Fantaghirò. »Außerdem habe ich gerade gehört, daß der Prinz nicht wegen meiner äußeren Erscheinung um mich wirbt, sondern weil er jemand braucht, den er dressieren kann.«

»Wie kannst du so etwas sagen«, sagte der König mit leisem Tadel. Dann wandte er sich an Ussubul. »Ist sie nicht wunderbar rebellisch?«

Fantaghirò musterte jetzt der Reihe nach alle drei Prinzen, und auf ihrem Gesicht malte sich ein spöttisches Lächeln.

Prinz Ussubul trat auf Fantaghirò zu. »Was erheitert Euch denn so, meine Teure?« fragte er und blickte die Prinzessin herablassend an.

»Zunächst einmal Euer großer Irrtum«, gab Fantaghirò gelassen zurück. Dabei lächelte sie noch immer. »Ich bin nicht Eure ›Teure‹, und ich schätze, ich werde es niemals sein.«

Prinz Ussubuls Augen verengten sich zu schmalen Schlitzen. »Was wollt Ihr damit sagen? Paßt Euch etwas nicht an mir?«

»Das auch«, entgegnete Fantaghirò. »Aber das ist nicht

weiter schlimm. Ich habe nämlich sowieso nicht vor zu heiraten. Darum könnt Ihr mir auch egal sein.«

»Aber Fantaghirò ...«, versuchte sich der König zu Wort zu melden.

Doch seine Tochter sprach einfach weiter. »Was ich aber niemals zulassen werde, ist, daß meine armen Schwestern an Issibil und Ossobol verheiratet werden.« Sie wandte sich ihren Schwestern zu, die völlig hilflos an der Seite des väterlichen Thrones standen.

»Fantaghirò!« Der König brachte nur noch ein tiefes Stöhnen heraus. »Was tust du mir an! Aber Ihr wolltet sie ja so«, sagte er entschuldigend zu Ussubul hinüber.

Doch der versammelte Hofstaat wich vorsichtshalber schon mal einen Schritt zurück. Und nun richteten sich aller Augen auf die Prinzen.

Die standen einen Moment lang wie drei Salzsäulen im Thronsaal.

»Damit habe ich wirklich nicht gerechnet.« Prinz Ussubul fand als erster die Sprache wieder. Seine Brüder, der eine dumm glotzend, der andere rot angelaufen, nickten beifällig zu seinen Worten. »Sie ist nicht nur wild und rebellisch«, fuhr Ussubul fort und deutete mit dem Finger auf Fantaghirò, »sie ist unverschämt und beleidigend.« Er war empört.

Doch auch aus Fantaghiròs Augen blitzte es nun wütend. »Unverschämt und beleidigend ist allein die Tatsache, daß Ihr Euch als unsere Ehemänner angeboten habt«, schnitt sie dem Prinzen das Wort ab. »Was soll die kluge Katharina mit einem Trottel? Was soll die schöne Carolina mit einem Monstrum? Und ich – was sollte ich mit diesem ...«

»Jetzt ist es aber genug!« riefen die Prinzen gleichzeitig.

»Gebt uns unsere Ringe zurück!« stieß Prinz Ussubul zwischen den Zähnen hervor, und seine Brüder nickten wieder beifällig. »Ja ja, die Ringe.« – »Die Dings, äh, Ringe!«

Dann wandte Ussubul sich an den König. »Wir pfeifen auf Eure Töchter! Ihr könnt sie behalten – und glücklich mit ihnen werden, falls es Euch gelingt!« Er schleuderte die Worte wie eine wilde Bestie heraus, und fast hätte man meinen können, der Geifer rinne ihm aus den Mundwinkeln.

Es entstand ein allgemeiner Tumult. Die Diener der Prinzen sammelten die Ringe und übrigen Gastgeschenke ein, und dann verließen die Prinzen von Assabal nebst ihrem Gefolge den Thronsaal des Königs – ohne Musik und Zeremonien, nur so schnell wie möglich weg.

Der König aber stand vor seinem Thron und fuchtelte wild mit dem Zepter herum. Sein Hals war vor Ärger ganz dick und rot, und auf seiner Stirn schwoll vor Zorn eine Ader an.

»Fantaghirò!« rief er so laut, daß es im Thronsaal mehrmals widerhallte, und wieder klang es wie ein Mischung aus Flehen und Anklagen. »Jetzt will ich dich endgültig nicht mehr sehen! Du bist schuld, daß meine Soldaten das feindliche Heer niemals besiegen werden. Fort mit dir! Geh in die Küche! Du sollst arbeiten wie eine Magd! Wache, schafft sie hinaus!«

Und sobald die Wachen Fantaghirò ergriffen hatten und hinausschleiften, sank der König in seinen Thron zurück, stützte den Kopf in die Hände und verbarg sein Gesicht.

Fantaghirò wurde einfach die Treppe in die Küche hinuntergestoßen, wo ein dichter Nebel aus Rauch, Wasserdampf und Kochdünsten herrschte, und landete direkt vor der obersten Köchin, einer gemeinen alten Mamsell.

»Sie soll die niedrigsten Dienste tun«, rief einer der Wachen der Mamsell zu.

Die Alte stützte die Hände in die breiten Hüften. »Das paßt sehr gut, mir fehlt nämlich der Küchenjunge. Wir werden unserem Prinzeßchen schon Anstand lehren, beim Bratenwenden und beim Gänseschlachten. Hier!« Sie warf Fantaghirò ein kleines Beil zu. »Und wenn du nicht in angemessener Zeit fertig bist, komme ich und zeige es dir – an deinen eigenen Fingern!« Mit diesen Worten verschwand sie im Küchennebel, und Fantaghirò hörte nur noch ihr hämisches Lachen.

Seufzend schritt die Prinzessin zum Gänsekäfig. Was sollte sie tun? Sie würde es nie übers Herz bringen, diese Gänse zu schlachten! Trotzdem suchte sie schließlich eine aus, öffnete das Gitter und griff in den Käfig hinein. Die Gans ließ sich ohne weiteres fangen, und Fantaghirò trug sie zum Schlachtblock hinüber.

»Psst!« machte die Gans plötzlich, noch bevor die Prinzessin sie am Hals gefaßt hatte. »Ich würde mir die Sache noch einmal gut überlegen.« Sie drehte Fantaghirò den Kopf zu und kniepte das Mädchen mit einem Auge an.

»Du kannst sprechen?« Fantaghirò ließ vor Schreck den Gänsehals los, aber das Tier blieb ganz ruhig auf dem Holzblock sitzen.

»Psst!« machte die Gans wieder, diesmal energischer als beim ersten Mal. »Das muß ja nicht jeder gleich mitbekommen! Aber es versteht ja auch sowieso nicht jeder«, beruhigte sie sich dann selbst. »Jedenfalls solltest du dir gut überlegen, ob du mir wirklich den Kopf abschlagen willst«, fuhr die Gans fort und blickte die Prinzessin verschwörerisch an. »Ich könnte dir noch nützlich sein.«

Fantaghirò sah nachdenklich auf das Beil, das sie in der Hand hielt. »Aber was soll ich denn tun? Wenn ich der Köchin keine Gans bringe, hackt sie mir die Finger ab.«

Die Gans kicherte leise. »Dazu wird es gar nicht erst kommen. Hör zu: Wir bleiben hier jetzt erst mal eine Zeitlang zusammen sitzen. Irgendwann wird die Köchin kommen und nach dem Rechten sehen. Dann wirfst du mich direkt auf sie zu und läufst hinaus in das Zimmer deines

Vaters und versteckst dich unter dem Bett. Was dann in der Küche passiert, laß nur meine Sorge sein.«

Und noch während Fantaghirò über die Worte der Gans nachdachte, begann diese schon wieder wie ein ganz gewöhnliches Federvieh zu schnattern.

Der König saß noch immer trübsinnig auf seinem Thron und haderte mit seinem Geschick. Wäre Fantaghirò doch bei ihrer Geburt ein Junge geworden. Dann wäre er jetzt schon längst aus dem Schneider! Plötzlich eilte der General aufgeregt auf ihn zu.

»Mein König«, berichtete er, »der junge König Romualdo schickt Euch eine Botschaft.«

»Auch das noch«, seufzte der König. »Was ist das für eine Botschaft?«

»Nun, er fordert Euch oder vertretungsweise einen Eurer Ritter zum Duell«, antwortete der oberste Kriegsmeister. »Meiner bescheidenen Meinung nach solltet Ihr das Duell auf keinen Fall annehmen. Aber es ist natürlich richtiger, das Orakel zu befragen. Ich habe die Wahrsager bereits holen lassen.« Er trat einen Schritt vom Thron zurück, und die Magier stolperten in den Thronsaal. Sie kicherten schon wieder unaufhörlich, und einen Moment lang schien es dem König, als habe einer von ihnen dem General einen verschwörerischen Blick zugeworfen.

Schon begann der dicke Wahrsager die Steine zu werfen. Er betrachtete sie und schüttelte bedauernd den Kopf.

»Was sagen sie?« drängte der König ängstlich.

»Sie sagen, daß es in Eurem gesamten Heer keinen Krieger gibt, der es mit Romualdo aufnehmen kann.«

Im selben Moment blies der Feuerschlucker zwei Stichflammen, die erste von rötlicher Farbe, die zweite mehr ins Gelbe hinüberspielend. Dann schüttelte auch er den Kopf.

»Die Flamme sagt«, übersetzte der dicke Wahrsager,

»daß Ihr König Romualdo unterliegen werdet, wenn Ihr selbst die Herausforderung annehmt.«

Tatsächlich spürte der König in diesem Moment einen stechenden Schmerz im Rücken. Man ist nicht mehr der Jüngste, dachte er. Zugleich aber war er ausgesprochen verärgert über die Wahrsager. Sollte er ihnen überhaupt Glauben schenken? Hatten sie nicht auch bei der letzten entscheidenden Weissagung die Zeichen falsch interpretiert? Schließlich war Fantaghirò doch ein Mädchen geworden und kein Junge ...

»Ihr solltet den Krieg weiterführen«, sagte jetzt der dünne Wahrsager, »dann werdet Ihr früher oder später gewinnen.«

»Ich möchte mich der Meinung der Wahrsager anschließen«, brachte sich nun der General in Erinnerung. »Wir sollten den Krieg einfach wie bisher weiterführen, und auf diese Weise ...«

»Unfug«, unterbrach ihn der König ungehalten und hielt sich noch immer den Rücken vor Schmerzen. »Der feindliche König hat recht. Irgendwann muß Schluß sein.« Er winkte leicht mit der Hand. »Ihr könnt jetzt gehen.«

»Aber Majestät«, versuchte es der General noch einmal. »Die Orakel ...«

»Schluß jetzt! Ihr könnt gehen!« wiederholte der König ungeduldig. Und während sich der General eilig zurückzog, erhob sich der König schwerfällig und ächzend von seinem Thron.

Fantaghirò war es tatsächlich gelungen, aus der Küche zu fliehen. Als die Köchin zu ihr gekommen war, hatte sie ihr die Gans, genauso wie sie es ihr gesagt hatte, entgegengeworfen und war losgelaufen. Aus dem Augenwinkel sah sie noch, wie die Köchin zurückschreckte und dabei einem der Jungköche auf die Füße trat. Der fiel hinterrücks in die riesige Sahnetorte, die eigentlich für die Prinzen von Assabal angefertigt worden war. Nun war die schöne Torte hinüber – aber die Prinzen waren ja auch schon wieder abgereist –, und Fantaghirò hatte unbemerkt entwischen können. Jetzt lag sie unter dem Bett des Königs.

Auf dem Flur wurden Schritte hörbar, die unendlich müde und schwerfällig über den Steinboden schlurften. Das mußte ihr Vater sein! Wenn er sie nur nicht entdeckte!

Tatsächlich betrat der König wenige Augenblicke darauf das Zimmer. »Wo bist du?« rief er laut, und wieder klang seine Stimme wie eine Mischung aus Flehen und Klagen. Fantaghirò fühlte plötzlich tiefes Mitleid mit ihrem Vater, und sie biß sich auf die Lippen, um nicht zu antworten.

»Warum bist du nicht mehr zu mir gekommen?« fuhr der König fort. »Ich weiß, ich habe dich damals schlecht behandelt. Aber ich habe eingesehen, daß du recht hattest. Ich brauche deine Hilfe, kannst du mir verzeihen?« Noch nie hatte sich seine Stimme so hilflos angehört. Erst jetzt begriff Fantaghirò, daß sie gar nicht gemeint war. »Bitte, komm!« flehte der König noch einmal.

»Ich bin kein Unmensch«, antwortete nun eine Stimme. Im ersten Augenblick glaubte Fantaghirò, daß sie der Gans gehörte. Verwundert schob sie sich ein kleines Stück unter dem Bett vor, um in den Raum sehen zu können. Aber es war nicht die Gans, sondern eine hochgewachsene weiße Gestalt, die mit dem König sprach. Das mußte die Weiße Hexe sein, von der Fantaghirò schon so viel gehört hatte – allerdings nur in Gesprächen, die nicht für ihre Ohren bestimmt gewesen waren, und deren Zeuge sie nur wurde, wenn niemand ahnte, daß sie in der Nähe war. Denn sobald in ihrer Anwesenheit die Rede auf den Tag ihrer Geburt kam, wurde das Gespräch sofort abgebrochen. Deshalb wußte sie nicht genau, welche Rolle die Weiße Hexe damals dabei gespielt hatte.

»Weiße Hexe«, begann der König nun, »mir fehlt deine Weissagung. Ich mußte leider einsehen, daß die Wahrsager unfähig sind. Scharlatane sind sie, und sie haben mir jahrzehntelang falsche Weissagungen aus den Orakeln gelesen. Du allein, du hast mir damals die Wahrheit gesagt, auch wenn ich sie nicht hören wollte. Doch heute bitte ich dich, sage sie mir auch jetzt.«

Die Weiße Hexe machte ein paar Schritte durch das Zimmer. »Ich hätte nicht gedacht, daß du mir nach so langen Jahren irgendwann doch noch einmal in dieser Weise schmeicheln würdest«, antwortete sie, und Fantaghirò glaubte, aus ihrer Stimme ein wenig Spott zu vernehmen. »Nun, ich will es dennoch tun. Um deines Volkes und um deiner Töchter willen. Und weil ich noch immer Mitleid mit dir habe, nicht weniger als am Tag von Fantaghiròs Geburt.« Sie machte eine Pause, so daß ihr letzter Satz in den Ohren der Prinzessin nachklang. Dann fuhr die Weiße Hexe fort. »Nun hör also zu und folge ein einziges Mal in deinem Leben meinem Rat! Nimm Romualdos Herausforderung an. Aber nicht du bist bestimmt, ihn zu besiegen, sondern deine Nachkommen. Deine Nachkommen«, wiederholte sie, »deine Nachkommen!« Die Stimme der Hexe verhallte, und aus ihrem Schlupfloch heraus konnte Fantaghirò erkennen, daß die weiße Gestalt sich langsam in Nebel auflöste.

Der König ließ sich erschöpft in einen seiner Schlafzimmersessel fallen. »Meine Nachkommen?« überlegte er und stützte den Kopf in die Hände. »Hätte ich einen Sohn, voller Freude hörte ich diese Weissagung. Aber das Schicksal hat mir nur Töchter beschert. Was soll ich tun, ich armer, alter König ...«

Im Morgengrauen stahl sich Fantaghirò aus dem Schlafzimmer des Königs. Leise schlich sie über den Flur in das

Schlafgemach, das sie mit ihren Schwestern teilte. Die ganze Nacht hatte sie über die Weissagung der Hexe nachgegrübelt und wollte jetzt mit den beiden Prinzessinnen darüber sprechen. Ungeduldig weckte sie die Schlafenden und erzählte ihnen alles, was sie am Abend zuvor erlebt hatte.

Katharina und Carolina kamen nur schwer zu sich, und wie Fantaghirò sie so in ihren seidenen Kissen liegen sah, schien es auch ihr kaum möglich, daß solche zarten und zerbrechlichen Geschöpfe in der Lage sein sollten, die Weissagung der Weißen Hexe zu erfüllen.

»Aber so hat die Weiße Hexe es gesagt«, antwortete Fantaghirò immer wieder auf die ungläubigen Nachfragen ihrer Schwestern. »Nur die Nachkommen des Königs werden Romualdo besiegen.«

»Bist du sicher, daß nicht ein Enkel damit gemeint sein könnte?« entgegnete Carolina und blickte hilfesuchend zu Katharina hinüber.

»Keinesfalls«, gab Fantaghirò ungeduldig zurück. »Denn das Duell wird nicht erst in ein paar Jahren stattfinden.«

»Und du meinst also wirklich, daß wir drei Prinzessinnen uns dem Duell stellen sollen?« fragte Katharina noch einmal nach. Ihr kam der Vorschlag ihrer jüngsten Schwester einfach unglaublich vor.

»Ja, wir stellen uns alle drei«, entschied Fantaghirò. »Denn wer weiß, wer mit dem Wort *Nachkommen* wirklich gemeint ist. Vielleicht bist du die Heldin«, wandte sie sich an Carolina, und ihre Augen blitzten schalkhaft.

Carolina aber wich erschrocken zurück.

»Also, kommt schon«, lachte Fantaghirò. »Jetzt müssen wir nur noch unseren Vater überzeugen.«

Der König nahm gerade sein Frühstück ein, als seine drei Töchter sich zu ihm an die Tafel setzten. Doch noch bevor Fantaghirò das Wort ergreifen konnte, winkte der König ab. »Euer Anliegen wurde mir bereits durch den Schreiber vorgetragen«, sagte er, während er in ein Hühnerbein biß. »Ich werde niemals meine königliche Einwilligung dazu geben. Ihr bleibt hübsch zu Hause.«

»Aber Vater, die Weissagung lautet doch, daß Eure Nachkommen den Sieg davontragen werden«, widersprach Fantaghirò.

»Da hast du recht, meine Tochter. Aber weibliche Nachkommen ziehen nun mal nicht in den Krieg«, entgegnete der König scharf. »Die Weiße Hexe muß sich geirrt haben. Sie muß sich einfach geirrt haben«, wiederholte er leise und kopfschüttelnd.

»Aber Vater, wer sollte denn sonst ...«, versuchte Fantaghirò es noch einmal.

»Euch fehlt die Kraft eines Mannes, und sein Mut erst recht«, unterbrach sie der König, nun wieder in seinem gewohnten gebieterischen Tonfall.

Doch noch bevor er ausgesprochen hatte, war Fantaghirò aufgesprungen. Unvermittelt zog sie ein Schwert hervor und setzte es an ihren Hals.

»Mein Kind! Was machst du?« entfuhr es dem König.

Aber da hatte Fantaghirò die Klinge schon geschickt durchgezogen. Aus Furcht vor der blutigen Fontäne, die gleich aus dem Hals ihrer Schwester spritzen würde, verbargen ihre Schwestern unwillkürlich ihre Gesichter. Doch triumphierend hielt Fantaghirò statt dessen eine Strähne ihres dunklen, wilden Haares in der Hand. »Seht Ihr nun, daß ich den Mut habe, meine Schönheit aufs Spiel zu setzen? So habt Ihr den Mut, der Weissagung der Hexe zu trauen!« forderte sie ihren Vater auf.

Der König, dem vor Schreck fast das Herz stehengeblieben wäre, sank an die Lehne seines Stuhles. »Also gut«, keuchte er. »Wenn ihr es unbedingt so wollt. Aber niemand darf erfahren, daß meine Kämpfer Frauen sind. Dafür bürgt mir der General.«

Am nächsten Morgen schon ließ der König aufmarschieren. Voller Spannung hatte sich das Volk im Hof des Schlosses versammelt.

Der König stand, flankiert von seinem General und dem Schreiber, auf einem Podest und trug zur Feier des Tages seinen kostbarsten Königsmantel. Jetzt ergriff er das Wort: »Liebe Untertanen! Es ist Zeit, den Krieg zu beenden. König Romualdo, der neue Herrscher des feindlichen Nachbarlandes, hat mich deshalb zum Zweikampf herausgefordert, um endlich Frieden zu stiften.« Der König machte ein Pause. »Wir haben die Herausforderung angenommen«, endete er mit ernster Stimme.

Das Volk jubelte. Es warf Hüte, Mützen und Kappen in die Höhe und rief: »Es lebe der König!«

Der Herrscher gebot mit der Hand Ruhe. »Allerdings bin ich in den vielen Schlachten, die ich für mein geliebtes Volk geführt habe, müde und alt geworden. Die drei stärksten Männer des Landes werden mich daher im Zweikampf vertreten.«

Bei dem Wort »Männer« verzog der General das Gesicht, als hätte er starke Zahnschmerzen. Aber gleich darauf beherrschte er sich wieder.

Der König deutete auf einen Baldachin, unter dem drei Ritter auf ihren Streitrossen Aufstellung bezogen hatten.

»Wir wollen die Ritter, die den König und sein Land so würdevoll vertreten werden, willkommen heißen«, fuhr er fort und gab Zeichen, daß das Volk applaudieren solle. Als der Jubel ertönte, gerieten die Pferde der Ritter in nervöse Bewegung.

»Der erste Kämpfer«, verkündete der General mit lauter Stimme, »ist der Ritter Soffrian.«

Der aufgerufene Ritter klappte sein Visier herunter. »Wie gut, daß ich mir wenigstens noch ein paar Schulterkissen genäht habe«, murmelte Katharina leise unter ihrem Helm. »Auf diese Weise drückt die Rüstung nicht so sehr.« Dann trieb sie ihr Pferd an und ritt in die Mitte des Hofes.

Die Menge jubelte, und der »Ritter« neigte grüßend seine Standarte vor dem König. Als Gegengruß neigte der König sein Zepter. Aber man sah ihm deutlich an, daß er nicht halb so begeistert war wie sonst, wenn seine Männer in den Kampf auszogen.

Dann kündete der General den nächsten Kämpfer an: »Unser nächster Held heißt Baron von Levière.«

Als er aufgerufen wurde, schob auch dieser Ritter sein Visier über das Gesicht. »Schade, daß unter dem Helm meine blonden Haare kein bißchen zur Geltung kommen«, klagte Carolina kaum hörbar. Dann sprengte ihr Roß los.

Sie wurde von der jubelnden Menge ebenfalls freudig begrüßt. Und wie ihre Schwester vollzog sie das Ritual des Königsgrußes.

Nun stand nur noch ein Ritter unter dem Baldachin. »Als letzten«, kommandierte der General an das Volk, »begrüßt den Grafen von Waldorf!«

Der junge Ritter hatte sein Visier, das von seiner Form her an einen Gänseschnabel erinnerte, noch nicht heruntergeklappt, und unter dem Rand des Helmes strahlte ein junges, frisches Gesicht. Als er seinen Namen vernahm, faßte er mit der Hand kurz hinter sich und streichelte über den Kopf einer Gans, die unternehmungslustig aus einer der Satteltaschen herausblickte.

»Was ist? Packt dich jetzt doch noch die Angst?« stichelte sie.

»Wo denkst du hin«, widersprach die für einen Ritter

ungewöhnlich sanfte Stimme. »Heute ist der Tag, auf den ich seit meiner Geburt gewartet habe.« Der junge Kämpfer klappte entschlossen den Mundschutz herunter, während die Hufe des Rosses schon ungeduldig scharrten. »Auf zum Sieg!« rief er. »Für mein Volk – und für meinen Vater!«

Wie Fantaghirò König Romualdo traf

Es wurde schon langsam Abend. Ein stattlicher Zug von Reitern durchquerte die Wiesen und Wälder des Königreichs, angeführt von einem ziemlich grimmig dreinsehenden General, der bereits seine Kriegsrüstung trug. Auf dem Pferd neben ihm saß ein junger Ritter. Hinter ihnen folgte das übliche Soldatenvolk, und am Ende des Zuges schleppten sich zwei Ritter in einer Haltung, die alles andere als kämpferisch war, auf ihren Schlachtrossen dahin. Es war die Truppe des Königs, die seit dem Morgengrauen unterwegs war, um sich der Herausforderung von König Romualdo zum Duell zu stellen.

Der dritte Ritter ließ sein Pferd zurückfallen, bis der Zug an ihm vorüber passiert war. Dann gesellte er sich zu seinen Mitstreitern.

»Ihr seid doch hoffentlich nicht schon müde!« sprach er die beiden an und schob sein Visier hoch, so daß Fantaghiròs Gesicht zum Vorschein kam. »Wir haben noch ein ziemliches Stück Weg vor uns, ehe wir in König Romualdos Gebiet gelangen.«

»Ach, Fantaghirò«, klagte Carolina, die ihr Pferd so gut es ging zwischen den Bäumen hindurch lenkte, »wenn du wüßtest, wie heiß mir unter dieser Rüstung ist. Ich möchte nichts lieber als ein Bad nehmen!«

»Immerhin sind wir seit heute morgen unterwegs«, unterstützte sie Katharina, die in der Mitte ritt. »Und das ist eine beträchtliche Leistung, wenn man es nicht gewohnt ist. Findest du nicht auch, Carolina? Carolina ...?«

Doch anstatt einer Antwort schrie Carolina auf: »Hilfe! Räuber! Sie haben mich erfaßt.« Und mit aller Macht schlug die Prinzessin um sich, denn irgend etwas hatte sie aus dem Sattel gehoben. Es waren jedoch nur die Äste eines Baumes, die im Dickicht des Waldes in den Weg ragten.

Auf der Stelle wendete Fantaghirò ihr Pferd. »Hörst du wohl auf zu schreien!« zischte sie ihre Schwester an. »Oder sollen die Soldaten erfahren, daß wir die Töchter des Königs und nicht seine Ritter sind?«

»Sei still, Carolina«, stimmte auch Katharina schnell zu, »du hast dich nur im Baum verfangen. Fantaghirò holt dich herunter.«

Im Handumdrehen hatte Fantaghirò ihr Schwert gezogen und befreite ihre Schwester aus dem Geäst. Etwas unsanft fiel Caroline auf den Waldboden. Geistesgegenwärtig schob sie ihren Helm, der sich bei dem Sturz gelöst hatte, wieder über die blonden Locken, denn der General hatte den Trubel hinter sich bemerkt und ließ den Zug anhalten. Zusammen mit einigen seiner Soldaten begab er sich zu den vermeintlichen Rittern.

»Was ist, edle Herren«, begann er, und über sein Gesicht glitt ein hämisches Grinsen, »seid Ihr schon müde?«

»Nun, ich dachte gerade, daß Räuber ...«, versuchte Carolina ihr Mißgeschick zu erklären.

»Immerhin wird es schon bald Nacht ...«, setzte Katharina gleichzeitig an.

Doch Fantaghirò zog eine unwillige Miene und schnitt ihnen das Wort ab. »Wir haben soeben beschlossen, daß wir unsere Kräfte schonen sollten«, erklärte sie mit fester Stimme. »Es ist unsinnig, König Romualdo so weit entgegenzureiten. Daraus zieht nur er seinen Vorteil, weil wir viel länger unterwegs waren als er. Deshalb sollten wir hier unser Lager aufschlagen und uns dann auf einen Schauplatz für das Duell verständigen, der für beide Parteien gleich weit entfernt liegt.«

Der General grinste wieder. »Das ist sehr weise, Graf von Waldorf«, säuselte er. »Wie konnte ich an Euren Kräften zweifeln?« Dabei beugte er leicht den Kopf und entfernte sich mit seinem Pferd.

Auf Befehl des Generals begannen die Soldaten kurz darauf, die Zelte aufzuschlagen, und noch bevor sie fertig waren, brach auch schon die Dämmerung herein. Im Schein der Fackeln bezogen die Prinzessinnen ihre Unterkunft, während die Soldaten sich im Schutz des Streitwagens um ein Lagerfeuer herum auf den Boden lagerten.

»Uiuiui«, jammerte Carolina, als sie sich aus ihrer Rüstung herausschälte, »meine Haut ist von dem harten Eisen ganz aufgescheuert. Ach, wie weh das tut!«

»Sei still, Carolina«, herrschte Fantaghirò sie an. Jetzt, wo sie zum ersten Mal den Helm abgelegt hatte, konnte man sehen, daß sie völlig verändert aussah. Vor dem Aufbruch am Morgen hatte sie eigenhändig ihre langen Locken abgeschnitten und sah dadurch fast wie ein Knabe aus – eine gute Voraussetzung für den Fall, daß sie ohne Helm gegen König Romualdo würde kämpfen müssen. »Die Soldaten werden uns sonst noch entdecken«, schimpfte sie weiter mit ihrer Schwester. »Du jammerst wie ein altes Weib.«

»Sie ist ja auch eine Frau«, nahm Katharina ihre Schwester in Schutz. »Und sie hat ein Recht, ihren Schmerz auszudrücken.«

»Pah!« antwortete Fantaghirò. »Sie hat vor allem die Pflicht, ihren Vater würdig zu vertreten! Außerdem kannst du dich freuen«, wandte sie sich jetzt wieder an Carolina. Aus ihren Augen blitzte es schelmisch. »Wenn die Abschürfungen erst einmal verheilt sind, bildet sich an der Stelle Hornhaut. Dann hast du garantiert nie wieder Schmerzen!«

»Jetzt habe ich aber genug!« Carolina sprang in einem plötzlichen Temperamentsausbruch auf. »Ich werde mir diese Unbequemlichkeit und dazu noch deinen Spott nicht länger antun! Ich reite nach Hause!« Und sie machte sich daran, ihre Rüstung wieder anzulegen.

»Du kannst doch nicht allein reiten, Carolina! Du brauchst Schutz«, gab Katharina zu bedenken. »Wir werden den General bitten, dich zu begleiten.«

»Das ist wirklich eine fabelhafte Idee«, lachte Fantaghirò spöttisch. »Ausgerechnet ihn! Habt ihr noch nicht bemerkt, daß er ein gemeiner und gefährlicher Kerl ist?«

»Aber er vertritt doch unseren Vater«, antwortete Katharina ungläubig.

»Er verrät und hintergeht unseren Vater, solltest du lieber sagen«, entgegnete Fantaghirò. »Wenn ihr beide euch nicht immer nur mit dem beschäftigen würdet, was angeblich Frauen geziemt, hättet ihr längst bemerkt, daß der General der eigentliche Machthaber über das Land unseres Vaters ist. Seit Jahren besticht er die Wahrsager, damit sie die Orakel falsch deuten. Und zwar immer so, daß die anschließenden Entscheidungen unseres Vaters für ihn, den General, günstig ausfallen.« In einem wilden Zornesausbruch sprudelte sie dies alles heraus.

Katharina war vor Schreck ganz starr geworden. »Aber, woher weißt du ... woher willst du das wissen?« fragte sie.

»Weil ... weil ich gelauscht habe«, gab Fantaghirò betreten zu. »Ich weiß, daß es sich nicht gehört. Und deswegen will ich auch, daß ihr zu keinem Menschen ein Wort darüber verliert, wenn ihr wieder im Schloß seid.« Sie sah ihre Schwestern fordernd an.

»Carolina reitet zurück«, entgegnete Katharina fest, »ich aber werde mich weiter dem Duell gegen Romualdo stellen.«

Fantaghirò zögerte einen Moment. »Es ist besser, wenn

ihr beide geht«, sagte sie dann. »Wie wollt ihr das Duell denn bestehen? Romualdo kämpft weder gegen Nadeln noch gegen Kämme. Aber das sind die einzigen Dinge, mit denen ihr umgehen könnt. Ihr habt also sowieso keine Chance! Ich werde allein gegen Romualdo antreten.«

Jetzt wurde Katharina vor Wut bleich. »Und warum hast du uns vorher überredet, mitzukommen?«

»Weil sie mich allein niemals aus dem Schloß gelassen hätten«, entgegnete Fantaghirò, als handelte es sich um die natürlichste Sache der Welt.

»Du hast uns also nur benutzt? Pfui, und du willst meine Schwester sein!« Carolina zitterte vor Empörung, so daß es ihr kaum gelang, die Schnallen an der Rüstung zu schließen. »Du bist gemein!«

»Carolina hat recht!« Katharina griff bereits nach ihrem Helm. »Vor allem aber bist du überheblich. Du glaubst, alles allein zu können. Und wenn wir dir nur als Vorwand gedient haben, können wir dich jetzt auch guten Gewissens allein lassen. Aber du solltest dich in acht nehmen«, schärfte sie Fantaghirò ein, bevor sie ihren Helm aufsetzte, »Überheblichkeit macht einsam. Auf diese Weise wirst du nie einen Menschen finden, der dich liebt.«

»Na und?« gab Fantaghirò patzig zurück, und am liebsten hätte sie wie früher mit dem Fuß aufgestampft. »Dann eben nicht!«

Ohne sich weiter von ihrer Schwester zu verabschieden, verließen Katharina und Carolina im Dunkel der Nacht das Zelt. Fantaghirò warf sich trotzig auf ihr Feldbett und betrachtete eine Weile die Schattenspiele, die der Schein der Kerze an die weiße Leinwand warf. Nach ein paar Minuten richtete sie sich jedoch plötzlich auf.

»Gans?« fragte sie. »Gans, wo bist du? Hast du dich versteckt?« Fantaghirò lauschte einen Moment, ob sie das

Schnattern ihrer neuen Freundin irgendwo vernahm. Doch sie erhielt keine Antwort, nicht das leiseste Geräusch.

Traurig ließ sich die Prinzessin zurück auf das Feldbett sinken. Warum nur? fragte sie sich. Warum verlassen mich alle, warum bin ich immer allein? Und aus ihren Augen rannen heimliche Tränen.

Während Fantaghirò in ihrem Zelt um Schlaf rang und ihre Schwestern sich auf ihren Pferden den Weg durch die dunkle Nacht suchten, saß König Romualdo in seinem Thronsaal. Fackeln leuchteten von den Wänden, und leise Musik erfüllte den Raum.

Vor dem Thron des Herrschers zogen in einer langen Reihe Mädchen und junge Frauen entlang, die von Kopf bis Fuß in Tücher gehüllt waren, so daß man nur ihre Augen sehen konnte. Als sie vor dem Thron angelangt waren, machten sie einen tiefen Knicks vor dem König und gingen dann weiter.

Doch ihr Anblick schien den jungen König nicht sonderlich zu fesseln. Er blickte jede einmal kurz an, doch nur um sich sofort der Nächsten zuzuwenden. Ratlosigkeit machte sich auf seinem Gesicht breit. Er konnte das Augenpaar, dem er im Wald begegnet war, einfach nicht vergessen. Wohin er auch blickte, überall schien es ihm entgegenzuleuchten: im Wasser des Waldbaches, in der Form der Wolken am Himmel. Ja, sogar in der blankpolierten Klinge des Schwertes, das sein Getreuer Cataldo ihm für den bevorstehenden Kampf eigens geschmiedet hatte. Und weil ihn dieses Traumbild so unerbittlich verfolgte, hatte Romualdo einen Erlaß verkünden lassen: Alle Mädchen und Frauen seines Reiches, die sich im heiratsfähigen Alter befanden, sollten sich an seinem Hofe einfinden, auf daß er jeder von ihnen in die Augen sehen konnte.

König Romualdo betrachtete die Reihe der Augenpaare,

die an ihm vorüberzog, noch eine Zeitlang, doch dann erhob er sich. Es war zwecklos. So schön die Augen mancher Mädchen auch waren, sie alle reichten nicht an das eine Augenpaar heran.

Jetzt trat Cataldo von der Seite auf seinen Herrscher zu. »Der feindliche König hat deine Herausforderung angenommen. Drei Ritter sind schon unterwegs hierher – das heißt je einen für dich, mich und Ivaldo. Das gibt einen Spaß.«

Aber König Romualdo zuckte nur wortlos die Schultern.

»Was ist, hast du etwa Angst?« erkundigte sich Ivaldo, der von der anderen Seite des Throns an Romualdo herangetreten war.

»Angst«, wiederholte Romualdo gedankenverloren. »Für solche Gefühle ist in meinem Herzen kein Platz mehr. Es ist erfüllt von diesem Blick ...« Und wortlos verließ er den Saal, ohne sich weiter um die lange Reihe der Frauen und Mädchen zu kümmern.

Schon im Morgengrauen legte Fantaghirò ihre Rüstung an. Sie hatte schlecht geschlafen und war immer wieder aufgewacht. Unentwegt hatte sie über die Auseinandersetzung mit ihren Schwestern nachdenken müssen. Ihr war jetzt klar, warum Katharina und Carolina verärgert waren, sie war wirklich nicht gerade freundlich mit ihnen umgegangen. Es tat ihr leid, daß sie die beiden Schwestern so verletzt hatte. Die Armen waren wahrscheinlich die ganze Nacht über geritten. Wie weit sie wohl gekommen waren?

Unbemerkt sattelte Fantaghirò ihr Pferd. Im Lager war noch alles still, nur das Schnarchen der Soldaten, die um das Feuer herum schliefen, war zu hören. Fast geräuschlos schwang sie sich auf ihr Pferd und galoppierte durch die frische Morgenluft. Es war, als bliese der Wind die Trübsal, die sich in der Nacht über sie gesenkt hatte, hinfort. Fantaghirò ordnete ihre Gedanken – und schweren Herzens faßte sie einen Entschluß.

Als sie auf der Kuppe eines Hügels anhielt, um ihrem Pferd eine kurze Pause zu gönnen, erblickte sie im Tal zwei Gestalten in Rüstungen. Tatsächlich! Dort unten ritten Katharina und Carolina. Offensichtlich hatten ihre Reitkünste sie während der Nacht nicht allzuweit gebracht.

»Katharina! Carolina! Wartet auf mich!« rief Fantaghirò, trieb ihr Pferd an und ritt zu ihren Schwestern. »Es … es tut mir leid, was ich euch gestern gesagt habe«, begann sie ein wenig atemlos. »Ich wollte nicht so hart zu euch sein. Und ich wollte euch sagen …«, sie stockte einen Moment, dann brachte sie es heraus, »daß ich jetzt mit euch nach Hause komme.«

»Aber Fantaghirò«, rief Katharina, »es ist nicht allein deine Schuld. Auch Carolina und ich sind gestern abend hart zu dir gewesen, und es tut uns leid. Und selbst wenn du aufbrausend und manchmal überheblich bist«, sie lächelte versöhnlich, »werden wir dich immer lieben.«

»Ja«, schaltete sich Carolina ein, »und ein bißchen recht hast du ja auch. Was nützt es, mit einem Kamm umgehen zu können, wenn man keinen hat?« Sie zog eine Strähne ihrer zerzausten Haare glatt. »Wenn man aber schon mal ein Schwert mit sich trägt, dann sollte man es auch führen können. Und das zu lernen, haben Katharina und ich versäumt.«

»Fantaghirò, kehre nicht mit uns zurück«, fuhr Katharina fort. »Du mußt kämpfen. Du bist die einzige von uns, die es schaffen kann. Carolina und ich haben uns stets dem gebeugt, was als Mädchen und Frauen von uns erwartet wurde. Doch unser Land zu retten, ist dein Wunsch und dein Traum. Versuche, ihn wahr werden zu lassen.«

Die beiden Schwestern gaben ihren Pferden nun ein Zeichen und schickten sich an, ihren Weg fortzusetzen. »Leb wohl, Fantaghirò«, rief Katharina zurück, »unsere Herzen sind bei dir!«

»Viel Glück, Schwester!« rief auch Carolina. »Du hast den Mut für uns drei!«

Sie winkten noch einmal, dann verschwanden sie hinter einer Baumgruppe.

»Habt Dank, meine Schwestern«, rief Fantaghirò ihnen nach. »Ich will mein Bestes geben!« Dann klappte sie ihr Visier hinunter, wendete ihr Pferd und ritt den Hügel hinauf zurück in Richtung Lager.

Sie war jetzt voller Mut, wenn sie an die bevorstehende Begegnung mit König Romualdo dachte. Sie hätte nur zu gern gewußt, wie ihr Gegner aussah. Außer der Tatsache, daß König Romualdo jung war, hatte keiner im Land ihres Vaters Auskunft über ihn geben können.

Plötzlich horchte Fantaghirò auf. Pferdegetrappel durchbrach die morgendliche Stille des Waldes, und kurz darauf erblickte sie in einiger Entfernung zwischen den Bäumen drei Reiter. Sie preschten heran, und nur kurze Zeit später standen die Männer mit ihren Pferden in einer engen Schlucht Fantaghirò gegenüber.

»Laßt uns vorbei, Ritter, macht Platz«, forderte einer der Reiter.

»Warum ich?« entgegnete Fantaghirò. »Nur, weil Ihr drei gegen einen seid?«

»Ein Kampf wird immer Mann gegen Mann geführt«, erwiderte der Reiter daraufhin, zückte sogleich sein Schwert und galoppierte auf Fantaghirò zu.

Aber auch die Prinzessin hatte wie der Blitz ihre Waffe gezogen. Und als der Angreifer jetzt sein Schwert in ihre Richtung stieß, wehrte sie den Hieb gekonnt ab. Durch eine geschickte Drehung brachte sie den Gegner aus dem Gleichgewicht, so daß er aus dem Sattel auf den Waldboden stürzte.

Fantaghirò lachte, von ihren eigenen Künsten überrascht. »So«, rief sie dann den beiden anderen Reitern zu, »und nun laßt mich passieren.«

»Es steht dem weniger Edlen nicht an, dem Edleren den Weg zu versperren«, erwiderte jedoch der zweite Reiter. »Der einfache Ritter hat dem königlichen Geblüt zu weichen.«

»Ich bin kein einfacher Ritter«, entgegnete die Prinzessin verärgert und sprang aus dem Sattel, »und das werde ich Euch beweisen. En garde!«

Im gleichen Moment sprang der fremde Reiter auf Fantaghirò zu, und es entspann sich ein heftiger Kampf. Ihr Gegner war ein guter Kämpfer, doch auch Fantaghirò behauptete sich. Sie drang erst vor, dann ließ sie sich von ihm zurückschlagen, um sogleich wieder vorzustechen. Einen Moment lang glaubte die Prinzessin, aus dem Augenwinkel heraus die Gans, die sie seit der vorigen Nacht nicht mehr gesehen hatte, zu erkennen. Da umschlang plötzlich eine Baumwurzel ihren Knöchel. Die Prinzessin strauchelte, versuchte noch einen Schritt, um sich zu fangen, dann fiel sie rücklings nieder. Hinter ihr erklang das Geräusch eilig schlagender Gänseflügel...

Doch Fantaghirò blieb keine Zeit, weiter darüber nachzudenken, denn der fremde Gegner hatte ihr bereits das Schwert an die Kehle gesetzt. Schutzlos blickte sie ihm direkt ins Gesicht, denn das Visier ihres Helmes war durch den Sturz zurückgeklappt. Sie spürte, wie die Klinge leicht an ihrer Haut ritzte. Doch dann wurde ihr Gegner plötzlich von hinten weggerissen.

»Halt, das kannst du nicht tun! Er ist gefallen!« Der dritte Reiter, der ein viel prunkvolleres Gewand als seine beiden Begleiter trug, hielt den Angreifer zurück. »Kommt, ich helfe Euch auf«, sprach er zu Fantaghirò und streckte ihr seine Hand hin. Als seine Augen jedoch denen der Prinzessin begegneten, hielt er inne.

»Das ist nicht nötig«, sagte sie schnell und sprang auf die Beine. Eilig klappte sie das Visier wieder herunter. »Schont Eure Kräfte!«

»Wer seid Ihr?« fragte ihr Retter, ohne den Blick von ihr zu wenden. Diese Augen kamen ihm so bekannt vor. Doch das konnte ja nicht sein.

»Ich bin Graf von Waldorf«, antwortete die Prinzessin, während sie sich in den Sattel des Pferdes schwang. »Ich bin hier, um mich der Forderung von König Romualdo zu stellen. Und ich hoffe, daß ich ihn bald kennenlerne.«

Die drei Reiter sahen sich einen Augenblick an. »Ihr habt ihn bereits kennengelernt«, antwortete dann derjenige, der Fantaghirò fast umgebracht hätte. Er deutete auf den Mann in den prunkvollen Gewändern. »Das ist König Romualdo.«

Fantaghirò zögerte einen Moment. Doch dann riß sie entschlossen ihr Pferd herum, trieb es eilig an und galoppierte über die Hügel des Waldes davon, ohne den jungen König und seine Begleiter noch eines Wortes zu würdigen.

Während sie blindwütig durch den Wald preschte, spürte sie, wie in raschem Rhythmus heftige Schläge ihren Körper durchzuckten. Sie konnte jedoch nicht unterscheiden, ob sie vom Galopp des Pferdes oder von ihrem Herzen herrührten.

Endlich kam das Lager in Sicht. Fantaghirò zügelte das Pferd, saß schließlich ab und band es fest. Dann verschwand sie unverzüglich im Schutz des Zeltes.

Hier wurde sie schon von der Gans erwartet, die auf dem Bett der Prinzessin saß und ihr aufmerksam entgegensah.

»Ich habe König Romualdo getroffen«, stieß Fantaghirò aufgeregt hervor und ließ sich ebenfalls auf dem Bett nieder.

»Tatsächlich?« antwortete die Gans und spreizte genüßlich ihre Flügel. »War er nett?«

»Er hat mir das Leben geschenkt, anstatt mich zu töten. Er wollte mich demütigen«, ereiferte sich die Prinzessin.

Die Gans wiegte ihren weißen Kopf. »Soviel ich gehört habe, nennt man ein solches Verhalten auch ritterlich. Könnte er nicht auch andere Gründe gehabt haben, dein Leben zu retten?«

Fantaghirò schnaubte abfällig. »Welche denn? Nein, er ist einfach feige. Darum läßt er auch andere für sich kämpfen.«

»Daß ich nicht lache«, entgegnete die Gans. »Du weißt, daß er als Kämpfer unbesiegbar ist. Er hat dir einfach eine Chance gegeben.«

Fantaghirò stützte empört die Hände in die Hüfte. »Was verstehst du eigentlich von diesen Dingen, du dumme Gans?«

»Vielleicht mehr als du ahnst, meine Liebe«, antwortete das Tier vergnügt. Dann sprang es vom Feldbett und lief unter fröhlichem Schnattern, das sich fast wie ein menschliches Lachen anhörte, aus dem Zelt.

Auf König Romualdos Schloß fand an diesem Abend ein großes Festmahl statt. Es war das erste, das er als junger Herrscher selbst abhielt, und seine Bediensteten hatten deshalb Köstlichkeiten aus aller Herren Länder kommen lassen. Während die Gäste tafelten, unterhielt eine Tänzerin die Anwesenden mit ihren Künsten. In verführerische Gewänder gehüllt, tanzte sie ganz nah vor dem jungen König. Doch während sonst alle Männer den Blick nicht von ihr lösen konnten, schien Romualdo fast durch sie hindurch zu sehen.

Cataldo beugte sich ein Stück zu dem jungen König hinüber. »Sie ist die schönste Frau deines Reiches«, erklärte er. »Sie wird dir heute abend zu Willen sein und alle deine Wünsche erfüllen.«

Aber Romualdo drehte nur unwillig den Kopf zur Seite.

»Wirklich, Romualdo, sie wird alles für dich tun«, wandte sich jetzt auch Ivaldo an ihn. »Du kannst sie bitten, um was du willst.«

Romualdo zögerte einen Moment, dann glitt ein Leuchten über sein Gesicht. Er stand auf, faßte die Tänzerin am Arm und zog sie sanft zu sich heran. »Ich muß dich etwas fragen«, flüsterte er ihr zu.

Sogleich schmiegte die Tänzerin ihren biegsamen Körper eng an den seinen. »Alles, was Ihr wollt«, hauchte sie.

König Romualdos Lippen näherten sich dem Ohr der Tänzerin. »Sag mir: Wovor hat eine Frau am meisten Angst?«

Die Tänzerin sah ihn einen Moment lang ungläubig an. Aber Romualdo schien auf seiner Frage zu beharren und hob erwartungsvoll eine Augenbraue. Alle Versammelten blickten bereits auf den König und sie. Schließlich stellte sich die Tänzerin auf ihre Zehenspitzen und flüsterte Romualdo etwas ins Ohr.

Augenblicklich erhellte sich seine Miene. »Natürlich«, rief er aus. »Daß ich darauf nicht von selbst gekommen bin!« Und lachend schritt er zu seinem Thron zurück. »Schick einen Boten zum Lager des Grafen von Waldorf. Ich lade ihn für morgen früh zur Jagd ein«, wandte er sich an Cataldo. »Vielleicht wissen wir bald mehr über den geheimnisvollen Ritter.«

Wie Fantaghirò das Heilige Tier besiegte

Die Nachricht, daß König Romualdo den Grafen von Waldorf zur Jagd einlud, wurde im Lager mit allgemeinem Erstaunen zur Kenntnis genommen. Fantaghirò aber war völlig irritiert, als der General ihr die Einladung überbrachte.

»Und was wird aus dem Duell?« fragte sie.

Der General hob die Schultern. »Meiner Ansicht nach legt es König Romualdo darauf an, Euch zu demütigen. Kein Mensch wagt sich in die Rabenschlucht, wo die Jagd stattfinden soll. Es ist das Gebiet des Heiligen Tiers. Und obwohl es nur Frauen völlig verschlingt«, er lächelte jetzt verschlagen, »tötet es doch auch jeden Mann, der sich seiner Höhle nähert. Ich vermute, König Romualdo rechnet damit, daß Ihr diese Einladung gar nicht erst annehmen werdet und Euch auf diese Weise noch vor dem Duell als Feigling erweist.«

Fantaghirò war während der Worte des Generals im Zelt auf und ab gewandert. Jetzt blieb sie plötzlich stehen. »Wenn das so ist, nehme ich die Einladung gerne an«, erwiderte sie, und in ihren Augen blitzte es unternehmungslustig. »König Romualdo soll nicht glauben, im Grafen von Waldorf einen Feigling als Gegner zu haben. Überbringt dem König meine Zusage!« forderte sie den General auf.

»Ganz wie Ihr wollt. Aber ich habe Euch gewarnt«, antwortete der. Dann verbeugte er sich und verließ das Zelt.

»Die wären wir auch bald los«, sagte er leise zu sich selbst und rieb sich freudig die Hände.

Fantaghirò aber machte sich bereit, um pünktlich am vereinbarten Treffpunkt in der Schlucht einzutreffen. Da es sich nicht geziemte, zu einer solchen Einladung in der Rüstung zu erscheinen, legte sie ihre Jagdkleidung an und warf Pfeil und Bogen über die Schulter. Wie gut, daß sie sich die Haare abgeschnitten hatte. Denn sonst hätte König Romualdo auf den ersten Blick erkannt, mit wem er es wirklich zu tun hatte – nämlich mit einem hübschen Mädchen. Und gegen eine Frau würde er mit Sicherheit gar nicht erst zum Duell antreten.

Der König und seine Getreuen kamen fast zur gleichen Zeit wie die Prinzessin am Treffpunkt an. Als sie von fern den vermeintlichen Grafen sahen, verlangsamten sie die Schritte ihrer Pferde.

»Das ist ja noch ein Bürschchen«, zischte Cataldo seinem Herrn zu.

»Man möchte fast sagen: ein Kleinkind«, ergänzte Ivaldo. »Welche Schmach, von ihm besiegt worden zu sein.«

Aber Romualdo schüttelte den Kopf, ohne seine Augen von Fantaghirò zu wenden, die den drei Reitern am Ende der Schlucht gegenüber stand. »Weder ein Bürschchen noch ein Kleinkind«, sagte er leise. Dann ermunterte er sein Pferd und ritt den anderen voran auf Fantaghirò zu. »Welche Freude, Euch zu sehen, Graf von Waldorf«, begrüßte er sie. »Hattet Ihr keine Bedenken, so ganz allein den Heiligen Wald zu betreten?«

Fantaghirò schüttelte den Kopf. »Keineswegs, König Romualdo. Mir ist nur nicht klar, was Ihr hier jagen wollt. Im Heiligen Wald ist das Jagen von Tieren verboten.«

»Nun«, antwortete Romualdo und umkreiste auf seinem Pferd den Jagdgast einmal. »Man muß ja nicht nur Tiere jagen. Habt Ihr noch nie von der Jagd nach der Liebe gehört?«

Fantaghirò durchfuhr ein eisiger Schreck. Hatte Romualdo sie bereits durchschaut? Doch sie sammelte sich rasch. »Habt Ihr mich zu einem Jagdausflug oder zu einer kleinen Plauderei eingeladen?« fragte sie. »Nun sagt schon, was wollen wir jagen?«

König Romualdo musterte die Prinzessin von Kopf bis Fuß. »Angesichts Eurer kräftigen Figur würde ich Eidechsen oder Schmetterlinge vorschlagen.« Als er sah, daß sein Gegner für diese Art Scherze offenbar überhaupt nichts übrig hatte, fuhr er fort: »Da ich aber denke, daß Ihr Euren Mut unter Beweis stellen wollt, schlage ich etwas anderes vor: Wir wollen die Goldene Rose aus der Grotte des Heiligen Tiers holen.«

Fantaghirò wich unwillkürlich ein wenig zurück. Noch nie war ein Mensch, der diese Höhle betreten hatte, lebend wieder herausgekommen. Aber was tun? Anscheinend hatte der General recht gehabt, als er annahm, daß Romualdo seinen Gegner als Feigling darstellen wollte.

Für meinen Vater und für mein Land! sagte sie schließlich tapfer zu sich selbst. »Gut«, rief sie dann Romualdo zu, »also reiten wir zur Höhle. Worauf warten wir noch?«

Obwohl König Romualdo zunächst so gesprächig gewesen war, ritten die vier Jäger jetzt wortlos zur Höhle des Heiligen Tiers. Es schien sogar so, als sei der junge König plötzlich nachdenklich und in Gedanken versunken. Nicht ein einziges Mal richtete er das Wort an seinen Jagdgast, und auch Fantaghirò schwieg. Tief in ihrem Innern spürte sie eine geheime Furcht vor dem zu bestehenden Abenteuer. Um sich Mut zu machen, strich sie mit der freien Hand ein paarmal über den Kopf der Gans, die in der Satteltasche saß. Einmal quakte das Tier kurz auf, und Fantaghirò glaubte ein leises »Wenn das mal gutgeht!« zu verstehen.

Schließlich kam die Gruppe am Eingang der Höhle an. Ein rötlicher Schimmer umgab den Fels der Grotte, und von Zeit zu Zeit drangen giftig-gelbliche Nebelschwaden aus ihr hervor. »Nun?« rief Fantaghirò, sprang vom Pferd, zückte ihren Bogen und hängte sich die Satteltasche mit der Gans über die Schulter. »Wer die Goldene Rose als erster ans Tageslicht bringt, soll der Sieger sein.«

Aber König Romualdo machte ein gnädige Handbewegung. »Versucht Ihr Euer Glück zuerst, Graf.«

Fantaghirò drehte sich langsam zum Grotteneingang. Ihr Herz schlug wild, aber das durfte sie sich ihrem Gegner gegenüber nicht anmerken lassen. Es war König Romualdo also tatsächlich gelungen, sie in diese Falle zu locken. Ihr Leben war verspielt, denn der Tod durch das Heilige Tier war ihr gewiß. Und da das Ungeheuer sich sicher nicht täuschen ließ, würde am Ende doch noch herauskommen, daß Graf von Waldorf, der Ritter des feindlichen Königs, eine Frau gewesen war. Fantaghirò atmete noch einmal tief durch.

»Halt!« rief in diesem Moment König Romualdo. Er sprang eilig von seinem Pferd und lief auf Fantaghirò zu. »Ich bitte Euch, geht nicht hinein. Verzeiht mir, Graf, ich wollte Euch auf die Probe stellen. Ich war sicher, daß Ihr ablehnen würdet.«

Fantaghirò hatte Mühe, dem jungen König in die klaren Augen zu sehen. Es schien ihr, als könne er durch sie hindurch bis auf den Grund ihrer Seele blicken. Sie wandte den Kopf ab.

»Nun habt Ihr bewiesen, wie mutig Ihr seid«, fuhr König Romualdo fort. »Ich bin bereit, den Zeitpunkt des Duells festzulegen.«

»Ich habe Eure Einladung zur Jagd angenommen«, entgegnete Fantaghirò und bemühte sich, ihrer Stimme einen festen Klang zu geben. »Also werde ich auch jagen. Den

Zeitpunkt des Duells können wir festlegen, sobald ich aus der Höhle zurückkehre.« Dann betrat sie, ohne Romualdo noch einmal anzublicken, entschlossenen Schrittes die Grotte.

Ivaldo und Cataldo, die bei den Pferden geblieben waren, näherten sich nun ebenfalls vorsichtig dem Eingang der Höhle.

»Was soll das Ganze, Romualdo?« fragte Cataldo. »Wozu schickst du ihn in den Tod?«

»Ich wollte ihn nicht töten«, antwortete Romualdo beschämt. »Ich wollte einen Beweis.«

»Einen Beweis? Aber wofür denn?« fragte Ivaldo.

Romualdo zögerte einen Augenblick. »Dafür, daß die Augen des Grafen die Augen eines Mädchens sind.«

»Der Graf von Waldorf soll eine Frau sein?« rief Ivaldo aus. »Meine Niederlage im Kampf wird immer schmählicher!«

»Bis der Graf im Eingang dieser Höhle verschwand, war ich mir fast sicher«, fuhr Romualdo fort und starrte in das Dunkel der Grotte. »Wißt ihr, was die schöne Tänzerin mir antwortete, als ich sie fragte, was eine Frau am meisten fürchtete? Sie sagte, es sei das Heilige Tier. Keine Frau würde sich deshalb jemals freiwillig in die Nähe der Höhle begeben ...«

»Dann ist er also doch ein Mann«, schloß Cataldo.

Romualdo schüttelte den Kopf. Noch immer konnte er seinen Blick nicht aus dem nebelerfüllten Felseingang lösen. »Kann mich denn mein Herz so täuschen?«

»Wie konntet ihr so etwas tun?« Der König warf sich unmutig gegen die Lehne seine Thrones.

»Aber Vater«, antwortete Carolina, die mit ihrer Schwester mittlerweile wieder wohlbehalten im Schloß angekommen war. Die beiden hatten rasch ein Bad genommen, sich umgezogen und knieten jetzt vor dem Thron des Königs, um ihm alles zu erzählen. »Fantaghirò hatte einfach recht. Ich für meinen Teil hätte wirklich nicht gewußt, wie ich gegen Romualdo mit dem Schwert hätte siegen sollen.«

»Das meine ich doch gar nicht«, entgegnete der König ungeduldig und verzog sein Gesicht, als hätte er Zahnschmerzen. »Aber wie konntet ihr eure kleine Schwester allein lassen? Fantaghirò ist doch noch ein halbes Kind!«

Auf Katharinas Lippen malte sich ein feines Lächeln. »Sie ist die Jüngste von uns, aber sie hat den größten Mut«, erklärte sie. »Nur sie ist eine geeignete Gegnerin für Romualdo.«

»Ach«, seufzte der König, »das arme Ding. Wenn ich nur wüßte, was sie gerade macht. Vielleicht ... ja, vielleicht sollte ich die Wahrsager befragen.« Eilig erhob er sich von seinem Thron.

»Das kann er genausogut bleiben lassen«, flüsterte Carolina ihrer Schwester zu. »Fantaghirò hat doch gesagt, daß sie nie die Wahrheit sagen, weil der General sie besticht.«

»Psst! Wir dürfen es aber nicht verraten«, zischte Katharina. Doch der König drehte sich bereits um.

»Was höre ich da? Was ist mit den Wahrsagern?« fragte er und sah seine Töchter eindringlich an.

»Eigentlich mußten wir Fantaghirò ja versprechen, daß es ein Geheimnis bleibt, aber jetzt ist es wohl sowieso zu spät«, antwortete Katharina seufzend und warf ihrer Schwester einen vorwurfsvollen Blick zu, so daß sich Carolina vor Scham auf die Lippen biß. »Es ist so: Der General besticht die Wahrsager, damit sie falsche Voraussagen machen. Auf diese Weise halten sie dich seit Jahren davon ab, den Krieg zu beenden.«

»Das ist doch die Höhe!« rief der König aus und stemmte die Arme in seine mächtigen Hüften. Aber dann lief er wutentbrannt aus dem Saal. »Denen werde ich's zeigen. Ich hab mir ja immer schon gedacht, daß sie nichts können, diese Scharlatane. Aber daß sie absichtlich die Unwahrheit gesagt haben ... Bestochen, noch dazu mit meinem eigenen Geld ...« So schimpfte er vor sich hin, während er im Laufschritt die Wendeltreppe hinunter in die Kellergewölbe des Schlosses eilte.

Sobald er die Tür zu ihrem geheimnisvollen Laboratorium aufgestoßen hatte und die Wahrsager ihn sahen, fingen sie wieder leise zu kichern an. »Guten Tag, Majestät«, begrüßte der Dicke den König. »Was können wir für Euch tun?«

Ohne lange zu zaudern ergriff der König den dünnen Wahrsager, hob ihn in die Höhe und hängte ihn mit seinem Umhang an einen schön verzierten Nagel an der Wand. »Verräter!« donnerte der König. »Wann habt ihr jemals etwas für mich getan? Ihr seid doch immer nur den Anweisungen des Generals gefolgt.«

»Aber mein König ...«, versuchte der dicke Wahrsager ihn zu beruhigen. »Wie könnt Ihr so etwas glauben?«

»Ich glaube gar nichts!« erwiderte der König zornbebend. »Ich weiß es. Und jetzt: heraus mit der Sprache! Ihr könnt es ruhig zugeben. Vielleicht lasse ich dann noch einmal Gnade walten.«

Die Wahrsager sahen sich einen Moment lang ratlos an.

»Ein General braucht nun einmal den Krieg, Majestät. Sonst hat er keine Arbeit«, versuchte der Dicke dann zu erklären.

»Ihr seid es, die bald keine Arbeit mehr haben«, erwiderte der König und schob sein Gesicht bedrohlich nahe an das des Magiers heran. »Wie soll ich euch denn noch glauben? Lügenbolde!«

»Es stimmt, wir haben ein bißchen gelogen«, lenkte jetzt der Wahrsager, der noch immer an der Wand hing, ein. »Aber vielleicht können wir alles wieder gutmachen? Habt Ihr einen Wunsch, Majestät?«

»Allerdings«, antwortete der König. »Ich will wissen, wie es meiner lieben kleinen Fantaghirò im Moment ergeht. Aber denkt euch gefälligst eine Methode aus, bei der ihr mich nicht betrügen könnt!«

»Selbstverständlich«, antwortete der dicke Wahrsager und hob seinen Kollegen bereits von der Wand. »Wir wollen die Durchblicksuppe brauen. Nur einen kleinen Moment, bitte.«

Und schon blies der Feuerspeier die Flamme unter dem großen Kessel an, der in der Mitte des Kellergewölbes stand. Dann warfen die drei Magier der Reihe nach die Zutaten für die Durchblicksuppe hinein.

»Nur noch einen Schuß Vipernblut«, verkündete der dicke Wahrsager und goß eine seltsam aussehende Flüssigkeit in den Kessel. »Und jetzt die Steine der Wahrheit!«

»Aber es sind meine letzten«, versuchte sich der dünne Wahrsager zu widersetzen.

»Hinein damit!« donnerte der König, und eilig ließ der Magier die Steine in die kochende Brühe fallen.

Dann hoben alle drei ihre Hände und machten mit ihren Fingern geheimnisvolle Zeichen über der brodelnden Flüssigkeit. Nur Augenblicke später lichtete sich plötzlich der Dunst über dem Kessel, und zitternd und schwimmend wurde ein Bild darin sichtbar. Der König konnte Fantaghirò erkennen, die soeben in das Innere der Höhle des Heiligen Tiers vordrang.

»Kannst du mir bitte einmal sagen, wie du hier lebend wieder herauskommen möchtest?« quakte die Gans und sah sich ängstlich um. »Du hättest mich besser gefragt, anstatt einfach loszulaufen.«

»Ich habe keine Angst«, antwortete Fantaghirò, und tatsächlich war es so, daß in dem Moment, wo sie die Höhle betreten hatte, alle Furcht von ihr abgefallen war. »Der

Weiße Ritter hat mich schließlich nicht nur das Kämpfen gelehrt, sondern mir auch die Sprache der Tiere beigebracht.«

»Willst du das Heilige Tier denn wirklich töten?« erkundigte sich die Gans.

»Nein«, antwortete Fantaghirò, »eben nicht. Ich werde mit ihm sprechen und es bitten, mir die Goldene Rose zu schenken.«

Die Gans schnatterte belustigt auf. »Manchmal denke ich, du bist doch noch ein Kind!«

Tatsächlich hatte die Gans allen Grund, an Fantaghiròs Zuversicht zu zweifeln. Je weiter sie in die Höhle vordrangen, um so unheimlicher wurde es um sie herum. Es fiel nur noch wenig Licht in das Innere des Felsens, und auch die Luft wurde zunehmend schlechter – sie kam ihnen vor wie heißer, feuchter Atem, der stoßweise die Höhle durchwehte. Schließlich mußten sie über Unmengen abgenagter Knochen und riesiger Skelette hinwegsteigen, die sie erneut an den grausamen Appetit des Tieres erinnerten.

»Frißt das Heilige Tier eigentlich auch Geflügel?« wollte die Gans wissen.

Doch in diesem Moment erfüllte ein furchtbares Geräusch die Höhle. Es klang wie ein abgrundtiefes Stöhnen. Dann ertönte so etwas Ähnliches wie ein ausgiebiges Gähnen und anschließend ein enormes, zufriedenes Schmatzen. Es schien, als sei der Berg aus einem jahrhundertelangen Schlaf erwacht.

Unwillkürlich versteckte sich Fantaghirò hinter einem Felsvorsprung. Doch sobald das Geräusch verklungen war, trat sie vorsichtig wieder hervor. »Ich habe keine Angst«, sagte sie zu sich selbst, genau wie früher, wenn sie als Kind in den Brunnen hinabgelassen wurde. »Nein, ich habe keine Angst!« und sie spürte, wie ihr dieser Vorsatz half. Er funktionierte noch genauso zuverlässig wie vor vielen Jahren.

Rundherum war nichts zu sehen außer den Felswänden, die hier im Innern der Höhle nicht mehr die Farbe von Gestein hatten, sondern von tiefem Blutrot waren. Fantaghirò machte noch einen Schritt vor, aber plötzlich fanden ihre Füße keinen Halt mehr. Ohne zu wissen, wie ihr geschah, fiel die Prinzessin in einen dunklen, abgrundtiefen Schacht, und der Schrei, den sie erschreckt ausstieß, wurde hundertfach von den zerklüfteten Wänden zurückgeworfen.

Doch Fantaghirò und die Gans landeten sanft. Die Prinzessin tastete erstaunt um sich. Der rötliche Untergrund war so weich wie das Moos des Waldes und ungefähr genauso feucht. Außerdem war er ungewöhnlich warm und hob und senkte sich leicht – als würde er von dem gleichmäßigen Rhythmus eines Pulsschlags bewegt. Die Felsen, die den engen Schlund begrenzten, hatten noch bizarrere Formen als im oberen Teil der Höhle. Sie sahen aus wie das Gebiß eines Raubtieres.

Die Prinzessin schaute sich alles sehr genau an. Dann richtete sie ihre Blicke nach oben, und schräg über sich an der Decke entdeckte sie etwas Schimmerndes, Glitzerndes. Es sah aus wie eine riesige, goldene Blüte, die sich sanft hin und her bewegte. Dazu erklang ein stetiges Geräusch, wie das Säuseln des Windes, nur rauher und anscheinend – gefährlicher!

»Gans, weißt du, was das ist?« rief Fantaghirò aufgeregt und sprang auf. »Das ist die Goldene Rose!«

»Faß sie nicht an!« schnatterte die Gans ebenso aufgeregt. »Willst du uns beide umbringen?«

Doch Fantaghirò hatte die Tasche mit der Gans bereits an einen der zahnförmigen Felsen gelehnt. Jetzt war sie der Goldenen Rose so nahe wie es ging. Und das war noch immer ein ziemliches Stück entfernt, denn direkt unter der Goldenen Rose klaffte wiederum ein riesiges Loch, das sich in einen schier endlosen Schlund verlief. Die Prinzessin sprang in die Höhe, um nach der Goldenen Rose zu greifen, doch es gelang ihr nicht. Sie probierte es noch einmal, doch auch jetzt streiften ihre Fingerspitzen nur ganz flüchtig eines der untersten Blätter.

Bevor sie jedoch einen dritten Versuch unternehmen konnte, fing der Boden plötzlich an, sich in enormen Wellen zu bewegen, so daß die Gans sich mitsamt der Tasche mehrfach überkugelte. Gleichzeitig wurde das atmende Geräusch immer lauter und bedrohlicher.

Dann erhob sich eine Stimme, die so laut wie das Brüllen eines Orkans und so tief wie die letzte Kammer der Unterwelt war. »Wer bist du? Wer wagt es, mich zu berühren?«

Noch bevor Fantaghirò sich auf eine Antwort besinnen konnte, schob sich der blutrote Untergrund ein wenig zusammen und gab zwei spitze weiße Zacken frei – riesige Zähne, wie sie nur im Maul einer enormen Bestie zu finden waren. An ihnen rann bereits der Speichel entlang, in Vorfreude auf das bevorstehende Mahl.

Ich habe keine Angst! dachte Fantaghirò noch einmal. »Ich hatte keine bösen Absichten«, rief sie dann. »Ich bin der Graf von Waldorf, und ich wollte mit dir reden.«

»Du bist also ein Mann?« antwortete die Stimme. »Das ist dein Glück. Dann werde ich mich damit begnügen, dich zu töten. Wenn du eine Frau wärst, würde ich dich jetzt verschlingen.«

»Ich hab's dir ja gesagt«, schnatterte die Gans.

»Warum machst du denn diese feinen Unterschiede?« fragte Fantaghirò nun. Sie hatte das Gefühl, daß die Stimme sie längst durchschaut hatte. Aber sie mußte Zeit gewinnen.

»Weil ...«, die Stimme überlegte einen Augenblick, »weil Frauen mir einfach besser schmecken. Sie sind so zart.« Und ein weiterer, mit Geifer überzogener Zahn wurde sichtbar.

»Wo steckst du überhaupt?« fuhr Fantaghirò fort. »Ich rede nicht gern mit jemandem, den ich nicht sehe.«

Ein ohrenbetäubendes Lachen ließ die Wände der Höhle erzittern. »Sieh dich um, dann siehst du mich. Ich bin überall. Du bist nämlich – in mir drin! In meinem Maul!« Und jetzt wurden noch mehr Zähne sichtbar. Wie ein Käfiggitter schlossen sie Fantaghirò den Rückweg aus diesem todbringenden Ort ab.

In diesem Moment zersprang das Bild, das die Wahrsager über der magischen Suppe hervorgezaubert hatten. Der König wich entsetzt zurück.

»Los, werft noch mehr Steine hinein«, forderte er. »Aber schnell. Ich muß sehen, wie es weitergeht.«

»Majestät, mit Verlaub, ich ... ich habe keine Steine mehr«, stotterte jetzt der dünne Wahrsager. »Sie sind alle verbraucht.«

»Was? Und was wird jetzt aus meiner kleinen Fantaghirò?« fragte der König mit angstgeweiteten Augen. »Die Bestie wird sie fressen«, gab er sich selbst die Antwort. »Oh, meine süße kleine Tochter. So soll sich an dir doch noch erfüllen, was dein grausamer Vater dir am Tag deiner Geburt antun wollte. Wie soll ich ohne dich je wieder glücklich werden?« Unter lauten Wehklagen lief der König die Wendeltreppe aus den Kellergewölben hinauf und zurück in den Thronsaal, wo Katharina und Carolina schon ungeduldig auf ihn warteten. Kaum hatten sie ihn erblickt, eilten sie auf ihn zu.

»Was ist? Was ist mit Fantaghirò?« fragte Katharina als erste.

»Oh, meine Töchter«, stöhnte der König, und aus seinen Augen strömten königliche Tränen. »Mit unserer lieben Fantaghirò ist es vorbei. Und ich allein bin schuld, daß die Bestie sie sich doch noch geholt hat. Verdammt, verdammt sei dieser Tag!« Und er nahm Carolina und Katharina in seine Arme und drückte sie an seine traurige Brust.

»Majestät! Majestät!« Aufgeregt stürmten die Wahrsager plötzlich durch die Tür, und der Dicke rannte so schnell er konnte, zum König. »Es ist nicht so, wie Ihr meint. Wir haben die alte Weissagung noch einmal gelesen«, erklärte er und entrollte vor den Augen des Königs eine uralte Pergamentrolle, die bereits einige Löcher aufwies. »Seht selbst, hier steht: Und es wird kommen eine Frau, schön wie der Morgen, klug wie die Erde und tapferer als der kühnste Held. Und sie wird lösen den Zauber des Tieres und Glück bringen ihrem Lande.«

»Dann ist Fantaghirò die Frau, die das Heilige Tier besiegen wird?« schloß Katharina aufgeregt.

Die Wahrsager wiegten die Köpfe. »Wem ist es schon gegeben, in die Zukunft zu blicken?«

»Oh, ich bin sicher, sie ist es!« jubelte Carolina. »Sie wird uns vom Heiligen Tier erlösen.«

»Meine Fantaghirò! Sie war schon immer ein besonderes Kind«, stimmte der König zu und schloß vor Rührung die Augen.

Fantaghirò und die Gans hockten derweil eng aneinandergeschmiegt im Maul des Ungetüms.

»Jetzt sitzen wir ganz schön in der Patsche«, schnatterte die Gans. »Aber ich habe eine Idee.«

»Ach ja? Da bin ich ja mal gespannt«, erwiderte Fantaghirò ungläubig. Ihr war jetzt doch ein wenig mulmig geworden.

»Wir befinden uns hier doch im Maul dieses Viehs, nicht wahr?« fuhr die Gans unbeirrt fort. »Der Boden ist seine Zunge, und seine Zähne sehen wir auch – besser, als uns lieb ist.«

»Ja, leider«, stimmte Fantaghirò leise zu.

»Sieh dir alles noch einmal genau an. Und dann sag mir, was die Goldene Rose, die von oben herab in diesen Schlund hängt, wirklich ist.«

Ein Leuchten ging plötzlich über Fantaghiròs Gesicht. »Na klar!« rief sie. »Ich weiß es. Die Goldene Rose ist in Wahrheit das Gaumenzäpfchen des Heiligen Tiers.«

»Genau«, meinte die Gans und drehte ihren Kopf zu ihrem Bürzel. Mit dem Schnabel griff sie nach ihrer längsten Schwanzfeder und rupfte sie mit einem energischen Ruck aus. »Hier, nimm diese Feder. Ich bin sicher, du weißt schon, was du zu tun hast.«

»Und ob ich das weiß!« Fantaghirò sprang auf. »He, Heiliges Tier!« rief sie dann laut. Sie hatte allen ihren Mut wiedergewonnen. »Du kannst dich wohl nicht entscheiden, auf welche Weise ich sterben soll.«

Das Heilige Tier stöhnte geräuschvoll. »Ich bin ein wenig ratlos. Du behauptest zwar, ein Mann zu sein, aber ich hege Zweifel an deiner Aufrichtigkeit.«

Fantaghirò lachte laut. »Daran tust du recht«, antwortete sie. Während sie sprach, holte sie ein langes Seil aus ihrer Tasche und knüpfte an das eine Ende eine feste Schlinge. »Ich bin nämlich eine Frau.«

Ein Stöhnen, so laut, als würde das Herz des Heiligen Tieres durchbohrt, ließ die Wände des dunklen Raumes erzittern. »Ich habe es geahnt«, jaulte die Bestie. »Durch arglistige Täuschung bist du bis hierher vorgedrungen. Aber weiter sollst du nicht kommen. Ich werde dich jetzt fressen, mit Haut und mit Haaren.«

Fantaghirò warf nun das Seil in die Höhe. Es verfing sich an einem der oberen Backenzähne, so daß es der Prinzessin sicheren Halt bot. Ohne zu zögern schwang Fantaghirò sich daran empor. »Ich glaube nicht, daß dir das gelingen wird«, sprach sie unterdessen weiter mit ihrem Gegner.

»Man kann nämlich nicht gleichzeitig fressen und ...« Sie langte jetzt in die Mitte des Rachens und berührte mit der Gänsefeder die Goldene Rose.

Ein ungeheures Lachen erschütterte daraufhin das blutrote Gewölbe. »Man kann eben nicht gleichzeitig fressen und lachen!« wiederholte Fantaghirò. Und dann schwang sie sich an ihrem Seil hin und her, und bei jedem Schwung kitzelte sie mit der Feder das Heilige Tier weiter im Rachen.

Die Bestie prustete und gluckste. Sie zischte und schnaubte, während Fantaghirò lachend hin und her pendelte.

Dann ertönte aus den Tiefen des Ungetüms ein gewaltiges Rumoren. Ein heißer Wirbel erhob sich, und unter dem Jaulen des Heiligen Tiers stob ein glühender Hauch aus seinem Inneren. Er trieb die bleichen Knochen der vor Urzeiten verschlungenen Tiere vor sich her, riß Felsbrocken mit sich und schleuderte, was immer sich in der Höhle des Ungeheuers befunden hatte, heraus in den Wald.

König Romualdo und seine Getreuen, die die ganze Zeit vor der Grotte gewartet hatten, wandten sich zum Schutz vor diesem Sturm aus Steinen, Sand und Unrat ab.

Keinen Augenblick war Romualdo dazu zu bewegen gewesen, den Grafen von Waldorf aufzugeben und nach Hause zu reiten. Und nur mit Mühe und unter Einsatz aller ihrer Körperkräfte gelang es Cataldo und Ivaldo jetzt, ihren König am Eindringen in die Höhle zu hindern.

Sobald sich der Sturm gelegt hatte, wandte Romualdo sich dem Eingang der Höhle zu. »Cataldo! Ivaldo! Wir müssen hinein!«

Cataldo stand bereits neben seinem König. »Wir werden seine Leiche finden, und dann weißt du, daß er ein Mann war.«

»Und wenn wir nichts finden ...«, antwortete Romualdo, doch er brach plötzlich ab. »So oder so, niemals wieder will ich einen Menschen auf eine solche Probe stellen. Ich bin schuld an seinem Tod.«

»An gar nichts seid Ihr schuld!« Hinter einem Felsvorsprung erklang die Stimme des Grafen von Waldorf. Fantaghirò lachte leise auf, als König Romualdo sich völlig überrascht herumdrehte. Auf seinem Gesicht lag ein freudiger Schrecken, und zum ersten Mal in ihrem Leben spürte Fantaghirò, wie sie errötete – ganz so, wie es die Etikette des Hofes für eine Frau vorschrieb. Doch sie gab sich Mühe, dieses Gefühl zu unterdrücken und drehte sich ein wenig ab.

»Wie seid Ihr wieder herausgekommen?« brachte König Romualdo atemlos hervor. »Ich dachte schon, es hätte Euch gefressen.«

»Es frißt nur Frauen«, korrigierte die Prinzessin ihn schnell.

»Aber ...«, versuchte Romualdo zu erwidern.

»Aber«, wiederholte Fantaghirò gelassen, »Ihr habt recht. Ich habe die Jagd nicht gewonnen, denn ich habe die Goldene Rose nicht aus der Höhle herausgebracht.« Sie drehte sich nun wieder dem König zu. »Doch ich bin sicher, im Duell werde ich Euch nicht so enttäuschen. Laßt mich also wissen, wann wir uns zum Zweikampf treffen. Und bis dahin, lebt wohl!« Auf zwei Fingern pfiff sie nach ihrem Pferd, das auch sofort angelaufen kam. Augenblicklich schwang sie sich in den Sattel und ritt unter den Augen von König Romualdo, der seinen Blick noch immer nicht von ihr wenden konnte, durch den Wald davon.

Wie Fantaghirò und König Romualdo miteinander kämpften

Am Abend dieses denkwürdigen Tages schritt König Romualdo mit düsterer Miene in seinem Thronsaal auf und ab. Plötzlich fegte er mit dem Arm verärgert das restliche Geschirr des Mahles, das er soeben mit Cataldo und Ivaldo eingenommen hatte, vom Tisch.

»Niemals werde ich mich mit einer Frau schlagen!« rief er aus. »Das ist gegen alle Regeln des Anstands.«

»Warum beharrst du nur auf dieser aberwitzigen Idee?« hielt Cataldo ihm entgegen. »Wenn der Graf von Waldorf eine Frau wäre, hätte das Heilige Tier keinen Knochen von ihm übriggelassen.«

»Das ist kein Beweis«, gab Romualdo zurück. »Einen Mann hätte er auch getötet.«

Ivaldo näherte sich nun von der Seite. »Und wenn er weder Mann noch Frau ist? Ein Fabelwesen sozusagen?«

König Romualdo warf ihm einen verächtlichen Blick zu.

»Es gibt nur einen Weg, es herauszufinden«, lenkte Cataldo ein. »Schlag dich mit ihm, dann erhältst du Sicherheit.«

»Das kann ich nicht. Wenn ich mit ihm kämpfe, muß ich ihn notfalls töten«, antwortete Romualdo.

»Natürlich«, warf Ivaldo ein und zuckte die Schultern.

»Aber ich will nicht!« schrie König Romualdo ihn an.

Ivaldo schrie ebenfalls zurück: »Und warum nicht?«

Einen Moment lang zögerte Romualdo. »Weil ... weil ich sie liebe!« stieß er dann hervor. »Seit ich ihre Augen gesehen habe, kann ich an nichts anderes mehr denken. Sie ist eine Frau – wie könnte sich mein Herz so täuschen?«

Cataldo und Ivaldo warfen sich einen kurzen Blick zu. »Dann mußt du Gewißheit haben«, erklärte Cataldo. »Hör zu, ich habe schon einen Plan.« Er breitete die Arme zwischen seinen Freunden aus und erklärte ihnen mit leiser Stimme seine Idee.

»Das ist ein wirklich guter Vorschlag«, lachte Romualdo schließlich laut auf. »Und vor allem ist er absolut ungefährlich. Schickt sofort einen Boten in das Lager des Grafen von Waldorf. Ich kann seine Zusage kaum erwarten.«

So wurde erneut ein berittener Bote ausgeschickt, der schon kurze Zeit später im Lager ankam und dem General die Botschaft überbrachte.

Fantaghirò nahm in ihrem Zelt gerade ein Bad. Die Gans hatte auf dem Rand des hölzernen Bottichs Platz genommen und tauchte von Zeit zu Zeit ihren Schnabel ins Wasser.

»Kannst du mir sagen, warum König Romualdo mich in den Tod schicken wollte?« fragte die Prinzessin ihre gefiederte Vertraute.

Die Gans schüttelte unwillig den Kopf. »Das wollte er nicht. Er hatte etwas ganz anderes vor.«

Aber Fantaghirò ging auf ihre Antwort gar nicht ein. »Weißt du was? Ich glaube, er hat ganz einfach Angst vor mir. Er hat Angst, sich mit mir zu schlagen.«

»In bestimmer Hinsicht könnte da etwas Wahres dran sein«, pflichtete die Gans der Prinzessin bei. »Aber hast du nicht auch ein bißchen Angst davor?«

»Nein, keineswegs«, antwortete Fantaghirò lachend. »Ich kann es gar nicht erwarten, endlich gegen ihn zu kämpfen.«

»Was sich liebt, das neckt sich«, schnatterte die Gans höhnisch. Aber Fantaghirò hörte gar nicht hin, denn in diesem Moment betrat der General wieder einmal unangemeldet das Zelt.

»Ihr könntet Euch ruhig bemerkbar machen und um Eintritt bitten«, herrschte Fantaghirò ihn an. Glücklicherweise trug sie ein langes Badekleid.

»Verzeiht, Graf«, antwortete der General, und sein gewohntes gemeines Grinsen glitt über sein Gesicht. »Ihr werdet es hinnehmen müssen, daß ich Euch tatsächlich wie einen Mann behandle.«

»Nun gut«, antwortete Fantaghirò. »Worum geht es?«

»König Romualdo hat erneut einen Boten geschickt.«

Fantaghirò hob freudig den Kopf. »Bringt er die Aufforderung zum Duell?«

»Nein«, entgegnete der Graf. »Er lädt Euch für morgen früh zum Wettschwimmen ein. Eine, wie ich finde, außergewöhnlich passende Idee«, fügte er hinzu und betrachtete das dampfende Badewasser.

Am nächsten Morgen stand Fantaghirò schon sehr früh auf, um sich für das bevorstehende Treffen vorzubereiten. Von einer der Zeltstangen hing ein Streifen weißen Tuchs herab, den die Prinzessin noch am Abend zuvor eigens aus einem ihrer königlichen Leinenlaken gerissen hatte. Jetzt nahm sie das eine Ende davon in die Hand, spannte es und wickelte es sich dann wie einen großen Wundverband um den nackten Brustkorb.

»Glaubst du, daß es funktioniert?« fragte die Gans skeptisch.

»Es ist meine einzige Chance. Ich werde sagen, daß ich mich in der Grotte verletzt habe. Ansonsten wird König Romualdo spätestens in dem Moment, wo ich mich zum Schwimmen ausziehen muß, bemerken, daß ich eine Frau bin«, antwortete Fantaghirò. »Leichter wäre es natürlich, wenn du mich einfach verzaubern würdest.«

Die Gans schüttelte energisch den Kopf, während Fantaghirò nun Hemd und Wams überstreifte. »Ich kann nur mich selbst verzaubern. Bei anderen funktioniert es nicht.«

»Siehst du, wir müssen also alles auf meinen Plan setzen«, antwortete Fantaghirò. »Wenn Romualdo merkt, daß ich eine Frau bin, wird er mich nicht zum Duell fordern. Und dann wird der Krieg noch Jahre weitergehen.«

Die Prinzessin trat aus dem Zelt heraus und sah über den Lagerplatz, wo sich die Soldaten in kleinen Gruppen auf Strohbündeln niedergelassen hatten. »Ich will den schnellsten Reiter sprechen!« rief sie zu ihnen hinüber.

Einer der Soldaten sprang sogleich auf. »Hier bin ich, Herr!« Er war nicht mehr ganz so jung wie die anderen, und seine gerötete Nase ließ deutlich erkennen, daß er einem guten Tropfen Wein nicht aus dem Weg ging. »Zu Euren Diensten«, stieß er diensteifrig aus und verbeugte sich.

»Sag mir zuerst eins«, begann Fantaghirò. »Was ist dir von allen Dingen am liebsten?«

»Oh, am liebsten ist mir ein guter Wein«, antwortete der Soldat aufrichtig.

Die Prinzessin lächelte schalkhaft. »Gut, wenn du meinen Auftrag pünktlich erfüllst, sollst du dich dein Leben lang aus dem königlichen Weinkeller bedienen dürfen. Wenn du ihn aber verfehlst, bekommst du in deinem Leben keinen Tropfen mehr.«

»Ich höre«, antwortete der Soldat gehorsam.

»Also«, begann Fantaghirò. »Sobald die Sonne ihren höchsten Punkt erreicht hat, reitest du los zu der Stelle, wo König Romualdo mich zum Schwimmwettkampf erwartet. Du wirst erschöpft vom Pferd sinken und mir mit trauriger Stimme berichten, daß der König sehr krank ist und ich auf der Stelle heimkehren muß.« Der Diener nickte zu diesen Worten, und die Prinzessin blickte ihn eindrücklich an. »Hast du das alles verstanden, Soldat?«

Der Mann nickte. »Ja, Herr, aber wollt Ihr denn nicht am Wettkampf ...«

»Psst!« unterbrach ihn Fantaghirò scharf und blickte sich verstohlen um. »Es bleibt unser Geheimnis!«

Der Soldat nickte wieder. »Ich werde Euch treu dienen und pünktlich zur Stelle sein. Für mein Land und für seine Weinberge.« Damit verbeugte er sich, und Fantaghirò entließ den Mann.

Die Sonne hatte ihren höchsten Punkt schon fast erreicht, als Fantaghirò mit ihrem Gefolge an dem Fluß, wo das Schwimmen stattfinden sollte, eintraf.

Der junge König wartete dort bereits mit einem beträchtlichen Teil seines Hofstaates, und auch einiges Volk hatte sich zu dem bevorstehenden Spektakel eingefunden.

»Ich freue mich, Graf von Waldorf, daß Ihr meine Einladung angenommen habt«, rief König Romualdo, sobald er die Prinzessin auf einem Felsvorsprung an der anderen Seite des Flusses entdeckte.

Fantaghirò zuckte leicht die Schultern. »Warum hätte ich sie ablehnen sollen?« antwortete sie. »Seht, der General hier ist mein Sekundant. Nun zeigt mir die Strecke, die Ihr für unseren Wettkampf vorgesehen habt.«

König Romualdo deutete ein langes Stück flußaufwärts. »Dort, wo die Fahnen über dem Wasser wehen, endet der Wettkampf«, erklärte er. »Oder ist Euch die Strecke zu lang?« fragte er grinsend.

»Sie ist mit eher zu kurz«, gab Fantaghirò zurück. Dann ließ sie sich aus dem Sattel ihres Pferdes gleiten und ging zum Ufer des Flußes, wo sie sich auf die Knie niederließ.

»Also sollten wir uns ausziehen und den Wettkampf beginnen«, antwortete König Romualdo und begann bereits, den Gürtel seines Beinkleids zu lösen. Ein eigentümliches Lächeln lag auf seinem Gesicht. »Oder worauf wartet Ihr?«

Tatsächlich bewegte Fantaghirò gerade ein wenig suchend den Kopf. Wollte denn der Reiter nicht auftauchen? »Verzeiht, König Romualdo, aber bei uns ist es üblich, daß vor einem entscheidenen Kampf die Götter angerufen werden«, antwortete sie geistesgegenwärtig und faltete ihre Hände zum Gebet. Sie konnte nur hoffen, daß der berittene Bote unterwegs war und bald eintreffen würde. So lange mußte sie König Romualdo noch hinhalten.

In Wahrheit aber hatte der Bote über einem guten Glas Wein und einem kleinen Nickerchen die Zeit vergessen. Als er nun den Schatten des Lagerbanners betrachtete, merkte er, daß sich die Sonne soeben anschickte, ihren höchsten Punkt zu überschreiten. Eilig schwang er sich auf sein Pferd. Doch noch bevor er das Lager verlassen hatte, stand, wie aus dem Boden gewachsen, plötzlich ein weiß gekleideter Greis vor ihm. Genau an der Stelle, wo der Soldat gerade noch eine Gans gesehen zu haben glaubte.

Der Greis reichte dem Soldaten einen Becher. »Kostet, Herr. Es ist ein seltener orientalischer Wein, und Ihr seid als Kenner bekannt.«

Doch der Soldat schüttelte den Kopf. »Diesen Gefallen will ich Euch zwar tun, aber erst bei meiner Rückkehr. Ich bin unterwegs im Dienste meines Herrn und seiner Weinbe-...«, er verschluckte den Rest des Satzes und gab seinem Pferd die Sporen.

Wie der Wind galoppierte er jetzt über Wiesen und Wälder. Aber es dauerte nicht lange, bis er ein lautes Jammern vernahm. Er zügelte sein Pferd, und als er sich umblickte, sah er eine steinalte Frau, die auf einem Baumstumpf kauerte. Ihre weißen Kleider waren über und über zerrissen.

»Helft mir«, rief sie, »ich bin von Räubern überfallen

worden. Alles haben sie mir genommen. So seid barmherzig. Bringt mich mit Eurem Pferd nach Hause.«

Der Soldat, der ein weiches Herz hatte, zögerte einen Moment. »Ich würde Euch gern helfen«, sagte er dann, »aber ich bin im Auftrag meines Herrn unterwegs. Ich darf keine Zeit verlieren. Doch sobald ich am Fluß bin, werde ich Euch Hilfe schicken lassen.«

»Nein«, rief die alte Frau, »helft mir jetzt. Sonst ist es für alle Zeit zu spät.«

Doch der Soldat wendete sein Pferd und preschte schon wieder davon. Er würde seinen Herrn nicht warten lassen, das hatte er sich vorgenommen. Denn die Aussicht, nie mehr einen Tropfen Wein trinken zu dürfen, war ihm Ansporn genug.

Unterdessen wurde König Romualdo schon ungeduldig. »Was ist?« rief er zu Fantaghirò hinüber. »Offenbar kennt Ihr mehr Götter als ich, daß Ihr so lange zu ihnen beten müßt.«

Fantaghirò erhob sich mit einem leisen Seufzer. »Ich bin fertig.« Doch als sie bemerkte, daß Romualdo nur noch mit einer Unterhose bekleidet auf dem gegenüberliegenden Felsen stand, wendete sie ihr Gesicht schnell wieder ab.

»Was ist?« lachte Romualdo. »Schämt Ihr Euch, einen nackten Mann zu sehen?«

Fantaghirò biß sich einen Moment lang auf die Lippen. »Nein, aber ich bin überrascht«, antwortete sie dann schnell. »Ihr seid viel schmächtiger, als ich es von einem weithin berühmten Kämpfer erwartet habe.«

»Nun«, antwortete Romualdo, noch immer lachend, »dann freue ich mich schon darauf, Eure Muskelpakete zu sehen. Legt endlich Eure Kleidung ab, damit wir anfangen können«, forderte er.

Zögernd knotete Fantaghirò Band für Band ihre Jacke auf. Dann streifte sie langsam das Wams ab. »Fertig!« verkündete sie jetzt. Da brach ihr das Gelächter von Romualdos Gefolgschaft entgegen. »In unserem Lande schwimmt man so«, rechtfertigte sie sich.

Doch König Romualdo schüttelte den Kopf. »Nein, die Kleider behindern Euch nur. Einen solchen Kampf kann ich nicht akzeptieren. Aber was ist der wahre Grund, daß Ihr Euch nicht ausziehen wollt?« fragte er mit höhnischem Unterton. »Ist Euer Körper vielleicht mit einem Makel behaftet?«

»Keineswegs«, antwortete Fantaghirò so ruhig wie möglich. »Also, wie Ihr wollt.« Und sehr langsam begann sie, die Bänder ihrer Weste aufzuziehen. Als sie das Kleidungsstück schließlich zu Boden gleiten ließ, trug sie nur noch ein weitgeschnittenes weißes Hemd. »Wir können beginnen«, rief sie ihrem Herausforderer zu. Genau in diesem Moment schien es ihr, als höre sie von ferne das Wiehern eines Pferdes. Sie horchte auf.

»Was ist? Wartet Ihr doch auf jemand?« Romualdo warf Fantaghirò einen skeptischen Blick zu.

»Ich warte ... auf niemand«, antwortete Fantaghirò. Doch in Wahrheit wünschte sie nichts sehnlicher, als daß endlich der Bote erschiene.

Der war tatsächlich schon fast am Fluß angekommen, als er plötzlich wieder Laute vernahm. Es war eine zarte Stimme, die nach Hilfe rief. Der Soldat zügelte sein Pferd und schaute in die Richtung, aus der die Rufe kamen. Mitten in einem Teich stand eine wunderschöne junge Frau. »Rettet mich, Herr«, rief sie dem Soldaten zu. »Sonst bin ich verloren.«

Der Soldat schluckte. Eine so hübsche Frau hatte er noch nie gesehen. »Bewegt Euch nicht vom Fleck. Ich rette Euch, sobald ich meinen Auftrag erfüllt habe«, versprach er.

»Aber dann ist es zu spät«, klagte die Frau. Erst jetzt

bemerkte der Soldat, daß sie nur mit einem dünnen weißen Kleid bekleidet war, dessen feuchter Stoff ihren wohlgeformten Körper durchscheinen ließ.

Da konnte der Soldat nicht widerstehen. Er vergaß seinen Auftrag, und er vergaß sogar den königlichen Weinkeller. Er riß sich nur noch den Kampfschurz vom Leibe und sprang ins Wasser, um die weiße Frau zu retten.

Auch Romualdo sprang nun, ohne ein Startzeichen zu geben, von seinem Felsen in das glitzernde Wasser. Mit wenigen Zügen gelangte er an Fantaghiròs Ufer. »Kommt doch herein, Graf von Waldorf«, versuchte er die Prinzessin zu überreden. »Das Wasser ist herrlich. Doch da Ihr Euch so ziert, muß ich schon glauben, daß Ihr gar nicht schwimmen könnt.«

»Ich schwimme sehr gut«, gab Fantaghirò schnell zurück.

Romualdo stieg nun aus dem seichten Wasser. Die Tropfen rannen an seiner Haut herab, und in ihnen brach sich tausendfach das Licht der Sonne. »Aber vor irgend etwas fürchtet Ihr Euch!«

Fantaghiròs Augen verengten sich zu zwei schmalen Schlitzen. »Ich fürchte nur, was ich nicht verstehe«, entgegnete sie. »Ihr habt mich zu einem Zweikampf herausgefordert. Aber nun haltet Ihr mich zum Narren, indem Ihr mich erst zur Jagd und dann zum Schwimmen einladet.«

»Aber es macht doch uns allen Vergnügen«, widersprach König Romualdo und deutete auf die Umstehenden. »Und besonders durch Euer Verdienst wird es eine regelrechte Volksbelustigung.«

Fantaghirò suchte die hellen Augen des Königs und fixierte sie mit ihrem Blick. Sie mußte handeln, jetzt oder nie. »Ihr habt Angst, Euch mit mir zu schlagen«, sagte sie ihm direkt ins Gesicht.

Über Romualdos Gesicht glitt ein Schatten. »Ich habe vor nichts Angst«, sagte er leise.

»Dann schlagt Euch!« rief Fantaghirò und zückte ihr Schwert. »En garde!«

Sofort stürzte Cataldo zu seinem Herrn und warf ihm sein Schwert zu.

Und keine zwei Sekunden später schallte das metallische Klirren der aufeinandertreffenden Klingen vielfach über das Wasser.

Fantaghirò hieb heftig. Der Zorn führte ihr Schwert und beflügelte ihren Schritt, und mehr als einmal kam die Klinge bedenklich nahe an Romualdo heran. Doch auch der König galt nicht zu Unrecht als hervorragender Kämpfer. Und obwohl die Prinzessin mit allen Figuren und Schritten, die ihr der Weiße Ritter beigebracht hatte, kämpfte, verpaßte die Klinge des Königs auch sie oftmals nur knapp.

Kämpfend bewegten die beiden sich langsam auf einen der Felsen vor, die sich über dem Flußbett erhoben. Unter dem schroffen Gestein glitzerte das klare Wasser. Fantaghirò versuchte, die Hiebe des Königs abzuwehren, aber es gelang ihm, sie weiter rückwärts zu treiben, immer näher an den Abgrund heran.

Plötzlich warf Romualdo sein Schwert weg und ergriff die Prinzessin bei den Armen. Einen Moment lang blickten sich die beiden Gegner in die Augen. Dann warf der König Fantaghirò hinterrücks ins Wasser.

»Nun könnt Ihr beweisen, daß Ihr ein guter Schwimmer seid, Graf von Waldorf«, rief er lachend, während er sich, noch ein wenig atemlos, aufrichtete. Dann betrachtete er die Wasseroberfläche, um zu gucken, wo sein Gegner wieder auftauchte.

Doch nichts geschah. Statt dessen glättete sich die Wasserfläche langsam wieder und es schien kaum vorstellbar, daß hier soeben ein Mensch versunken war.

»Graf von Waldorf?« Auf König Romualdos Stirn zeigten sich Spuren der Sorge. Er wartete auf eine Antwort, doch alles blieb still. »Graf von Waldorf, wo seid Ihr? Ihr sagtet doch, Ihr könntet schwimmen.« Romualdo lief ein Stück des felsigen Abhangs hinunter. Dann richtete er seinen Blick wieder suchend auf das stille Wasser.

In diesem Moment schien eine Fontäne aus dem Fluß aufzusteigen, und fast gleichzeitig ritzte ein Schwert an Romualdos Brust, so daß das Blut hell herausspritzte.

»Oh, das wollte ich nicht!« Fantaghirò erstarrte fast vor Schreck. Das Haar hing naß an ihr herunter, und das weiße, weite Hemd klebte an ihrem Körper.

»Könnt Ihr kein Blut sehen?« fragte Romualdo, ohne Fantaghirò seinen Schrecken über ihr langes Verschwinden merken zu lassen.

»Das ist es nicht. Es ärgert mich, daß ich nicht kraftvoller zustieß«, entgegnete Fantaghirò.

»Dann versucht es noch einmal«, schlug Romualdo vor und griff nach dem nächstbesten Schwert in seiner Nähe.

Im Handumdrehen hatte auch Fantaghirò wieder festen Boden unter den Füßen, und der Kampf begann aufs neue. Wilder und entschlossener kämpfte die Prinzessin, aber auch Romualdo verstand es, sich geschickter denn je zu verteidigen.

Er täuschte einen Hieb vor, der Fantaghirò von oben herab hätte treffen müssen. Doch in dem Moment, als sie ihr Schwert zur Verteidigung hob, senkte Romualdo das seine, zog es zweimal blitzschnell – und die Hosenbeine der Prinzessin fielen zu Boden.

»Auch Ihr seid nicht sonderlich muskulös«, grinste Romualdo und betrachtete Fantaghirò. »Wenn ich nicht wüßte, daß ich gegen einen Mann kämpfe, würde ich behaupten, daß dies die Beine eines Mädchens sind.«

Der Hohn in seiner Stimme entfesselte Fantaghiròs letzte Kraft. Sie schlug einen so entschlossenen Angriff gegen ihren Gegner, daß dieser zurückweichen mußte. Und auch in ihm schien der Wille, sich mit allen Mitteln zu verteidigen, jetzt endgültig durchzubrechen. Er holte mit seinem Schwert zu einem mächtigen Hieb aus. Im letzten Moment wich Fantaghirò jedoch aus, und die Klinge des Königs zerschellte an der Felswand. Die Wucht riß den Körper des jungen Mannes zu Boden. Wie der Blitz richtete Fantaghirò jetzt ihre Schwertspitze auf den Gegner und setzte sie an seinen Hals.

Ihre Augen begegneten dem Blick des Feindes. »Tötet mich«, forderte Romualdo die Prinzessin leise auf. »Ihr habt gewonnen, Ihr müßt es tun.«

Fantaghirò sammelte ihre Kraft zum letzten Stoß. Doch irgend etwas hinderte sie. Der Blick des Königs, oder seine Stimme – Fantaghirò fühlte, wie ihr Arm erlahmte.

»Ihr müßt ihn töten. So lauten die Regeln des Duells.« Wie von Ferne klang die Stimme Cataldos an Fantaghiròs Ohr.

Noch immer blickte Romualdo sie unverwandt an.

Plötzlich warf sie das Schwert von sich. »Ich kann nicht. Ich kann ihn nicht töten!« Sie wandte sich ab und lief davon.

»Feigling!« rief der General. »Verräter!«

Doch Fantaghirò war bereits bei ihrem Pferd. Ohne sich umzublicken, schwang sie sich in den Sattel, und kurz darauf war nur noch der Klang davongaloppierender Hufe zwischen den Felsen zu hören.

Wie Fantaghirò auf das Schloß zurückkehrte

Wie prächtig waren Fantaghirò und ihre Schwestern als Ritter in den Kampf gegen König Romualdo ausgezogen! Und wie schmählich hatte Fantaghirò als Graf von Waldorf nun versagt! Sie hatte das Schicksal ihres Landes in Händen gehalten. Nur eines Hiebes hätte es bedurft, und Fantaghirò hätte durch ihr Schwert den Krieg beendet. Und dennoch war es ihr nicht gelungen.

Als sie die Spitze ihrer Waffe an seinen Hals gesetzt hatte, schien es ihr, als würden die Augen des Königs sie bis auf den Grund ihrer Seele durchleuchten. Niemand hatte die Prinzessin je zuvor so angesehen. Und noch jetzt, als sie auf ihrem Pferd in der Einsamkeit des Waldes daran dachte, begann ihr Herz wie wild zu schlagen.

Sie kümmerte sich nicht darum, was mit dem Lager geschah. Und die grimmige Miene des Generals wollte sie sich auch ersparen. Ja, sie vergaß selbst ihre Vertraute, die Gans, die dort irgendwo auf sie wartete. Aber so klug wie die Gans war, würde sie schon allein zurechtkommen.

Langsam, traurig und gedemütigt ritt sie auf das Schloß ihres Vaters zu. Der Abend senkte sich bereits herab, als am Horizont die ersten Zinnen sichtbar wurden. Ob der General mit seiner Truppe schon eingetroffen war?

Ein eiserner Griff, der Fantaghirò, kaum daß sie im Hof vom Pferd stieg, an der Schulter faßte, beantwortete diese

Frage. »Gesteht Eure Schande selbst vor dem König«, stieß der General zornig aus. Dann schubste er Fantaghirò vor sich her, über den Schloßhof, durch die Eingangshalle bis in den Saal.

Hier saß der alte König auf seinem Thron. Längst war die sichere Kunde, daß der Graf von Waldorf tatsächlich wohlbehalten aus der Höhle des Heiligen Tiers zurückgekehrt war, an sein Ohr gedrungen. Und trotzdem huschte ein erleichtertes Lächeln über sein Gesicht, als er Fantaghirò wiedersah. Doch gleich darauf nahm es wieder den amtlichen Ausdruck an, den die Angelegenheit erforderte.

Neben dem Thron standen, wie eh und je, Katharina und Carolina. Nichts deutete mehr darauf hin, daß auch sie als kampfbereite Ritter ausgezogen waren. In ihren langen Kleidern schienen sie alle Lieblichkeit und weiblichen Tugenden, wie man sie von Prinzessinnen erwartete, zu verkörpern.

Als Fantaghirò vor dem Thron angelangt war, sank sie auf die Knie. Der König und ihre Schwestern betrachteten sie mit einigem Erstaunen, von ihren nackten Beinen über ihre vom Kampf zerrissene Kleidung bis hin zu ihren kurzen, zerzausten Haaren.

»Nun, meine geliebte ... äh, mein lieber Ritter«, verbesserte sich der König rasch, »wie ich hören mußte, habt Ihr den Krieg nicht beendet. Ihr habt den feindlichen König nicht getötet, obwohl Ihr die Möglichkeit dazu hattet. Was ist der Grund dafür?«

Fantaghirò hob den Kopf und blickte ihrem Vater ins Gesicht. Doch nirgends entdeckte sie dort den Zorn, den sie den gesamten Rückweg über gefürchtet hatte. Statt dessen lag auf seinen Zügen Güte und Zuneigung.

»Ich weiß es nicht, mein König«, antwortete sie. »Mein Schwert sank plötzlich herab. Ich brachte es nicht übers Herz, ihn zu töten. Ich weiß, daß ich gefehlt habe, daß der

Krieg nun weitergehen wird.« Ihre Stimme erstickte, doch dann fuhr sie fort: »Erlegt mir Eure Strafe auf. Und ist sie noch so hart, ich weiß, daß sie gerecht ist. Alles kann ich ertragen, wenn Ihr mir dennoch verzeiht.« Tränen flossen jetzt über ihre Wangen, und auch Carolina schluchzte leise.

Der König hatte den Worten seiner Tochter voller Rührung gelauscht und mußte erst einmal schlucken, bevor er antwortete. Doch dann erhob er seine Stimme in genau dem Ton, den seine Truppen und Untertanen von ihm erwarteten. »Nun gut, Graf von Waldorf. Ihr bekennt Euren Fehler und fordert die gerechte Strafe. Ihr wißt, daß auf solche Fälle der Tod steht.«

Die Umstehenden zuckten zusammen. Wie ein langanhaltendes Echo verhallte der Satz im Raum.

Dann fuhr der König fort. »Doch da Ihr mutig und einsichtig seid, will ich Euch diese harte Strafe erlassen. Ihr sollt statt dessen ein Leben in völliger Abgeschiedenheit verbringen. Wachen!« rief er jetzt. »Bringt den Grafen in den äußersten Turm!«

»Aber Vater!« Carolina schrak auf, doch da hatten die Wachen Fantaghirò bereits ergriffen und schleppten sie davon.

»Psst!« machte Katharina leise. »Das ist doch die einzige Möglichkeit, Graf von Waldorf loszuwerden. Nur auf diese Weise kann Fantaghirò wieder mit uns im Schloß leben, als wäre nichts geschehen.« Nach diesen Worten raffte sie ihre Röcke hoch und lief rasch den Wachen hinterher.

Auch der General wollte sich soeben entfernen. Doch der König rief ihn zurück. »General! Auf ein Wort!«

Sobald Katharina den engen, verwinkelten Gang erreicht hatte, der zum äußersten Turm führte, befahl sie den Wachen zur Seite zu treten und sie kurz mit dem Gefangenen allein zu lassen.

Die Wachen zögerten einen Moment, doch dann folgten

sie den Anweisungen der Königstochter und stellten sich einige Meter entfernt auf.

»Du kannst mich nicht retten, Katharina«, sagte Fantaghirò leise. »Laß geschehen, was geschehen muß.«

Aber Katharina holte aus dem Ärmel ihres weiten Gewandes ein kleines Fläschchen und drückte es Fantaghirò unauffällig in die Hand. »Nimm diesen Trank zu dir, sobald du allein bist. Er enthält ein Schlafmittel, das dich für einen ganzen Monat in tiefstem Schlaf halten wird. Dann wird Vater dem Volk mitteilen, daß der Graf von Waldorf gestorben ist. Aber dich werden wir begrüßen, als seist du von einer langen Reise wiedergekehrt.«

Doch Fantaghirò schüttelte den Kopf. »Nein, Katharina. Es war nicht der Graf von Waldorf, der feige versagt hat. Ich war es, ich habe es nicht geschafft, unserem Volk den Frieden zu bringen. Ich habe die Strafe verdient, nicht der Graf.«

Aber Katharina lächelte ihre Schwester an. »Die Ehre des Grafen wird durch den Kerker wiederhergestellt. Warum sollte Fantaghirò nicht nach Hause zurückkehren? Sei nicht starrsinnig, Schwester. Hör einmal in deinem Leben auf andere!« Und mit diesen Worten hob sie ihr langes Kleid wieder ein wenig an und eilte durch den Gang davon, zurück in den Thronsaal.

Hier befand sich der König noch im Gespräch mit dem General, und auch Carolina hatte sich die ganze Zeit über nicht von der Stelle gerührt.

»Es wird alles wieder gut«, flüsterte Katharina ihr zu. Dann stellte sie sich neben ihre Schwester und nahm wieder ihre gewohnte Haltung ein.

Der General beendete soeben seinen Bericht über die vorgefallenen Ereignisse.

Der König hatte ihn nicht ein einziges Mal unterbrochen, aber seine Miene war von Minute zu Minute finsterer geworden. Die letzten Sätze hatte er durch ungeduldiges Klopfen mit seinem Zepter auf die Armlehne des Thrones begleitet.

»Genug«, schloß er dann und erhob sich von seinem Thron. »Das ist Eure Sicht der Dinge. Jetzt hört meine Einschätzung der Lage: Seit Jahrzehnten hintergeht und betrügt Ihr mich. Ihr habt die Wahrsager bestochen – übrigens mit meinem eigenen Geld – und auf diese Weise einen völlig sinnlosen, grausamen Krieg immer weiter vorangetrieben. Ihr habt das Volk hungern lassen und ihm allen nur erdenklichen Schaden zugefügt. Und das alles nur aus Machthunger und Ehrgeiz und weil Ihr fürchtet, keine Beschäftigung zu haben, wenn die Kämpfe vorüber sind. Aus diesem Grund habt Ihr mich und mein Volk belogen und betrogen ...«

»Ihr habt das Volk betrogen«, unterbrach der General den König. »Wer hat einen falschen Ritter ausgesandt? Nicht ich war es, sondern Ihr. Ihr habt Eure Tochter ...«

Die restlichen Worte des Generals gingen jedoch im blechernen Klang einer Trompete unter, die den Thronsaal erfüllte, und deren Echo von den hohen Wänden vielfach zurückgeworfen wurde. Auf einen Wink des Königs kamen nun zwei Wachen, ergriffen den General und zogen ihn beiseite.

Jetzt klopfte der Herold vom Eingang des Thronsaals dreimal mit seinem Stab auf den Boden. »Es treten ein: König Romualdo, Baron Ivaldo und Graf Cataldo.« Wieder erklang ein dreimaliges Klopfen, und die drei Männer durchschritten den Saal. Im Gegensatz zu den Prinzen von Assabal, die ihren halben Hofstaat mit sich geführt hatten, kamen sie ohne Gepränge und Zeremonien.

Vor dem Thron des alten Königs blieben sie stehen und verbeugten sich. Dann blickten sie dem fremden Herrscher aufrecht ins Gesicht.

»Ich, König Romualdo, bin zu Euch gekommen, um meine Schuld zu begleichen«, begann Romualdo. »Euer Ritter hat mich besiegt. Ich lege nun mein Land und mein Volk in Eure Hände, so wie es dem Verlierer geziemt. Doch bitte ich darum, beides von Sklaverei und Plünderung zu verschonen. Was mein Leben betrifft, liegt es ebenfalls in Eurer Hand. Euer Ritter hat es geschont und mich damit gedemütigt. An Euch liegt es nun, den Kampf nach den Regeln der Kunst zu beenden.« Er kniete vor dem alten König nieder und beugte sein Haupt.

Der König überlegte einen Moment. »Nun, seid unbesorgt«, sagte er dann. »Graf von Waldorf erhält bereits seine gerechte Strafe dafür, daß er Euch nicht umgebracht hat. Eure Ehre ist damit gerettet. Und angesichts des Mutes und des guten Willens, den Ihr beweist, indem Ihr Euch hier einfindet...« Der König unterbrach sich einen Moment, denn er bemerkte, daß seine Töchter miteinander tuschelten. Sie warfen den Begleitern König Romualdos, Ivaldo und Cataldo, kokette Blicke zu, die diese durchaus erwiderten. Der alte Herrscher runzelte die Stirn. Dann leuchteten seine Augen plötzlich. »Also angesichts Eures Mutes und so weiter bin ich der Meinung, daß Ihr König bleiben und Euer Land weiterregieren sollt.« Er sah sich triumphierend im Kreis der Anwesenden um. Doch anstatt Freude machte sich auf allen Gesichtern die größte Ratlosigkeit breit. Was konnte dieser Entschluß bedeuten?

»Ich stelle allerdings eine kleine Bedingung«, fuhr der König nun lächelnd fort. »Ihr, König Romualdo, sollt eine meiner liebreizenden Töchter zur Frau nehmen. Auf diese Weise stellen wir sicher, daß der Frieden zwischen unseren Ländern erhalten bleibt.« Jetzt lehnte er sich zufrieden in seinem Thron zurück und erwartete den Applaus des versammelten Hofstaates.

Doch alles blieb still. Katharina und Carolina starrten die

Begleiter König Romualdos an, und der junge König verschwendete seinerseits keinen Blick auf die hübschen Mädchen.

Romualdo fand als erster die Sprache wieder. »Majestät, ich habe doch überhaupt keinen Grund, einen neuen Krieg mit Euch zu beginnen«, sagte er ratlos.

»Den habt Ihr allerdings!« Der General machte sich plötzlich von seinen Wachen los und stürmte durch den Saal auf den jungen König zu. »Ihr wißt nicht, in welcher Art Ihr gedemütigt worden seid«, rief er aus, und aus seiner Stimme klang abgrundtiefer Haß und Rachelust. »Nicht von einem Ritter seid Ihr besiegt worden. Oh, nein! Stellt Euch vor, der Graf von Waldorf ist in Wirklichkeit eine ...«

»Schweig!« unterbrach ihn eine Stimme, und ein gleißender, knisternder Blitzstrahl traf die eiserne Rüstung des Generals. In der Tür zum Thronsaal stand eine weiße Gestalt in wallenden Gewändern, und aus ihren Fingerspitzen schoß ein magisches Licht, das direkt in den Brustschutz des Generals mündete.

Doch gleich darauf erlosch das Licht schon wieder und gab die erstarrten Züge des Generals frei. Schreckensbleich, unbeweglich – im Augenblick seiner letzten Schandtat zur Statue versteinert.

Mit dem Licht verschwand auch die weiße Erscheinung aus dem Türrahmen, und statt ihrer wuselte eine kleine weiße Maus über die bunten Ornamentkacheln des Fußbodens. Blitzschnell, dann verlor sich ihre Schwanzspitze in einem der zahlreichen Löcher in den Schloßwänden.

»Die Weiße Hexe!« brach es erfreut und fassungslos zugleich aus dem König hervor. »Wieder einmal beweist sie mir ihre Freundschaft.«

Nur der versteinerte General stand noch mitten im Saal und wurde jetzt von den Wahrsagern ausgiebig in Augenschein genommen. Offenbar waren sie von dem magischen

Vorgang, dessen Zeugen sie soeben geworden waren, sehr beeindruckt.

»Mein König«, begann der Dicke ein wenig zögernd, »wäre es wohl möglich, daß wir ihn als Anschauungsobjekt in den Schloßgarten stellen? Ich bin sicher, wir könnten von diesem Zaubereibeispiel profitieren«, fügte er erklärend hinzu.

Der König nickte eifrig. »Aber ja. Auch ich bin der Ansicht, daß Ihr Euch von der Weißen Hexe eine Scheibe abschneiden könnt. Tragt ihn hinaus!« Er wedelte leicht mit der Hand, und gleich eilten Diener herbei, die gemeinsam mit den Wahrsagern die schwere Statue hinaustrugen.

Jetzt wandte sich der König wieder an Romualdo. »Fahren wir also fort. Dies ist Katharina.« Er deutete auf seine älteste Tochter. »Sie ist im ganzen Land für ihre Klugheit bekannt.«

Er hatte noch nicht zu Ende gesprochen, als Cataldo an Romualdo heranschritt und ihm ins Ohr flüsterte. Sogleich flog ein Lächeln über Romualdos Gesicht, und er wandte sich wieder an den alten König. »Majestät, mein Vertrauter Cataldo hat mir gerade gestanden, daß er vom ersten Moment an in heftiger Liebe zu Eurer Tochter Katharina entbrannt ist. Ich bitte deshalb in seinem Namen um die Hand Eurer Tochter.«

Der alte König stutzte ein wenig. Doch Katharina bedrängte ihn eifrig. »Bitte, Vater, sagt ja!«

»Also gut.« Der König seufzte. »Wenn es dein Wunsch ist, mein Kind. Nichts wünsche ich mehr, als dich glücklich zu sehen. Und hier«, fuhr er dann fort und deutete auf seine blonde Tochter, »steht meine hübsche Carolina.«

Nun schritt Ivaldo an Romualdo heran und flüsterte mit ihm.

»Carolina, Täubchen«, wandte sich der König unterdessen an sie, »möchtest du vielleicht König Romualdo heiraten?«

Carolina machte einen tiefen Knicks. »Nein, mein Vater, das möchte ich nicht. Wenn Ihr erlaubt, nehme ich lieber diesen wackeren Mann.« Und sie zog Ivaldo an sich heran.

»Aber wer bleibt denn jetzt für König Romualdo übrig?« fragte der alte König. »Ich habe doch ausdrücklich vorgeschlagen, daß er eine meiner Töchter heiratet, und nicht bloß seine Freunde.«

König Romualdo machte eine abwehrende Handbewegung. »Seid unbesorgt«, antwortete er, »ich überlasse Ivaldo und Cataldo mein Reich. Sie sollen fortan regieren und mit Euch in Frieden leben.«

»Halt! Wartet!« Katharina löste sich aus Cataldos Armen. »Ich bin sicher, wir werden auch für König Romualdo eine Gemahlin finden. Vater, entsinnt Euch doch Eurer jüngsten Tochter«, bat sie. »Vielleicht möchte König Romualdo sie zur Frau nehmen.«

»Also, ich weiß nicht«, antwortete der König, »wenn ich an das letzte Mal denke, als die Prinzen von Assabal ...«

»Diesmal ist es aber etwas anderes«, entgegnete Katharina und hatte schon Romualdos Hand ergriffen, um ihn zu Fantaghirò zu führen.

»Habt Dank für Eure Mühe«, erwiderte Romualdo jedoch nur, und seine Stimme wurde tiefernst, »aber es ist umsonst. Mein Herz ist schon an eine Frau vergeben. Nur sie könnte ich heiraten.«

»Aber so seht Euch unsere Schwester doch wenigstens einmal an«, beharrte Katharina.

»Aber wozu? Ich werde sie niemals lieben können. Wenn ich auch nicht weiß, wo ich die Unbekannte suchen soll, so würde ich doch ihre Augen unter Tausenden erkennen.«

Katharina wurde plötzlich blaß vor Schreck. O Gott, der Trank, durchzuckte es sie. Fantaghirò darf auf keinen Fall die Augen schließen. Sie umklammerte Romualdos Arm noch fester. »Auch wenn Ihr glaubt, sie niemals zu lieben«, drang sie nochmals in ihn, »so folgt mir wenigstens, bevor es zu spät ist.«

»Nun gut«, willigte Romualdo zögernd ein, »wenn es darum geht, jemanden zu retten, bin ich bereit. Aber zwingt mich nicht zu mehr!« Dann folgte er Katharina.

Fantaghirò saß auf dem Boden des Turmzimmers. Um sie herum war es schon fast dunkel, nur durch ein kleines Fenster, hoch unter dem Dach des Turmes, drangen noch die letzten Strahlen der untergehenden Sonne in ihre Kammer.

Die Prinzessin hielt das Fläschchen, das ihr Katharina gegeben hatte, in den Händen. Sollte sie dem Rat ihrer Schwester folgen? Sie betrachtete den silbernen Verschluß des Gefäßes. Mit einem tiefen Seufzer hob sie es schließlich an die Lippen.

»Trink das bloß nicht!« Ohne daß sie es gemerkt hatte, war eine weiße Maus in das Zimmer gehuscht, die sich jetzt auf ihre Hinterbeine setzte und Fantaghirò aufmerksam ansah. »Du könntest einen großen Fehler machen!«

Fantaghirò sah auf. »Von einer Maus lasse ich mir nichts sagen«, gab sie zurück.

»Die Leute haben recht. Du bist eben doch hochmütig«, antwortete die Maus. »Aber vielleicht hörst du auf eine Gans.« Die weiße Maus begann sich aufzuplustern. Immer größer wurde sie, und ihre Schnauze färbte sich langsam zu einem orangeroten Schnabel. Schließlich saß ihre alte Freundin, die Gans, vor der Prinzessin. »Kennen wir uns?« schnatterte sie.

»Oh, Gans!« jubelte Fantaghirò. »Hättest du mich am Fluß nur nicht allein gelassen«, fuhr sie dann mit vorwurfsvoller Stimme fort, »dann hätte ich nicht soviel falsch gemacht.«

Die Gans schlug ein paarmal mit den Flügeln. »Gar nichts hast du falsch gemacht. Ich wollte nur, daß du auf dein menschliches Herz hörst. Und das hast du ja schließlich auch getan.«

»Was versteht du denn von Menschenherzen?« lachte Fantaghirò. Seitdem die Gans wieder bei ihr war, war ihr deutlich leichter zu Mute.

»Jedenfalls mehr, als du denkst«, gab die Gans zurück. »Bisher habe ich sie noch alle durchschaut.« Dann begann sie, sich zu schütteln. Und je mehr sie sich schüttelte, um so größer wurde sie. Ihre Glieder streckten sich, der Hals wurde kürzer, und die Federn fielen von ihr ab. Wie durch Geisterhand stand plötzlich eine hochgewachsene weiße Gestalt vor der Prinzessin.

Ein freudiger Schreck durchfuhr Fantaghirò, als sie den Weißen Ritter erkannte. »Ihr ... Ihr seid es! Wie sehr habe ich Euch vermißt.«

»Ich war nie fort«, antwortete der Weiße Ritter und lächelte. »Du glaubtest nur, allein zu sein. In Wahrheit war ich stets bei dir.« Er griff zärtlich unter Fantaghiròs Kinn und hob den Kopf der Prinzessin leicht an. »Vom Tag deiner Geburt an habe ich über dich gewacht. Doch von nun an wirst du dein Schicksal selbst in die Hand nehmen, Fantaghirò, du außergewöhnliches Kind.« Der Weiße Ritter lächelte, und zum ersten Mal nahm die Prinzessin die fast weiblichen Züge seines Mundes wahr. »Sie werden gleich kommen, und schon jetzt wirst du deine erste wirkliche Entscheidung treffen. Wenn du König Romualdo nicht liebst, mußt du nun den Trank, den Katharina dir gegeben hat, zu dir nehmen.«

Fantaghiròs Blick glitt auf die kleine Flasche, die sie noch immer in ihren Händen hielt. »Ich ... ich liebe ihn aber«, antwortete sie zögernd. »Ich weiß, er ist der Feind meines Vaters. Aber ich kann nichts dagegen tun.«

Der Weiße Ritter lächelte wieder. »Das ist auch gut so. Vertrau deinem Gefühl! Und sei zuversichtlich.« Mit diesen

Worten begann sich die Gestalt des Weißen Ritters in Nebel aufzulösen.

»Halt, bleibt! Laßt mich nicht allein«, flehte Fantaghirò. »Noch nicht!«

Und tatsächlich nahm der Nebel langsam wieder eine Form an. Doch je dichter er wurde, um so klarer wurden die Umrisse eine anderen Gestalt – und dann stand eine Frau in wallenden weißen Gewändern vor Fantaghirò.

»Die Weiße Hexe!« entfuhr es der Prinzessin.

»Ob du mich so nennst, oder Weißer Ritter oder Maus oder Gans. Ich war es immer«, antwortete die Frau mit einem feinen Lächeln. »Und wie sollte ich, die ich stets die Stelle deiner Mutter an dir vertreten habe, nicht auch in diesem wichtigen Moment deines Lebens bei dir sein?« Sie blickte Fantaghirò, die sich seit ihrer Rückkehr vom Duell noch nicht umgezogen hatte, von oben bis unten an. Dann schüttelte sie mit einem freundlichen Tadel den Kopf. »Wie du nur aussiehst. Erscheint man so vor einem König?« Und sogleich verhüllte eine Wolke die Gestalt der Prinzessin.

In diesem Moment wurde die Tür zum Turmzimmer aufgestoßen, und Katharina und Romualdo stürzten herein.

Doch nichts war zu sehen. Nur ein feiner Dunst kräuselte sich unter den Balken des Turmdaches und verflüchtigte sich langsam. »Sie ist fort!« rief Katharina entsetzt aus. »Aber wie kann das sein? Die Flasche enthielt doch nur einen Schlaftrunk.«

»Wie schön, daß Ihr kommt«, erklang da eine vertraute Stimme aus einer dunklen Ecke des Raumes. König Romualdo wandte sich um, und schemenhaft erkannten seine Augen die Silhouette einer jungen Frau. Sie trug ein reich besticktes Gewand, und über ihre Schultern fielen lange, dunkle Haare.

»Wer seid Ihr, daß Ihr mich kennt?« antwortete Romualdo, und versuchte, mehr von dem Gesicht der Frau zu erkennen.

Sie trat in die Mitte des Raumes, und die letzten Strahlen des Abendlichts strichen über ihre anmutige Gestalt, die zarten Schultern, den schlanken Hals und gaben König Romualdo schließlich den Blick auf ihre Augen frei – die Augen, nach denen er sich so verzehrt hatte.

Wie zwei Sterne leuchteten sie dem jungen König entgegen, und einen Moment lang fürchtete er, das Opfer eines gemeinen Zaubers zu sein. Doch dann schritt er auf die Frau zu.

»Ihr seid Fantaghirò, die jüngste Tochter des Königs?« fragte er.

Die Prinzessin nickte. »Und seid Ihr König Romualdo, der weithin bekannte und mutige Kämpfer?« fragte sie atemlos.

»Ja«, antwortete Romualdo leise. Er lehnte seine Stirn an Fantaghiròs Stirn, und in ihren Augen sah er all das, wonach er in den letzten Wochen, seit ihrer ersten Begegnung im Wald, so sehnsüchtig gesucht hatte.

Auch Fantaghirò war es, als versänke sie in dem klaren Blick des jungen Königs. Und zum ersten Mal ließ sie es freudig geschehen, daß ihr das Herz bis zum Hals schlug und sie über und über errötete.

Noch am selben Abend ließ der alte König die Verlobungen seiner drei Töchter bekanntgeben und ein großes Fest veranstalten. Mit Prunk und Pracht wurde bis tief in die Nacht hinein so ausgelassen und fröhlich gefeiert, wie man es schon lange nicht mehr erlebt hatte. Aber schon am nächsten Morgen riefen Boten das Volk zusammen, und als sich alle versammelt hatten, bestieg der König sein gezäumtes Pferd. Von dort aus richtete er das Wort an die Anwesenden:

»Liebe Untertanen, im Leben geht es oftmals zu wie in

einem Märchen. Nach langen Zeiten des Krieges herrscht schließlich doch wieder Frieden, und ich kann euch versichern, daß dies fortan so bleiben wird. Unser Land wird mit dem unseres Nachbarn vereint. Blühende Landschaften werden entstehen, die euch allen Wohlstand und ein gutes Auskommen sichert. Die Königswürde über beide Reiche wird nun unter meinen drei Töchtern und ihren zukünftigen Ehemännern aufgeteilt.« Das Volk begann zu jubeln und zu applaudieren, aber der König gebot mit der Hand erneut Ruhe. Dann ergriff er seine Krone und nahm sie von seinem Haupt. »Ich war der König des Krieges. Ich danke nun ab, da der Zeitpunkt für ein friedliches Reich gekommen ist. Ich werde in die Welt hinausziehen und Buße dafür tun, daß ich mein Volk so lange Zeit den Kämpfen und der Not ausgesetzt habe. Ich werde diese fabelhafte Geschichte von Frieden, Liebe und Freundschaft fortan an alle Menschen weitergeben.« Nach diesen Worten gab er seinem Pferd ein Zeichen, und unter dem gleichzeitigen Jubel und Weinen des Volkes ritt der König aus der Empfangshalle seines Schlosses hinaus, durch den Hof über die Brücke und weiter über die Hügel des weiten Landes.

Doch es blieb nicht lange Zeit zum Trauern, denn für den Nachmittag hatte der alte König die Einsetzung seiner Kinder in das Amt bestimmt.

»Der Platz unseres König-Vaters soll zum Besten unseres neu zusammengefügten Landes nicht eine Stunde lang verwaist bleiben«, verkündete Romualdo der im Thronsaal versammelten Menge. »Begrüßt Königin Carolina und König Ivaldo!« forderte er sie auf und zeigte auf das Paar, das rechts vom Thron des alten Königs stand. Der Jubel der Menge toste den beiden entgegen.

»Erweist nun Königin Katharina und König Cataldo die Ehre«, rief er dann und deutete zu den beiden links vom Thron.

Doch bevor der Jubel der Menge verklang, lief der alte Schreiber, der soviel Zeit mit dem Auflisten der Aufmüpfigkeiten der kleinen Fantaghirò verbracht hatte, auf König Romualdo zu. »Ihr müßt kommen, Herr, es geht schon wieder los«, klagte er. »Sie hat sich kein bißchen verändert.«

Ohne daß er wußte, was der Schreiber genau meinte, folgte Romualdo dem alten Mann, und mit ihm der Hofstaat einschließlich des Dieners, der noch immer die Krone des alten Königs auf dem seidenen Kissen trug.

Vor dem Schloß angekommen, sah König Romualdo, was der alte Mann gemeint hatte. Denn dort, statt im Thronsaal, stand Fantaghirò – inmitten einer riesigen Gänseherde. Eines der Tiere hatte sie auf den Arm genommen und streichelte seinen Hals, während sie mit den Bauern sprach: »Nein, fortan sollen keine Gänse mehr auf der königlichen Speisekarte stehen. Sie sind viel zu klug, um gegessen zu werden.«

»Fantaghirò, meine Liebe, was machst du denn hier?« König Romualdo war überrascht. »Die Feierlichkeiten sind in vollem Gange.«

»Es tut mir leid«, antwortete Fantaghirò und lächelte entschuldigend, »aber ich hatte gerade etwas sehr Wichtiges zu klären. Immerhin konntet ihr mich doch in der Zwischenzeit alle vertreten. Wozu sollen wir uns die Regierung sonst aufteilen, wenn wir doch immer alle gleichzeitig anwesend sein müssen?«

Romualdo lachte. »Das ist eine kluge Antwort. Und dennoch wird deine Anwesenheit von Zeit zu Zeit notwendig sein.«

»Und wann sollte das sein?« fragte Fantaghirò.

»Zum Beispiel wenn nur eine Krone zur Verfügung steht«, antwortete Romualdo. »Ich glaube, dein Vater und das Volk möchten, daß du sie als erste von uns trägst.« Und er nahm die Krone von dem Kissen, das der Diener immer noch auf seinen Händen trug, und setzte sie auf ihren Kopf.

Der Jubel der Menge brandete erneut los: »Es lebe die Königin! Hoch lebe Königin Fantaghirò!«

»Aber sie ist mir ja viel zu groß«, lachte Fantaghirò verlegen und hielt die Krone mit beiden Händen fest.

»Ich bin sicher, du wirst hineinwachsen«, sagte Katharina.

»Ganz bestimmt, wozu hättest du sonst deinen Dickschädel«, stimmte Carolina zu.

Und das Lachen der Königspaare vermischte sich mit dem Jubel der Menge und dem fröhlichen Schnattern der Gänse.

Das Reich der Schwarzen Königin

Wie die Hochzeit von Fantaghirò und Romualdo vorbereitet wurde

Wochen und Monate zogen ins Land, ohne daß der alte König zurückkehrte. Längst waren die Trauungen von Katharina und Carolina mit Cataldo und Ivaldo in seiner Abwesenheit vollzogen worden, und auch der Tag, an dem Fantaghirò und Romualdo heiraten sollten, rückte immer näher. Romualdo und seine Getreuen waren schon seit geraumer Zeit unterwegs, um den Vater wenigstens zur Hochzeit seiner jüngsten Tochter zurück aufs Schloß zu holen. Doch die Suche war bisher ohne Ergebnis geblieben. Kein Mensch wußte, wo sich der alte König und sein Knappe aufhielten.

Aus allen Himmelsrichtungen näherten sich große Wagenzüge dem königlichen Schloß. Die Herrscher der benachbarten Reiche und Fürstentümer ließen durch ihre Boten Geschenke für die bevorstehende Hochzeit überbringen, und jeder versuchte, durch die Größe und Kostbarkeit seiner Gabe den anderen zu übertrumpfen.

Doch wie es auf der Welt leider meistens ist, gab es neben all den Herrschern, die dem zukünftigen Königspaar wohlgesonnen waren, auch eine Königin, die Fantaghirò und Romualdo Böses wollte. Ihr Reich war das dunkelste und schrecklichste Land, das man sich vorstellen kann. Und wie das Land, so war auch die Herrscherin: Die Schwarze Königin liebte nichts und niemanden auf dieser Welt. Haß und

Gemeinheit, das war es, wofür sie lebte. Und alles, woran sich die Menschen erfreuten, die Sonne, das helle Licht des Tages und die Liebe, war ihr zutiefst zuwider.

Doch die Schwarze Königin lebte nicht allein auf ihrem Schloß, sondern hielt sich zwei kleine Diener, die Geschwister Blitz und Donner, die sie nach Kräften in der Kunst des Hassens unterrichtete. Allerdings mußte sie zu ihrem Unmut öfter bemerken, daß sowohl Blitz, der Junge mit den wild hochstehenden Haaren, wie auch Donner, das Mädchen mit der struppigen blonden Mähne, zuweilen Regungen an den Tag legten, die man nur als freundlich und liebenswert bezeichnen konnte. Ein Skandal für die Schwarze Königin! Diese Zicken mußte sie den beiden unbedingt wieder austreiben. Doch im Moment hatte sie noch ein viel größeres Problem: Durch das magische Auge, das der kleine Blitz auf dem Brustteil seines schwarzen Anzugs trug, und mit dem die Königin Ausblick auf jeden beliebigen Punkt der Erde hatte, mußte sie mitansehen, daß Romualdo und Fantaghirò sich über alles liebten. Und der Anblick zweier Sterblicher, die so glücklich miteinander waren, bereitete der Schwarzen Königin unerträgliche Qualen.

»Soviel Liebe lähmt mich«, stieß sie zischend hervor. »Sie nimmt mir die Luft zum Atmen und hindert mich, mein Leben in Ruhe zu führen. Daher sehe ich nur eine Lösung. Ich werde die beiden trennen und ihnen Qualen zufügen, die ein Sterblicher kaum ertragen kann. Dann wird es mir besser gehen.«

Und so kam es, daß in dem Wagenzug, der sich dem Schloß der drei Königspaare näherte, ein kleines Mädchen mit blonden, struppigen Haaren neben der Kutscherin des ersten Wagens saß.

»Was bringst du denn für ein Geschenk, Kleine?« erkundigte sich die freundliche Matrone bei dem völlig in Schwarz gekleideten Kind.

»Ich weiß es nicht genau«, antwortete Donner aufrichtig, »aber es ist sicher sehr kostbar.« Und sie umklammerte den schwarzen, silberbeschlagenen Kasten, dessen Form entfernt an einen Sarg erinnerte, noch fester mit ihren Armen.

Die rundliche Frau lachte. »Das glaube ich wohl. Denn alle diese Geschenke, die wir bringen, sind einzigartig und kostbar. Allerdings spricht sich so etwas rasch herum, und wir wollen hoffen, daß wir heil und unbehelligt im Schloß ankommen.« Sie sah sich mißtrauisch um und trieb die Pferde ein wenig mehr zur Eile an.

Doch kaum hatte sie zu Ende gesprochen, erscholl aus den Büschen und Bäumen am Wegesrand wildes Geschrei, und kurz darauf preschte eine Horde übler und finsterer Gestalten aus dem Dickicht hervor. Ihre wilden Mienen und ihre schrecklichen Waffen ließen keinen Zweifel daran: Dies waren die am meisten gefürchteten Räuber der Gegend, die unter ihrem Anführer Goldauge schon lange auf solch eine Gelegenheit gewartet hatten.

»Versucht gar nicht erst, nach euren Waffen zu greifen«, rief Goldauge den erschrockenen Leuten zu, während seine Kumpane bereits die Wagen erklommen und den Kutschern die Zügel aus den Händen rissen. »Wer sich wehrt, ist verloren!« Sobald er seinen Kopf wandte, blitzte das künstliche Auge, das dem Anführer seinen Namen eingebracht hatte, bedrohlich auf. Und kaum einer der Überfallenen wagte es, sich gegen die Angreifer, die jetzt anfingen, die Fuhrwerke zu plündern, zur Wehr zu setzen.

»Zu Hilfe! Zu Hilfe!« Die Kutscherin neben der kleinen Donner ließ sich als einzige nicht unterkriegen und warf sich schützend über die ihr anvertrauten Truhen und Kästen auf ihrem Wagen. Goldauge versuchte sie zu überwältigen.

»Schrei nur!« antwortete der Räuber lachend. »Hier hört dich sowieso niemand, der dir helfen könnte. Schrei laut, sonst helf ich dir nach!« Und er fesselte ihre Hände mit seiner Lederpeitsche.

»Ich höre sie sehr gut!«

Unvermutet erscholl eine energische Stimme, und als Goldauge den Kopf hob, sah er zu seiner Verblüffung einen Ritter zu Pferde vor sich. Er war in eine glänzende Rüstung gekleidet, und das schnabelförmige Visier seines Helmes war kampfbereit heruntergeklappt. Hinter ihm befand sich eine Anzahl Soldaten, ebenfalls in Angriffsstellung.

»Weg mit den Waffen«, forderte der Ritter jetzt. »Dieser Befehl gilt für alle!«

Goldauge richtete sich auf. »Seid Ihr etwa von der Garde des Königs?« fragte er halb spöttisch.

»Von der Garde der Königin«, antwortete der Ritter knapp. »Und jetzt ergebt Euch, bevor Ihr es unter meinem Schwert tun müßt.«

Doch Goldauge lachte höhnisch. »Noch nie war ich im Zweikampf unterlegen, und ich schätze, in wenigen Augenblicken seid Ihr es, der sich ergeben wird.« Mit diesen Worten zückte er sein Schwert und sprang vom Wagen.

Auch der Ritter sprang jetzt vom Pferd und zog seine Waffe, während die königlichen Soldaten gegen die übrigen Räuber antraten. Minutenlang war nur das metallische Klirren der Klingen zu hören. Goldauge mußte tatsächlich Meter um Meter zurückweichen, während der Ritter mehr und mehr an Boden gewann. Schließlich gelang es ihm, dem Räuber das Schwert aus der Hand zu schlagen, dann streckte er ihn zu Boden und setzte seine Klinge an den nackten Hals des Bösewichts.

Als die übrigen Räuber erkannten, daß ihr Hauptmann besiegt war, ließ ihr Kampfeswille beträchtlich nach. Keiner von ihnen wollte jetzt noch seine Haut riskieren, denn sie alle hielten es mit der Räubermoral: lieber feige und lebendig, als treu und tot.

»Ihr ... Ihr habt gesiegt«, stammelte Goldauge und betrachtete ängstlich das blitzende Metall an seiner Gurgel. »Das ist noch keinem Mann vor Euch gelungen.«

Der Ritter schob sein Visier hoch, so daß sein Gesicht zu erkennen war. »Ich bin ja auch kein Mann«, antwortete Fantaghirò. »Ich bin eine Frau.«

»Seid Ihr etwa die Königin?« Der Räuber blitzte skeptisch mit seinem goldenen Auge. »Seid Ihr Fantaghirò?«

»Ja, die bin ich«, antwortete Fantaghirò kurz. »Jetzt legt die Waffen nieder!« rief sie den Räubern zu, ohne ihr Schwert auch nur einen Millimeter vom Hals des Hauptmanns zu entfernen. »Und dann verschwindet aus meinem Reich und laßt Euch nie wieder blicken. Sonst werde ich verbreiten lassen, daß Ihr durch eine Frau besiegt wurdet«, setzte sie mit einem Grinsen hinzu, während die Räuber widerwillig begannen, alle Schwerter, Messer und Säbel auf einen Haufen zu werfen.

Goldauge sah zu seinen waffenlosen Kumpanen herüber. Seine Miene wurde noch düsterer, als sie ohnehin schon war. »Und Ihr gebt acht, daß Ihr nicht eines Tages doch noch von einem Mann besiegt werdet – und zwar ohne Waffen«, stieß er drohend hervor in Richtung Fantaghirò, die ihn jetzt endlich freigab und aufstehen ließ. Rasch stieg er auf sein Pferd, gab seinen Kumpanen Zeichen und ritt in einer mächtigen Staubwolke davon.

Auch Fantaghirò und ihre Soldaten verließen schnell den Schauplatz dieser unangenehmen Begegnung. Die junge Königin wollte keinen Dank dafür hören, daß sie die Menschen verteidigt hatte, die sich nur durch den Transport der Geschenke zu ihrer eigenen Hochzeit in Gefahr gebracht hatten.

Und die Leute des Wagenzuges begannen erleichtert, ihre Gaben zusammenzusammeln, um dann ihren Weg fortzusetzen.

Sobald Fantaghirò den Hof des Schlosses erreicht hatte, lief ihr die Kinderfrau entgegen, die die Prinzessin vom Tag ihrer Geburt an gepflegt und aufgezogen hatte. »Ach, Herrin, wie gut, daß Ihr kommt!«

Fantaghirò setzte eilig den Helm mit dem schnabelförmigen Visier ab. »Was ist denn passiert? Ist meinen Schwestern etwas zugestoßen?«

»Nein«, erwiderte die Kinderfrau lächelnd. »Katharina, Carolina und die Kinder, die sie beide erwarten, sind wohlauf. Aber König Romualdo ist zurückgekehrt, während Ihr unterwegs wart.«

Fantaghiròs Augen leuchteten auf. »Er ist zurück? Hat er meinen Vater gefunden?«

Die Kinderfrau schüttelte den Kopf. »Leider nein, und er selbst ist darüber am meisten betrübt.« Dann musterte sie Fantaghiròs zerzauste Haare mit einem tadelnden Blick. »Wie Ihr nur wieder ausseht. Wann werdet Ihr wohl endlich aufhören, Rebellen und Räuber zu jagen?«

»Warum fragst du mich nicht einfach, wann ich endlich eine Frau werden will?« gab Fantaghirò zurück, und lachend gab sie auch gleich selbst die Antwort. »An dem Tag, an dem du mich nicht mehr wie ein Kind behandelst.« Dann eilte sie die Treppe hinauf in ihre Gemächer, um zur Begrüßung ihres Bräutigams die Ritterrüstung gegen ein Kleid zu tauschen.

Genauso ungeduldig wie Fantaghirò hatten auch Carolina und Katharina die Rückkehr der Männer herbeigesehnt. Schon seit einigen Monaten waren die Schwestern guter Hoffnung, ja, die Ärzte hatten sogar ausgerechnet, daß die Geburt ihrer Kinder auf denselben Tag fallen würde. Seitdem sich der königliche Nachwuchs bei ihnen ankündigte, hatten sich die beiden Schwestern ein Zimmer des Schlosses ganz für ihre Handarbeiten eingerichtet, und zum ersten Mal hatten sie das Gefühl, daß diese Kunst auch wirklich zu etwas nütze war. Sie fertigten die feinsten Hemdchen, Kleidchen und Höschen – und sobald ihre jüngste Schwester Fantaghirò wieder einmal in den Wäldern unterwegs war, arbeiteten sie an einem gemeinsamen Stück – einer Überraschung zu ihrer Hochzeit!

Carolina war für einen Augenblick aufgestanden, um die Hochzeitsgeschenke zu betrachten, die inzwischen eingetroffen waren und im Nebenzimmer feierlich aufgebaut wurden. Die wunderbarsten Dinge befanden sich darunter: goldene Becher, mit Edelsteinen besetzte Schatullen und Vasen aus Alabaster und Marmor. Carolina konnte sich kaum satt sehen, als plötzlich ein Geschenk ihre ganze Aufmerksamkeit fesselte: eine Eule aus Gold, die mitten auf dem Tisch prangte und jeden, der ins Zimmer trat, anzublicken schien. Sie steckte noch halb in ihrem schwarzen Kasten, dessen Form Carolina eigentümlich erschauern ließ. Wie ein Sarg, dachte sie, doch dann wischte sie den dunklen Gedanken hinfort. Statt dessen blickte sie fasziniert auf die schwarzen Augen der Eule, die aus dem goldenen Gesicht leuchteten. »Diese Figur muß unermeßlich wertvoll sein«, flüsterte sie.

»Carolina!« Katharinas Stimme drang aus dem Nachbarzimmer. »Wenn du dich immer wieder ablenken läßt, werden wir nie pünktlich fertig werden.«

Carolina raffte ihre Röcke unter ihrem schon ziemlich runden Bauch zusammen und lief hinüber. »Du hast ja recht, Katharina«, antwortete sie, »aber all diese hübschen Sachen, die zu Fantaghiròs Hochzeit ...«

»Psst!« machte Katharina und ließ die Handarbeit, mit der sie beschäftigt war, rasch in einem Korb verschwinden. »Sie kommt gerade!«

Kaum hatte sie das gesagt, betrat Fantaghirò auch schon das Zimmer. »Habt ihr zufällig mal wieder schlecht über mich geredet?« fragte sie, als die beiden bei ihrem Eintritt verlegen schwiegen. Doch ein Lächeln auf ihrem Gesicht verriet, daß sie sich in bester Eintracht mit Carolina und Katharina befand.

»Wir haben eben unsere kleinen Geheimnisse«, lächelte Katharina und fädelte einen neuen Faden in ihre Nadel ein.

Doch bevor Fantaghirò neugierig weiterbohren konnte, pochte der Diener an der Tür dreimal mit seinem Stab auf den Boden. »König Romualdo, König Cataldo und König Ivaldo«, verkündete er, und gleich darauf erfüllte der Klang kräftiger Schritte das Zimmer der Frauen.

Sofort eilten Katharina und Carolina auf ihre Männer zu und schmiegten sich in ihre kräftigen Arme, obwohl die Gewänder der beiden nach der langen Abwesenheit mehr als staubig waren. Verliebt sahen die Paare einander an, und es war deutlich zu erkennen, wie glücklich sie waren, sich wiederzusehen. Unter leisem Liebesgeflüster und zärtlichem Kichern neigten sie einander die Köpfe zu.

Auch Romualdo schritt auf Fantaghirò zu, doch wagte er kaum, den Kopf zu heben und in ihre dunkel-glänzenden Augen zu sehen, die ihn von ihrer ersten Begegnung an bezaubert hatten. Nie würde er es ertragen können, in ihnen den Schleier der Trauer zu erkennen.

»Ich habe deinen Vater nicht finden können«, sagte er langsam. »Ich habe ihn überall gesucht, aber es war umsonst.«

Fantaghirò hob die Hand und strich sanft über Romualdos Wange. »Du hast es versucht, und das ist der Beweis deiner Liebe«, antwortete sie. »Ich kann den Tag kaum erwarten, an dem auch ich dir meine Liebe beweisen kann«, setzte sie flüsternd hinzu. Mit diesen Worten schmiegte sie sich an ihn, und Romualdo schloß seine Arme um sie, so als wollte er sie nie mehr loslassen.

So stand das Paar, völlig in sich versunken – und ahnte nicht im entferntesten, daß ein Paar schwarzer Augen in einem goldenen Eulengesicht sie aus dem nebenan gelegenen Zimmer beobachtete.

»Wie widerwärtig!« Die Schwarze Königin spuckte die Worte geradezu aus und hieb mit einer solchen Wucht auf das magische Auge auf Blitz' Brust ein, daß das Bild, welches soeben noch König Romualdo und Fantaghirò in liebevoller Umarmung gezeigt hatte, auf der Stelle verschwand und der kleine Diener hintenüber fiel. »Mir wird ganz schlecht, wenn ich diese Turteltäubchen sehe«, schimpfte seine Herrin weiter. Ihr schwarzes Gewand lag eng und glänzend an, wie die Haut einer Eidechse. Wenn sie jedoch ihre Arme hob wie jetzt, wo sie besonders wütend war, spannte sich der Stoff darunter wie die Flügel einer Fledermaus. Und die roten Steine, die als Augen in ihre eulenähnliche Kopfbedeckung eingearbeitet waren, funkelten bedrohlich.

Blitz rappelte sich wieder hoch und stellte sich neben seine Herrin, aber vorsichtshalber zog er den Kopf zwischen die Schultern. Wenn sie in dieser Laune war, war mit ziemlicher Sicherheit damit zu rechnen, daß er noch mehrfach die Zielscheibe ihres Zornes werden würde. »Dann seht doch einfach nicht hin«, schlug er vor.

»Aber genau das will ich doch, du Dummkopf«, gab die Schwarze Königin zurück. »Wozu sonst habe ich ihnen die Eule schicken lassen? Oh, und ich muß dem Ganzen untätig zusehen. Mein Zauber ist auf ihrem Gebiet unwirksam. Wenn es mir doch nur gelänge, sie in mein Reich hinüberzulocken.«

»Also, ich verstehe Euch nicht«, antwortete Blitz achselzuckend. »Wenn Euch die Liebe der beiden ärgert, wozu seht Ihr dann hin? Ihr müßt das magische Auge nur abschalten, und schon habt Ihr Euren Frieden.«

»Frieden«, schnaubte die Schwarze Königin verächtlich.

»Ich hasse den Frieden! Ich will ...«, sie unterbrach sich, dann fuhr sie plötzlich herum. Auf ihrem Gesicht lag ein hinterhältiges Grinsen. »Genau, das ist es«, jubelte sie. »Ich will den Krieg. Ich werde ihnen ganz einfach den Krieg erklären. Was bist du für ein kluges Bürschchen«, säuselte sie und streichelte Blitz über die hochstehenden Haare.

»Aber so habe ich das doch gar nicht gemeint«, rief der Junge verstört aus. »Und überhaupt: Ihr habt noch nicht einmal eine Armee!«

Die Schwarze Königin bückte sich und wühlte in einer dunklen Ecke des Zimmers. Nach einigen Minuten hielt sie eine kleine Schachtel in den Händen, die jenen Kisten ähnelte, in denen die Kinder der Sterblichen für gewöhnlich ihre Spielsachen aufbewahrten. Die Schwarze Königin hob den Deckel.

»Spielzeugsoldaten«, stellte Blitz gleichgültig fest und wendete eine der Figuren aus schwarzem Ton in seinen Händen. »Die werden Euch nichts nützen.«

»Wart's nur ab!« Mit der Schachtel in der Hand eilte die Schwarze Königin die Treppen ihrer schwarzen Burg hinauf, bis in den höchsten Turm. Blitz folgte ihr atemlos.

»Nun sieh gut zu«, forderte sie den Jungen auf und warf die Spielfiguren eine nach der anderen aus dem Fenster.

Blitz stürmte zum Fensterbrett, doch als er in den Hof hinunterblickte, war von den Spielzeugsoldaten nichts mehr zu sehen. Statt dessen erblickte er eine Gruppe von gefährlich aussehenden, lebensgroßen Soldaten in schwarzen Rüstungen, die kampflustig mit den Waffen klirrten, während ihre schwarzen Pferde ungeduldig schnaubten und scharrten.

»Werdet Ihr sie jetzt in den Kampf schicken?« fragte der Junge.

»Noch nicht«, entgegnete die Schwarze Königin mit verdrießlichem Gesicht. »Es muß mir erst gelingen, Fantaghirò oder Romualdo auf mein Gebiet zu locken. Es ist für mich und meine Soldaten schwierig, in ihrem Reich Gewalt über sie zu erhalten. Und was noch schlimmer wäre: Auf ihrem Gebiet würden sich die Soldaten sofort wieder in Spielzeug verwandeln«, überlegte sie. »Es sei denn, es ist eine Vollmondnacht.«

»Aber wie wollt Ihr sie hierher locken?« fragte Blitz.

»Genau das ist die Frage, du Dummkopf«, schnaubte die Schwarze Königin. »Aber mir wird schon etwas einfallen.« Sie hieb Blitz auf die Brust. »Sofern du dich mal bequemst, das Magische Auge wieder einzuschalten.«

»Ja, meine Königin«, antwortete Blitz verstört, und sogleich erschien auf der Brustplatte seines Anzugs ein Bild. Es zeigte einen alten Mann, der zu Pferde das Land überquerte und nur von einem Knappen begleitet wurde. Doch seine kostbaren Gewänder deuteten darauf hin, daß es sich zumindest um einen Edelmann handeln mußte.

»Was soll der Unfug?« schimpfte die Schwarze Königin. »Wieso zeigt mir das Magische Auge diesen Greis auf der Jagd?«

Blitz hatte die Hände zu den Schläfen erhoben, um sich zu konzentrieren. »Es ... er ist kein einfacher Greis«, brachte er jetzt langsam hervor. »Der Mann ist der alte König, Fantaghiròs Vater. Er befindet sich unweit der Grenze zum Schwarzen Wald ...«

»Er ist Fantaghiròs Vater?« Die Schwarze Hexe kreischte vor Vergnügen laut auf. »Und er ist schon an der Grenze zu meinem Reich, noch dazu allein? Das bringt mich auf eine Idee. Nun muß ich nur noch warten, bis es dunkel wird. Und dann brauchen wir einen hübschen Vollmond ...«

Im Schloß der drei Königspaare waren inzwischen die Vorbereitungen für die Hochzeit von Fantaghirò und Romualdo abgeschlossen, und langsam senkte sich der Abend über das Land.

Im Kaminzimmer hatte sich bereits eine Anzahl der geladenen Gäste eingefunden, und alle waren heiterer Stimmung, denn jedermann freute sich auf das bevorstehende Fest.

Gerade betraten Katharina und Carolina den festlich geschmückten und von Kerzen hell erleuchteten Raum. In ihren Händen hielten sie ein großes, goldglänzendes Tuch, das eher von Feenhänden als von Menschenfingern gewebt zu sein schien, so fein war es. Die unzähligen Goldfäden, mit denen es kunstvoll bestickt war, funkelten im Kerzenlicht.

»Das ist unser Hochzeitsgeschenk für dich, Schwester«, sagte Katharina.

»Dein Brautschleier«, erklärte Carolina. »Wir haben ihn für dich gewebt und gestickt, weil wir wußten, daß du bei deinen Ausritten sicher keine Zeit dafür finden würdest«, setzte sie lächelnd hinzu.

Fantaghiròs Augen strahlten, als sie das kostbare Gewebe erblickte. »Oh, meine Schwestern«, sagte sie. »Wie soll ich euch das danken?«

»Indem du glücklich wirst«, antwortete Katharina und legte Fantaghirò den Stoff über die Schultern.

»Oh, das ist ja unglaublich. Daß man so etwas weben kann ...« Fantaghirò konnte das edle Tuch gar nicht genug befühlen und bestaunte immer wieder die zierliche Stickarbeit.

Doch jetzt trat Romualdo zu ihr heran. »Auch ich habe ein Geschenk, das ich dir schon heute abend geben möchte«, begann er. Er öffnete seine Hand, und in seiner Handfläche lag ein kostbarer Ring. Er nahm das Schmuckstück und steckte es an Fantaghiròs Finger. »Diesen Ring gab mir meine Mutter, als sie starb. Von jenem Tag an habe ich ihn ständig getragen, und mehr als einmal hat er mir Kraft und Zuversicht gegeben. Zum Zeichen meiner Liebe und dafür, daß du es nun bist, die mir Kraft und Zuversicht gibt, soll er von jetzt an dir gehören.«

»Oh, Romualdo«, antwortete Fantaghirò, »ich weiß, wieviel dir dieser Ring bedeutet, und ich will ...« Sie konnte nicht zu Ende sprechen, denn plötzlich glitt ihr der Ring vom Finger und fiel zu Boden. Rasch kniete sie sich hin, um ihn aufzuheben. »Es tut mir so leid«, sagte sie entschuldigend, während ihr Gesicht vor Scham errötete.

Doch Romualdo lächelte nur nachsichtig. »Wenn er dir zu groß ist, kannst du ihn ja an einer Kette um den Hals tragen.«

»Ja«, antwortete Fantaghirò, »das will ich tun.«

Als sie sich wieder aufrichteten, fiel Fantaghiròs Blick auf den Tisch mit den Hochzeitsgeschenken. »Sieh nur, wer das wohl geschickt haben mag?« fragte sie erstaunt und schickte sich an, die goldene Eule in die Hand zu nehmen.

»Faß sie nicht an!« erscholl in diesem Moment eine Stimme. »Du darfst ihr nicht zu nahe kommen, Fantaghirò!«

Alle Anwesenden fuhren erschreckt herum, um zu sehen, wer da sprach. In der Tür war eine riesige weiße Nebelwolke zu sehen, die jetzt die Gestalt einer weißgekleideten, hochgewachsenen Frau annahm.

»Die Weiße Hexe!« Ein heiseres Flüstern durchlief die Reihen der Gäste, und die meisten traten unwillkürlich einen Schritt zurück, als die Hexe nun auf Fantaghirò und Romualdo zuging.

»Dies ist ein Geschenk aus dem Reich des Bösen«, erklärte sie und stellte sich schützend vor die Verlobten, die vor Überraschung noch völlig starr standen. »Die Schwarze Königin hat es geschickt, um Macht über euch und euer Haus zu erlangen.«

Ein Schauer überlief alle Anwesenden. Es war, als würde plötzlich ein Eiswind durch den Raum wehen.

»Die Schwarze Königin?« Fantaghirò fand als erste die Sprache wieder. »Aber was haben wir ihr denn getan?«

Die Weiße Hexe schüttelte langsam den Kopf. »Nichts. Aber allein die Tatsache, daß zwischen zwei Menschen das Band der Liebe besteht, erregt ihren Zorn.« Nun hob die Weiße Hexe die Arme. »Tretet zurück, ich will ihren Zauber bannen.«

Und mit ihren Armen beschrieb sie weite Kreise, um die magischen Kräfte zu sammeln und in sich aufzunehmen. Dann richtete sie ihre Fingerspitzen auf die goldene Eule, und aus ihren Händen schoß ein Blitz. Er umkreiste die schreckenerregende Figur und fuhr dann mit einem gewaltigen Schlag in sie hinein. Für einen Moment glühte der Zaubervogel auf, doch nach und nach erlosch das Licht, bis schließlich selbst der dunkle, gefährliche Glanz der Augen verglommen war.

Erleichtert atmete Fantaghirò auf. »Ich danke dir, Weiße Hexe, daß du gekommen bist und den schrecklichen Zauber gebannt hast. Auch ich wollte dich rufen, denn für das Geschenk, das ich Romualdo machen will, benötige ich deine Hilfe.« Sie sah ihre Freundin einen Augenblick unsicher an, doch als sie ein Lächeln in ihren Zügen wahrnahm, fuhr sie fort. »Geliebter Romualdo, auch ich möchte dir etwas schenken. Es ist ein Versprechen, das ich in Anwesenheit aller geloben will, damit sie alle es bezeugen können. Ich verspreche dir ...«, sie unterbrach sich einen Augenblick und sah noch einmal zur Weißen Hexe hinüber. Dann fuhr sie fort: »Ich verspreche dir, von nun an keine Waffe mehr zu benutzen. Frieden herrscht in unserem vereinten Land, und daher will auch ich nie mehr mein Schwert in die Hand nehmen. Die Weiße Hexe wird mir helfen, dieses Versprechen zu halten.« Nach diesen Worten nahm Fantaghirò ihr Schwert, das ihr einer der Diener auf ihren Wink hin brachte, in die Hand und schritt damit auf eine steinerne Löwenfigur zu, die den Sims des Kamins stützte. Behutsam legte sie die Waffe in sein offenstehendes Maul und trat zurück.

Augenblicke später erhellte ein gleißender Schein den Raum, und als er verlosch und sich die Augen der Anwesenden wieder an das dämmerige Licht der Kerzen gewöhnt hatten, konnten sie sehen, daß der steinerne Löwe die Zähne nun fest um die Klinge gelegt hatte.

Die Weiße Hexe aber war verschwunden.

Auch über den Wald senkte sich allmählich die Nacht. Wer immer eine Bleibe hatte, suchte diese auf. Und wer sie nicht hatte, Fahrensleute oder etwa Landstreicher, entfachte zumindest ein kleines Feuer, um sich vor Kälte oder wilden Tieren, wenigstens aber vor der eigenen Angst zu schützen.

An solch einem kleinen Lagerfeuer ließ sich an diesem Abend auch ein alter Mann nieder. Es war Fantaghiròs Vater, der jetzt schon seit vielen Wochen durch die Lande zog.

»Wollt Ihr denn wirklich nicht zur Hochzeit Eurer jüngsten Tochter auf das Schloß zurückkehren?« fragte der Knappe, der ihn seit dem Tag seiner Abreise begleitet hatte.

Der alte König schüttelte den Kopf. »Nein, so leid es mir auch tut. Aber wenn ein König einmal abgedankt hat, sollte er nicht zurückkehren. Es ist besser, den jungen Leuten das Regieren zu überlassen. Die ganze Welt ist jetzt mein Schloß«, erklärte er und beschrieb mit seiner Hand einen weiten Bogen, der den Wald, die Wiesen und den sternenübersäten Himmel einschloß. Soeben erhob sich der Vollmond über dem dunklen Wald, der jenseits der Wiese begann, und der Schrei einer Eule hallte über das Land.

Plötzlich ließ ein Geräusch die beiden aufhorchen. Von

ferne näherte sich Hufschlag, der schnell näherkam. »Was ist das?« fragte der König seinen Knappen.

Doch dem blieb keine Zeit zu antworten.

»Werft eure Waffen weg!« rief eine dumpfe Stimme statt dessen, und es hörte sich an, als käme sie aus den tiefsten Höhlen der Unterwelt.

»Ob ich das tue, entscheide ich allein«, antwortete der alte König und sprang mit gezücktem Schwert auf. Im Nu war er in einem heftigen Kampf begriffen, auch wenn er seine Gegner nur schemenhaft erkannte. Es waren Ritter in nachtschwarzen Rüstungen, ausgestattet mit den gefährlichsten Waffen, die dem alten König je begegnet waren. Doch obwohl der alte König ein geübter Kämpfer war, hatte er das Gefühl, daß seine zahlreichen Hiebe nur ins Leere gingen, während ihn selbst mit jedem Augenblick ein unsichtbares Band fester zu umschließen und seine Kraft zu fesseln schien.

Wie Fantaghirò und Romualdo voneinander Abschied nehmen mußten

Ein wunderschöner Morgen strahlte über das Land. Es war, als ob sich die ganze Welt an dem Hochzeitstag von Fantaghirò und Romualdo in ihr Festgewand gekleidet hätte. Alle Zinnen und Türme des Schlosses waren mit Fahnen und Wimpeln geschmückt worden, und das prächtige Schmettern der Fanfaren kündete den Beginn der Zeremonie an.

Begleitet von ihren Schwestern Katharina und Carolina trat Fantaghirò aus dem Schloß auf den Hof hinaus, genau in dem Moment, als aus einer riesigen Voliere Hunderte von Tauben als Zeichen der Liebe und des Friedens in den Himmel aufstiegen. Gemeinsam schritten die drei bis vor den Baldachin, unter dem der alte Schreiber, der die Trauung vollziehen sollte, das Brautpaar schon erwartete. An der kleinen Treppe, die zu ihm emporführte, stand Romualdo, um seine Braut in Empfang zu nehmen und sie die letzten Stufen selbst hinaufzugeleiten.

Unter dem Applaus und dem Jubel des ganzen Volkes nahm er Fantaghiròs Hand. Die Brautleute sahen sich noch einmal an, wie um sich zum letzten Mal ihres Einvernehmens zu versichern. Dann schritten sie gemeinsam die kleine Treppe empor.

Wie der Schreiber es schon so oft getan hatte, entrollte er jetzt das Pergament, und fast wäre ihm das »Willst du versprechen, Fantaghirò …«, das er früher so unzählige Male an das widerspenstige Mädchen hatte richten müssen, herausgerutscht. Aber er besann sich im letzten Moment.

»Wir sind zusammengekommen«, begann er, »um zwei Seelen, die einander lieben und zugetan sind, auf ihrem Weg in den Bund der Ehe zu begleiten. So wie durch die Verbindung der Königshäuser der Friede in unseren Reichen eingezogen ist, sollen auch eure Herzen sich nie mehr voneinander trennen.« Jetzt gab er Romualdo ein Zeichen.

Der junge König ergriff erneut Fantaghiròs Hand, dann gab er ihr das Hochzeitsversprechen: »Fantaghirò, ich gelobe dir ewige Liebe und Treue, meinen Schutz und meinen Respekt. Die Welt der Sterblichen und der Unsterblichen sei mein Zeuge, daß ich mein Wort halten will, sofern du mich zu deinem Gemahl nehmen willst.«

Fantaghirò hatte während dieser Worte den Blick nicht von Romualdos Augen gewendet, in denen ein ungewohnter Schimmer lag. Sie fühlte seine warme Hand, und es schien ihr, als seien sie beide längst über einen einzigen Herzschlag miteinander verbunden. »Gerne nehme ich dein Versprechen an und gebe mich als deine Gattin in deine Liebe und deinen Schutz«, antwortete sie, und im Volk erhob sich neuer Jubel.

Aber der Schreiber gebot Ruhe, damit auch Fantaghirò nun ihr Versprechen ablegen konnte.

»Romualdo«, sagte sie, »ich gelobe dir ewige Liebe und Treue, meinen Schutz und meinen Respekt. Die Welt der Sterblichen und der Unsterblichen sei mein Zeuge, daß ich mein Wort halten will, sofern du mich zu deiner Gemahlin ...« Sie hielt plötzlich inne. Von der Seite des Hofes ertönte Tumult.

Ein Reiter preschte durch das Tor und bahnte sich seinen Weg durch die Menge. Es war der Knappe des alten Königs. Völlig erschöpft stieß er noch die Worte »Königin, Euer Vater ...« hervor, dann fiel er vom Pferd.

Fantaghirò sah Romualdo erschrocken an, und auch auf seiner Miene malte sich bleiches Entsetzen.

»Königin, der letzte Satz fehlt noch«, mahnte der Schreiber flüsternd. »Bitte, nur noch diesen einen Satz. Dann sind wir fertig, und Ihr könnt tun, was Ihr wollt. Sofern Euer Gemahl dies erlaubt«, setzte er mit einer flüchtigen Verbeugung hinzu.

Das Paar wechselte jedoch nur einen schnellen Blick des Einverständnisses, dann raffte Fantaghirò die Röcke ihres Hochzeitskleides zusammen, und die beiden liefen die Stufen des Podests hinunter.

»Aber die Hochzeit ist sonst ungültig«, rief der Schreiber händeringend hinter den beiden her.

Doch Fantaghirò und Romualdo knieten bereits bei dem Boten. Er streckte ihnen wortlos ein Zepter und ein mit Edelsteinen besetztes Schwert entgegen.

»Das sind die Gegenstände meines Vaters«, rief Fantaghirò entsetzt aus. »So sprich doch, was ist mit ihm geschehen?«

Aber der Bote hob nur schwach den Kopf. »Wasser«, bat er, »Wasser für mich und mein Pferd.«

Schnell reichten eifrige Hände einen Krug heran, und Fantaghirò setzte ihn an seine Lippen. Hastig nahm er einige Schlucke, und langsam kehrten seine Lebenskräfte zurück. »Wir hatten gerade unser Nachtlager aufgeschlagen«, berichtete er, »als wir von Soldaten überfallen wurden. Sie nahmen Euren Vater als Geisel. Mich schickten sie dann los, um Euch ausrichten zu lassen, daß er sich in der Gewalt der Schwarzen Königin befindet. Und daß Ihr der Herrschaft über Euer Land zu ihren Gunsten entsagen müßt, wenn Ihr Euren Vater lebend wiedersehen wollt.«

»Die Schwarze Königin«, entfuhr es Fantaghirò fassungslos. »So hat die Weiße Hexe ihren Fluch also doch nicht bannen können.«

Aber Romualdo hatte sich bereits erhoben und winkte seine Getreuen Cataldo und Ivaldo zu sich herüber. »Auf diese Forderung werden wir uns niemals einlassen. Zunächst müssen wir jedoch den alten König aus ihrer Gewalt befreien. Sammelt die Soldaten«, ordnete er an, und dann verließ er den Hof, um seine Festtagskleidung gegen sein Kampfgewand zu tauschen.

Nur wenige Stunden später hatte sich der Schloßhof, der in der Morgensonne noch ein Platz der Liebe und der Freude gewesen war, in einen Ort der Kriegsvorbereitung gewandelt. Mit klirrenden Waffen saßen die Soldaten auf ihren gesattelten Pferden – bereit, die Befehle Romualdos auszuführen.

»Männer«, verkündete der junge König, »der Tag endet unter einem anderen Stern, als er begonnen hat. Nichts fällt uns schwerer, als in dieser Stunde aus dem heimatlichen Schloß aufzubrechen. Und doch scheuen wir weder den Augenblick noch eine Minute unseres zukünftigen Glücks, um unseren geliebten König heil und gesund aus der Macht der Schwarzen Königin zu befreien.« Allgemeine Zustimmung war zu hören, und König Romualdo gab das Zeichen, den Hof zu verlassen.

Während die Soldaten schon hinausritten, verabschiedeten sich Katharina und Carolina noch auf das zärtlichste von ihren Ehegatten.

»Wirst du zurück sein, bevor unser Kind geboren wird?« fragte Katharina besorgt.

»Ich verspreche es«, antwortete Cataldo und blickte ihr liebevoll in die Augen.

Carolina zog einen Anhänger aus Porzellan hervor und reichte ihn Ivaldo. »Vergiß nicht, daß ich auf dich warte«, sprach sie zu ihm, »auch wenn ich das bald nicht mehr allein tun muß.« Sie deutete auf ihren beträchtlich runden Bauch. Und Ivaldo beugte sich von seinem Pferd hinab und schloß sie so gut es ging in seine Arme.

Fantaghirò trat an Romualdo heran, der ebenfalls schon zu Pferde saß. »Ich möchte dich begleiten«, sagte sie ernsthaft.

Doch Romualdo schüttelte kaum merklich den Kopf. »Du hast geschworen, nie mehr dein Schwert zu führen«, erinnerte er sie. »Und unser Volk braucht jetzt jemanden, der es regiert. Deine Schwestern«, setzte er schnell hinzu, als er merkte, daß Fantaghirò ihn unterbrechen wollte, »werden sich bald anderen Aufgaben widmen müssen. Leb wohl«, sagte er fast flüsternd. Dann spornte er sein Pferd an und ritt durch das vordere Tor des Schlosses hinaus, den Soldaten und seinen Getreuen hinterher. Fantaghirò blickte ihm nach und beobachtete, wie seine Gestalt zum Horizont hin immer kleiner wurde.

Die ganze Nacht über fand Fantaghirò vor Sorge und Kummer keine Ruhe. Unruhig warf sie sich in den Kissen hin und her, immer wieder tauchten schreckliche Bilder vor ihrem inneren Auge auf. Und wenn sie zwischendurch doch einmal einschlief, riß sie nicht lange darauf die Sorge um ihren Vater, Romualdo und den Frieden im Land immer wieder aus ihren schweren Träumen. Im Morgengrauen faßte sie schließlich einen Entschluß. Sie stand auf und trat vor ihre Frisierkommode. Im ersten Licht der Morgendämmerung betrachtete sie nachdenklich ihr Spiegelbild.

Ich habe einen Schwur getan, aber ich werde ihn brechen müssen, überlegte Fantaghirò. So, wie ich es schon einmal getan habe, als ich auszog, um den Feind meines Vaters zu töten, aber statt dessen auf meine innere Stimme gehört und Romualdo das Leben gelassen habe. Es wird richtig sein, ihr auch diesmal wieder zu folgen. Die Weiße Hexe wird es mir verzeihen.

Entschlossen nahm sie eine Schere in die Hand und

schnitt langsam eine Haarsträhne nach der anderen ab, bis ihr schließlich wieder das knabenhafte Antlitz des Grafen von Waldorf aus dem Spiegel entgegenblickte.

Dann schlich sie sich in das Kaminzimmer, in dem zwei steinerne Löwen das Feuer zu bewachen schienen. Zögernd näherte sie sich demjenigen, der in seinem Maul das Schwert hielt, das Fantaghirò unter ihrem feierlichen Gelöbnis der Macht der Weißen Hexe anvertraut hatte.

Sie holte noch einmal tief Luft und griff dann nach der Waffe. Aber im selben Augenblick durchfuhr ein Blitzstrahl den Raum, und erschrocken ließ sie von ihrem Vorhaben ab. Gleichzeitig hörte sie vom Korridor her auch schon Katharinas Stimme.

»Fantaghirò! Was machst du denn da?« Aufgeregt betrat ihre Schwester das Kaminzimmer.

»Laß das!« Carolina eilte ebenfalls herbei. »Du hast es Romualdo versprochen.«

Fantaghirò fuhr herum. Sie war sozusagen auf frischer Tat ertappt worden. »Ich werde Romualdo helfen«, versuchte sie sich zu verteidigen.

Katharina betrachtete ihre Schwester vom Scheitel der kurzen Haare bis zum Saum ihrer Jagdhose. »Fängst du etwa schon wieder an? Diesmal hast du noch nicht einmal dein Schwert.«

»Das läßt sich ändern!« Entschlossen schritt Fantaghirò zum Waffenschrank in der Ecke hinüber. »Dieses hier zum Beispiel.«

Doch kaum hatte sie mit dem Schwert probeweise einige Hiebe ausgeführt, als die Klinge plötzlich zu zittern anfing, eine tiefrote Farbe annahm und in Windeseile verglühte. Mit einem erschreckten Aufschrei ließ Fantaghirò den Griff der Waffe fallen. »Dann nehme ich eben ein anderes!« sagte sie trotzig. Doch an diesem wiederholte sich das gleiche Schauspiel.

Carolina und Katharina verbargen ihr Schmunzeln kaum. »Du hast einen Schwur getan, Fantaghirò. Du wolltest nie mehr eine Waffe berühren«, erinnerten sie sie.

Aus Fantaghiròs Augen blitzte es nun dunkel. »Ihr habt recht, diesen Schwur habe ich getan. Aber eines habe ich nicht geschworen, nämlich diese Burg nicht mehr zu verlassen, wenn ich es für notwendig halte.« Mit entschlossener Miene zog sie das Wams ihrer Jagdkleidung zu und verließ das Zimmer.

»Warte!« rief Carolina ihr noch nach.

Doch Katharina hielt die blonde Schwester zurück. »Laß sie, es ist sinnlos. Du weißt, daß Fantaghirò das tun muß, was sie für richtig hält. Nur dann ist sie ganz sie selbst.«

Fantaghirò ging geradewegs in den Stall des Schlosses und sattelte ihr Pferd, das Romualdo ihr vor einiger Zeit geschenkt hatte. Es war ein hübscher brauner Hengst, dem sie den Namen Goldmähne gegeben hatte.

Fantaghirò schwang sich in den Sattel und trieb das Tier an. Aber es blieb stehen. Fantaghirò versuchte es noch einmal, doch der Hengst blieb stur.

»Willst du nicht, Goldmähne?«

»Nein«, wieherte das Pferd.

Fantaghirò glaubte, ihren Ohren nicht trauen zu können. »Du kannst sprechen?«

»Etwa so gut, wie du die Sprache der Tiere verstehst«, antwortete das Pferd. »Allerdings hatten wir noch nie Gelegenheit, unter vier Augen zu wiehern ... äh, zu sprechen.«

»Da hast du recht«, antwortete Fantaghirò und lächelte. Ihre Laune hatte sich schon wieder gebessert. »Also, was gibt's, mein Freund? Warum gehst du nicht los?«

»Weil ich deinen Entschluß nicht gutheiße«, antwortete das Pferd. »Was du vorhast, ist gefährlich – für dich und für mich.«

»Wäre es dir denn lieber, wenn ich allein in den Kampf zöge?« fragte Fantaghirò.

»Nein, nein«, wieherte Goldmähne.

»Dann bleibt dir also nichts anderes übrig«, stellte Fantaghirò fest. »Komm schon«, rief sie ermunternd und spornte den Hengst erneut an, so daß er sich schließlich doch noch widerwillig in Bewegung setzte.

Es war ein merkwürdiger Tag. Obwohl der Herbst noch nicht begonnen hatte, wollte sich der Morgennebel nicht auflösen. Stunde um Stunde, die Fantaghirò ritt, begleitete er sie, obwohl die Sonne über dem Grau schon längst ihren höchsten Punkt überschritten hatte.

Fantaghirò folgte dem Pfad, den Goldmähne ihr als den Weg zum Schwarzen Schloß genannt hatte. Doch mit einmal endete er mitten auf einer Wiese, über deren feuchtem Boden ebenfalls dichter Dunst hing. Fantaghirò zügelte ihr Pferd und saß ab.

»Wo sind wir hier?« fragte sie Goldmähne.

»Ich weiß es nicht«, antwortete das Pferd.

»Aber ich dachte, du kennst den Weg«, rief Fantaghirò entrüstet aus. »Du wolltest doch hier entlanggehen. Ich hätte einen ganz anderen Weg gewählt.«

Goldmähne wieherte entschuldigend. »Dann habe ich mich eben geirrt.«

»So einfach ist das also. Zuerst gehorcht mir keine Waffe mehr, und jetzt kann ich mich nicht mal mehr auf dich verlassen«, schimpfte Fantaghirò und trat in ihrem Zorn so heftig gegen einen Stein, daß er meterweit wegflog. Sie hatte völlig vergessen, daß der Weiße Ritter ihr nicht nur die Seele der Tiere, sondern auch die der Steine gezeigt hatte. Aber plötzlich änderte der Stein seine Richtung und flog zu Fantaghirò zurück – direkt an ihr Schienbein. »Au«, rief Fantaghirò und rieb sich die schmerzende Stelle.

»Das könnte ich genausogut sagen«, schimpfte eine Stimme.

Fantaghirò sah einen Augenblick zu Boden und nahm dann den Stein, der vor ihr lag, auf. Es war tatsächlich der, den sie gerade davongetreten hatte. »Du willst doch wohl nicht behaupten, daß dir das weh getan hat?« fragte sie ihn.

Doch der Stein verzog sein Gesicht zu einer schlechtgelaunten Grimasse. »Warum denn nicht? Meinst du etwa, daß es angenehm ist, mit einem Menschen zusammenzustoßen?«

Fantaghirò biß sich auf die Lippen, um nicht zu lachen, denn der Stein klagte wie ein altes Weib. »Im Moment würde mich viel mehr interessieren, wie du wieder zu mir zurückgekommen bist.«

Der Stein verzog aufs neue das Gesicht. »Ich bin nun mal ein Rückkehrstein«, antwortete er dann mit unverhohlenem Stolz. »Allerdings gibt es von meiner Sorte nur noch sehr wenige. Du hast also ausgesprochenes Glück, mich zu finden.«

Fantaghirò überlegte einen Augenblick. »Du bist also ein ganz besonderer Stein«, sagte sie schließlich, »und dir gebühren ehrenvolle Aufgaben, nicht wahr?«

Der Stein setzte eine würdevolle Miene auf. »Du hast es erkannt.«

»Vielleicht kann ich dir zu so einer ehrenvollen Aufgabe verhelfen«, fuhr Fantaghirò fort. »Würdest du mich denn begleiten? Ich habe keine Waffe, und ich denke, du könntest mir sehr nützlich sein. Immerhin wäre das für dich doch besser, als hier so ganz allein auf einer Wiese herumzuliegen und nur zufällig einmal von einem verirrten Wanderer getreten zu werden.«

Der Stein räusperte sich, bevor er antwortete. »Ich muß sagen, ich war ein wenig verärgert, als du mich getreten hast. Doch wenn man es genau betrachtet, konntest du von meinen Fähigkeiten ja nichts ahnen. Und was das Herumliegen anbetrifft, hast du zweifellos recht. Also gut«, sagte er schließlich, »du kannst mich mitnehmen. Aber sei vorsichtig! Sobald du auch nur ein bißchen rauh mit mir umgehst, fliege ich sofort an meinen alten Platz zurück.«

»Ich werde gut auf dich aufpassen«, versprach Fantaghirò schnell. Dann öffnete sie ihre Tasche und legte den Stein behutsam hinein. Er grummelte zwar ein wenig, wahrscheinlich weil es so dunkel war, blieb aber an seinem neuen Platz liegen.

Jetzt wandte sich Fantaghirò wieder an Goldmähne und strich über seine Nase.

»Du bist mir also nicht mehr böse, daß ich mich verlaufen habe?« fragte das Pferd.

»Bestimmt nicht«, antwortete Fantaghirò, während sie aufsaß, »wie hätte ich sonst den Stein finden können? Ich bin froh, daß ich mich durch ihn wenigstens ein bißchen wehren kann. Auch wenn er ziemlich eingebildet ist.«

»Ganz im Gegensatz zu uns beiden«, wieherte Goldmähne.

Fantaghirò stutzte einen Moment, dann lachte sie. »Genau. Wenn doch alle so bescheiden wären wie wir!« Und sie machten sich wieder auf den Weg.

Ziemlich erschöpft suchten auch Romualdo und seine Soldaten in den Tiefen des Waldes den Weg zum Schwarzen Königreich. Sie waren seit der letzten Nacht ununterbrochen auf den Beinen, und langsam neigte sich auch dieser Tag schon wieder seinem Ende zu.

»Erwartest du bereits die Schwarze Königin?« fragte Cataldo halb scherzhaft, als er bemerkte, daß Romualdo von seinem Pferd aus versuchte, durch das Unterholz zu spähen.

»Keineswegs«, antwortete der. »Ich glaube nicht, daß sie

uns nach den Regeln der Kriegskunst angreifen wird. Ich denke, sie wird sich eher der Magie bedienen.«

»Das ist bei den Frauen so üblich«, versuchte auch Ivaldo einen Scherz zu machen. Doch als er Romualdos strengen Blick bemerkte, wurde er ernst. »Hat sie eigentlich einen Gefährten, einen Schwarzen König?«

Romualdo zuckte die Achseln. »Über die Frage habe ich auch schon nachgedacht. Denn nur weil man von ihm noch nie etwas gehört hat, bedeutet das ja nicht, daß es auch keinen gibt.«

Einer der Soldaten ritt nun an Cataldo heran und flüsterte ihm leise etwas zu. Cataldo nickte kurz, und der Soldat reihte sich wieder in die Gruppe seiner Gefährten ein.

»Die Soldaten werden müde«, wandte Cataldo sich an Romualdo. »Wir sollten Rast machen und morgen weiterreiten. Wer weiß, wie weit wir noch von dem Schloß entfernt sind.«

»Ja«, stimmte Ivaldo zu. »Man sieht fast nichts mehr, und wir sollten einen sicheren Platz für die Zelte suchen.« Er hielt die Truppe an.

Doch während sich die Männer erschöpft auf den weichen Waldboden sinken ließen, blieb Romualdo als einziger noch auf seinem Pferd sitzen. Etwas Unheimliches lag über diesem Ort, nur wußte er nicht genau, was es war. »Wie plötzlich die Nacht mit einmal hereinbricht«, meinte er zu Cataldo, der wieder zu seinem Herren getreten war. »Und was für eine merkwürdige Form die Bäume hier haben. Man könnte fast meinen, sie trügen alle Speere anstatt Ästen.«

In diesem Moment riß die dichte Wolkendecke über dem Wald auf, und der Mond leuchtete auf sie herab. In seinem Licht erkannten sie, daß sich nur ein paar Meter von ihnen entfernt ein tiefer Abgrund auftat.

»Wir hätten keinen Schritt weiterreiten dürfen«, stellte Cataldo fest.

»Sieh doch!« Romualdos Augen weiteten sich, als sähen sie etwas unbeschreiblich Schreckliches. Unfähig, den Blick zu wenden, deutete er wortlos in den Abgrund hinunter. Tief unter ihnen lag, im fahlen Licht des Mondes, das Schwarze Schloß.

Ohne zu ahnen, wo er war und wie es seinem Knappen ergangen war, wälzte sich der alte König unterdessen auf einer harten Holzpritsche in einem der dunkelsten Gefängnisse, das er in seinem langen Leben je gesehen hatte. Es war über und über mit Spinnweben bedeckt, und die wenigen Kerzen, die bei den in schwarze Kettenhemden gekleideten Wächtern aufgestellt waren, spendeten nur spärliches Licht.

Da erklang mit einmal das Geräusch von Schritten, und der König versuchte, sich herumzudrehen, um den Herannahenden zu erkennen. Doch vergeblich. Die eisernen Ketten, mit denen er an die Wand geschmiedet war, waren zu kurz.

Aber er blieb nicht lange im ungewissen, denn schon stand eine hochaufgeschossene Gestalt neben ihm. Sie war ganz in Schwarz gekleidet, und ihr Anzug schien aus der Haut von Eidechsen oder Schlangen gefertigt zu sein. Auf ihrer schwarzen Kopfbedeckung glühten, wie die Augen eines eulenähnlichen Tiers, zwei rote Steine.

Bei diesem Anblick entrang sich der Brust des Königs ein tiefes Stöhnen. »Ich hätte es mir gleich denken können, daß nichts als gemeine Magie dahinter steckt. Die Königin der Dunkelheit! Ausgerechnet ihr muß ich zum Opfer fallen!«

»Oh!« meinte die Schwarze Königin erfreut. »Was für liebliche Gesänge Ihr mir zu Gehör bringt! Selten habe ich so hübsche Komplimente vernommen.« Und sie lachte laut und hysterisch.

»Es ist die feigste Art, mit Magie gegen ein Volk zu

kämpfen, das sich selbst nur einfacher Waffen bedienen kann«, fuhr der alte König empört fort. »Was bringt Euch dazu, meinem friedlichen Land den Krieg zu erklären?«

»Zunächst einmal meine Feigheit und Gemeinheit«, antwortete die Schwarze Königin, »denn das sind die Tugenden, die ich schätze. Außerdem«, säuselte sie, während sie, wie eine Raubkatze ihre Beute, die Pritsche des Königs umschlich, »habe ich nicht die Absicht, selbst den Krieg zu erklären. Das wird mein Schwarzer König für mich tun.«

»Ich habe noch nie gehört, daß es hier einen Schwarzen König gibt«, antwortete der alte König ungeduldig. »Und wenn, dann will ich ihn auf der Stelle sprechen. Ich werde jedenfalls nicht untätig mitansehen, wie Ihr Eure teuflischen Pläne schmiedet.«

»Wer redet denn von untätig?« fragte die Schwarze Königin mit gespielter Verwunderung. »Wartet ab, Ihr werdet den Schwarzen König noch früh genug kennenlernen. Und viel besser, als Ihr es für möglich haltet.« Sie lachte noch einmal laut und schrill auf, dann verließ sie nach dieser geheimnisvollen Anspielung wieder den Kerker, und der alte König blieb beunruhigt in seinem dunklen Verlies zurück.

Die Schwarze Königin rannte schnurstracks in das Turmzimmer, wo sich ihr Labor befand und ihre beiden kleinen Diener gerade damit beschäftigt waren, eine neue Rezeptur auszuprobieren. Doch die beiden mußten fast unentwegt husten, so schlechte Luft herrschte in dem Raum. Unablässig kochten giftige Flüssigkeiten über, qualmten gefährliche Dämpfe aus Reagenzgläsern oder schlugen sich als giftige Tropfen in bauchigen Flaschen nieder.

Unwillkürlich zuckten Donner und Blitz zusammen, als die Schwarze Königin nun hereinstürmte. »Das Magische Auge«, befahl sie Blitz. »Los, mach schon!« und sogleich erschien auf der Brust des Jungen ein Bild.

Es zeigte Romualdo, der grübelnd vor einem Zelt in dem Lager stand und über den Abgrund zum Schloß hinblickte.

»Er ist also schon da«, stellte die Schwarze Königin befriedigt fest. »Sehr gut, dann wird auch Fantaghirò nicht lange auf sich warten lassen. Hah, meine Feindin. Wie ich sie hasse! Und je näher sie sich ihrem Geliebten glaubt, um so weiter wird sie von ihm entfernt sein.«

»Aber warum denn das?« fragte Blitz, zog jedoch sofort eingeschüchtert die Schultern hoch, als er den wütenden Blick seiner Herrin auf sich ruhen fühlte. »Ich meine, wenn sie zusammen sind, dann können sie doch nicht gleichzeitig getrennt ...«

»Wenn ich es will, dann können sie«, zischte die Schwarze Königin. »Und ich werde sie auf alle Ewigkeit trennen. Nie mehr werden ihre Herzen zusammenfinden. Nie mehr muß ich den Anblick dieser turtelnden Täubchen ertragen. Eine wunderbare Aussicht!« Sie rieb sich genießerisch die Hände.

»Muß es denn gleich eine Ewigkeit sein?« fragte Donner nun. Doch sie schrak ebenfalls vor dem wilden Blick der Königin zurück. »Ich meine ... äh, ein paar Jahrhunderte könnten doch möglicherweise auch schon ... Wenn ich mir vorstelle, auf Ewigkeiten von Blitz getrennt zu sein ...« Sie verstummte ängstlich.

Die Augen der Königin sandten schwarze Blitze aus. »Ich habe langsam den Verdacht, daß sich hier freundliche Gefühle breitmachen«, donnerte sie. »Und das dulde ich nicht! Nicht in meinem Haus. Hier regiert der Haß, verstanden?«

Und ihre Worte hallten noch bis in die dunkelsten Gänge ihres schrecklichen Schwarzen Schlosses nach.

Wie Fantaghirò und Romualdo getrennt wurden

Fantaghirò hatte die Nacht im Schutz eines Baumes verbracht. Als sie am nächsten Morgen die Augen aufschlug, hatten sich die Nebel endlich verzogen, und die Sonne schien ihr hell ins Gesicht.

Vor ihr lag eine große, grüne Wiese, und um sie herum flogen bunte Schmetterlinge und vielerlei kleine Vögel, die sie noch nie zuvor gesehen hatte. »Guten Morgen, Goldmähne«, rief sie ihrem Pferd zu, das ein wenig abseits an einem kleinen Teich stand und trank. »Wenn du zu Ende gefrühstückt hast, ziehen wir weiter. Ich glaube, das Schwarze Schloß liegt in dieser Richtung.« Sie deutete auf den Wald, dessen Wipfel sich dunkel und drohend ein Stück weit entfernt am Rand der Wiese erhoben.

»Dann sollte ich mein Frühstück besser überhaupt nicht beenden«, antwortete das Pferd.

Doch Fantaghirò lachte bloß. »Fängst du schon wieder an?«

»Goldmähne hat recht«, erklang plötzlich eine Stimme, die Fantaghirò gut kannte. Unter einem der Bäume stand die Weiße Hexe und sah Fantaghirò ernst an. »Du hast dein Versprechen gebrochen, und ich sollte dir deswegen böse sein.«

Fantaghirò senkte den Kopf. »Es tut mir leid, Weiße Hexe, aber ich mußte es tun. Ich konnte Romualdo nicht allein ...«

Mit einer leichten Bewegung der Hand gebot die Weiße Hexe ihr zu schweigen. »Du mußt mir nichts erklären«, sagte sie. »Aber eins sollst du wissen, bevor du dich in jenen Wald begibst. Dort, unter den dunklen Bäumen, bestimmt die Magie der Schwarzen Königin, was geschieht. Mein Zauber ist dort ohne Wirkung. Du allein bist also für dein Tun verantwortlich. Da du über keinerlei Waffe verfügst, bin ich gekommen, um dir dies hier zu geben.« Sie reichte Fantaghirò ein kleines Fläschchen. »Diese Phiole enthält einen Feuerstrahl. Vielleicht wird er dich schützen. Aber bedenke: Du kannst ihn nur ein einziges Mal benutzen. Überlege es dir also gut.«

Fantaghirò nahm die Phiole in die Hand und betrachtete sie. Ein winziger Schein leuchtete durch die gläserne Wand. Dann steckte sie die Flasche vorsichtig in ihre Tasche, dorthin, wo sie auch den Rückkehrstein verborgen hielt. »Danke, Weiße Hexe, für deinen Rat und deinen Schutz.«

Doch das Gesicht der Weißen Hexe blieb besorgt. »Noch etwas sollst du wissen, Fantaghirò. Du wirst nicht nur gegen die Magie der Schwarzen Königin zu kämpfen haben. Du wirst auch als Frau gegen sie kämpfen müssen.«

Fantaghirò hob verständnislos den Kopf. »Wie meinst du das?«

»Die Schwarze Königin wird alles daransetzen, daß Romualdo sich in sie verliebt«, erklärte die Weiße Hexe.

»Das wird ihr nicht gelingen«, winkte Fantaghirò sorglos ab. »Wir lieben uns, und keine Macht dieser Welt kann uns trennen.«

»Keine Macht *dieser* Welt«, bestätigte die Weiße Hexe. »Doch die Macht der Schwarzen Königin ist von einer anderen Welt. Sei gewarnt, Fantaghirò. Bleib auf der Hut ... Bleib auf der Hut ... Bleib auf der Hut ...« Die Stimme der Weißen Hexe verhallte, und gleichzeitig löste sich ihre Gestalt in Rauch auf. Schließlich deutete nichts mehr darauf hin, daß sie eben noch an dieser Stelle gestanden hatte. Wie zuvor flogen dort die Schmetterlinge fröhlich hin und her.

Seufzend erhob sich Fantaghirò und ging zu Goldmähne hinüber. »Laß uns aufbrechen«, sagte sie leise, während sie sich in den Sattel schwang. »Wir sind jetzt allein auf uns gestellt.«

Sie wollte gerade losreiten, da erklangen hinter ihr plötzlich Flügelschlagen und eine quakende Stimme.

»Warte, Fantaghirò!« vernahm sie, und von irgendwoher kam die Gans, die Fantaghirò schon bei ihrem letzten Abenteuer begleitet hatte, herbeigeflogen und setzte sich hinter sie auf das Pferd. »Wenn die Weiße Hexe unerreichbar ist, ist guter Rat oft teuer«, schnatterte sie. Dann steckte die Gans den Schnabel in Fantaghiròs Jagdtasche und kletterte kopfüber hinein.

In den frühen Morgenstunden hatte Romualdo mit seinen Getreuen Cataldo und Ivaldo den Abgrund durchquert und stand nun am Fuße des Schwarzen Schlosses, das hoch und abweisend über ihnen auf einem Berg lag. Die Türme schienen sich bis in den Himmel zu erheben. Doch dann erblickten die drei Männer einen Weg, der sich in unzähligen Kurven um den Berg herum bis vor ein mächtiges, schwarzes Eingangstor wand.

Schweigend stiegen sie hinauf. Sie hatten schon fast das Tor erreicht, als knapp über ihren Köpfen ein Pfeil hinwegpfiff. Dann folgte noch einer und noch einer, bis schließlich ein ganzer Hagel von Pfeilen auf sie niederprasselte. Nur mit Mühe konnten sie sich mit ihren Schilden schützen.

»Wir sind gekommen, um mit Euch zu verhandeln«, rief Romualdo den unsichtbaren Angreifern zu. Augenblicklich ließ der Pfeilregen nach. Als die drei Männer ihre Blicke in die Höhe richteten, erschien über der Brüstung eines Turms eine schwarze Rittermaske.

»Verhandeln? Worüber?«

»Über die Freilassung unseres Königs-Vaters, der hier als Geisel festgehalten wird«, antwortete Romualdo. »Ich bin König Romualdo. Wer ist Euer Herrscher?«

»Unser Herrscher ist der Schwarze König«, antwortete der Ritter. »Tretet ein. Vielleicht wird er Euch anhören.« Und wie von Geisterhand öffnete sich nun das große schwarze Tor.

»Es scheint, als hätten wir Glück«, flüsterte Ivaldo, während sie in den von hoch aufragenden Mauern umgebenen Burghof traten.

»Das kommt darauf an, was man unter Glück versteht«, gab Romualdo leise zurück.

Wieder tauchte jetzt ein Ritter in schwarzer Rüstung auf und führte die Besucher durch unendlich lange, dunkle Gänge. Schließlich gelangten sie in einen vollkommen schwarz gehaltenen Saal, der nur von ein paar flackernden Kerzen erhellt wurde. Am hinteren Ende des Raumes stand ein schwarzer Thron, auf dem, das Gesicht von einer eisernen Maske verhüllt, eine mächtige Gestalt saß. An den Wänden hatten unzählige Ritter, ebenfalls in schwarzen Rüstungen, Stellung bezogen.

»Was wollt ihr, Fremde?« donnerte die Stimme des Schwarzen Königs, sobald er die drei Männer sah.

»Wir wollen verhandeln«, antwortete Romualdo. »Ihr habt unseren König gefangengenommen. Wir fordern seine Freilassung.«

Der Schwarze König wiegte sein eisernes Haupt. »Das Angebot lautet so: Gebt uns Euer Reich, so erhaltet Ihr Euren König zurück.«

»Darauf werden wir uns niemals einlassen«, rief Ivaldo.

»Dann bleibt er mein Gefangener«, donnerte der Schwarze König.

Die drei Männer sahen sich einen Moment lang an. In

Ivaldos und Cataldos Augen lag stilles Einverständnis. »Ihr zwingt mich also tatsächlich zum Äußersten?« fragte Romualdo.

»Was ist das Äußerste?« entgegnete der Schwarze König.

»Ich würde gerne einen anderen Weg wählen, denn meine Zunge verabscheut es, dieses Wort auszusprechen«, versuchte Romualdo noch einmal, auf eine friedliche Lösung zuzusteuern.

Der Schwarze König erhob sich, und seine Gestalt wirkte jetzt noch größer und mächtiger. »So werde ich es aussprechen, da es unabwendbar ist und einer es tun muß: ES SEI KRIEG! KRIEG!« Wie grollender Donner schallte das Wort von den Wänden zurück.

Es war also geschehen. Der Krieg, den Romualdo und seine Getreuen durch Verhandlungen abzuwenden versucht hatten, war ausgerufen.

»Ich lasse Euch noch diese Nacht Zeit, um den König freizulassen«, sagte Romualdo. »Hat er bis morgen unser Lager nicht erreicht, werden meine Truppen Euch angreifen.«

Die drei Männer wandten sich zum Gehen. Doch das höhnische Lachen des Schwarzen Königs begleitete sie und ließ ihnen eisige Schauer über den Rücken laufen. »Bei Sonnenaufgang, wackerer Romualdo, bei Sonnenaufgang sollt Ihr Euch an Euren Hochmut erinnern. Denn dann werden meine schwarzen Krieger Euer unwürdiges Leben und das Eurer Begleiter auslöschen.«

Wieder ins Lager zurückgekehrt, verbrachte Romualdo den Rest des Tages, von sorgenvollen Gedanken gequält, in seinem Zelt. Er wollte niemanden sehen, und Cataldo, der vor dem Zelt Wache hielt, ließ auch keine Menschenseele zu ihm hinein.

Romualdo warf sich auf seinem Bett hin und her. Gab es

für ihn und seine Leute überhaupt eine Möglichkeit, die morgige Schlacht zu gewinnen? Würde sich der König nicht im entscheidenden Moment seiner Schwarzen Künste besinnen? Und wenn sie tatsächlich die Schlacht verlören, würde er dann den alten König, das Schloß und seine geliebte Fantaghirò jemals wiedersehen? Doch Romualdo verscheuchte diesen traurigen Gedanken. Er mußte Mut fassen!

Plötzlich trat Cataldo ins Zelt. Auf seinem Gesicht lag ein eigenartiger Glanz, eine Mischung aus Erstaunen und nachsichtigem Tadel. »Ich habe zwei Nachrichten für dich, Romualdo«, sagte er. »Eine gute und eine schlechte.«

Romualdo richtete sich auf seinem Lager auf. »Zuerst die schlechte«, forderte er.

»Zuerst die schlechte«, wiederholte Cataldo. »Fantaghirò hat das Schloß verlassen.«

Romualdo sah ihn einen Moment lang ungläubig an. Dann setzte er sich vollends auf. »Das wundert mich überhaupt nicht. Im Gegenteil, ich hätte es von vornherein wissen müssen.« Ein leichtes Lächeln überzog sein Gesicht. »Sie ist eben eigensinnig«, sagte er zu sich selbst.

»Und nun die gute Nachricht«, fuhr sein Freund fort, und anscheinend freute er sich, der Überbringer dieser Kunde zu sein. »Sie ist hier bei uns.«

Romualdo sah auf. »Sie ist hier?«

In diesem Moment wurde der Vorhang des Zeltes auseinandergezogen, und ein Ritter mit einem schnabelförmigen Visier trat ein. Hinter ihm schritt Ivaldo. Als der Ritter den Helm abnahm, kam tatsächlich Fantaghiròs Gesicht zum Vorschein. Sie lächelte Romualdo an.

Romualdo verspürte den Impuls, aufzuspringen und seine so sehnsüchtig vermißte Braut in die Arme zu nehmen. Aber irgend etwas hielt ihn zurück.

»Willst du mich nicht begrüßen?« fragte Fantaghirò,

doch ihre Stimme hatte einen etwas anderen Klang als sonst. »Ich bin zwei Tage lang geritten, um zu dir zu gelangen.«

Aber Romualdo schüttelte den Kopf. Sein Blick war plötzlich starr. »Du hast mir versprochen, das Schloß unter keinen Umständen zu verlassen. Warum hast du es dennoch getan?«

Sie lächelte entschuldigend, doch auch ihren Augen fehlte seltsamerweise der Glanz, den Romualdo so liebte. Statt dessen umspielte ein herber Zug, den er noch nie zuvor an ihr wahrgenommen hatte, ihre Lippen. »Ich mußte hierher kommen, denn ich habe gute Nachrichten für Cataldo und Ivaldo.« Nun schickte sie den Männern ein Lächeln. »Eure Söhne sind zur Welt gekommen!«

Freudig überrascht sahen sich die beiden an und fielen sich jubelnd in die Arme.

»Ihr müßt auf dem schnellsten Weg ins Schloß zurückkehren«, fuhr Fantaghirò unterdessen fort.

»Das ist unmöglich«, antwortete Cataldo. »Morgen findet die Schlacht gegen den Schwarzen König statt.«

»Selbst die Freude über einen Sohn kann es nicht rechtfertigen, Romualdo allein mit den Soldaten kämpfen zu lassen«, fügte Ivaldo hinzu.

»Und was rechtfertigt es, zwei Knaben als Waisen aufwachsen zu lassen, wenn ihr die Schlacht verliert?« Fantaghirò sah die Männer scharf an. »Außerdem wird der Schwarze König nicht zögern und mit seinem Heer in unser Land einfallen. Wer soll es dann verteidigen? Zwei eben entbundene Mütter und ihre Säuglinge?«

Romualdo sah noch immer starr vor sich hin. Dann hob er den Kopf und sah seine Getreuen an. »Sie hat recht«, meinte er schließlich. »Reitet aufs Schloß und verteidigt von dort aus das Land – falls es uns hier nicht gelingen sollte«, fügte er leise hinzu.

»Ich werde mit ihm kämpfen«, unterstützte Fantaghirò Romualdos Vorschlag. »So kann ich endlich wieder meinen Mut und meine Tapferkeit unter Beweis stellen.«

Ivaldo und Cataldo warfen noch einen letzten Blick zu Romualdo, doch als dieser wiederum nickte, verdrängten sie alle Zweifel und verließen das Zelt; jetzt zählte für sie nur noch eins: so schnell wie möglich zu ihren Frauen und zu ihren Kindern zu gelangen. Unter den fröhlichen Gratulationen der Soldaten schwangen sie sich auf ihre Pferde und entfernten sich in eiligem Galopp.

Romualdo hingegen ließ sich zurück auf sein Lager sinken. Er richtete seine Augen zur Decke des Zeltes. Was war es nur, das ihm Fantaghirò plötzlich so fremd erscheinen ließ? War es der Ärger darüber, daß sie ihr Versprechen gebrochen hatte? Dabei war es ihm doch im ersten Moment vollkommen natürlich, ja sogar belustigend erschienen.

Fantaghirò setzte sich jetzt zu ihm und streichelte durch sein Haar. »Wir haben noch nie eine Nacht miteinander verbracht«, flüsterte sie, und wieder vermißte Romualdo den vertrauten Klang in ihrer Stimme. »Ist dieser Abend vor der Schlacht nicht die richtige Gelegenheit? Wer weiß, ob wir uns jemals wiedersehen?«

»Wir müssen fest daran glauben. Sonst können wir nicht siegen«, antwortete Romualdo und drehte den Kopf ein wenig zur Seite.

Doch Fantaghiròs Hand folgte ihm. Sie glitt über sein Gesicht auf seine Brust. »Hast du denn kein Verlangen nach mir?«

Romualdo richtete sich abrupt auf. Die Berührung, die er noch vor einer halben Stunde so herbeigesehnt hatte, war ihm jetzt unerträglich. Er erhob sich von seinem Lager. »Entschuldige, aber ich denke, es ist besser, wenn ich auf dem Boden schlafe.«

Doch Fantaghirò versuchte sich an ihn zu schmiegen.

»Du bist sehr grausam zu mir, Geliebter, nachdem ich so lange geritten bin, um endlich in deine Arme zu gelangen. Aber einen kleinen Wunsch wirst du mir doch erfüllen«, sagte sie fordernd. »Einen Kuß, bevor wir uns schlafen legen.«

Romualdo zögerte. Warum nur war ihm Fantaghirò plötzlich so fremd? Schließlich faßte er sanft ihr Kinn, aber selbst ihre Haut fühlte sich anders an als sonst.

Und sogar ihre Lippen, dachte Romualdo, als er sie schließlich küßte – und die junge Frau die Arme um seinen Hals legte, so daß sie beide von den fledermausartigen Ärmeln ihres Gewandes eingehüllt wurden.

Cataldo und Ivaldo ritten derweil durch den Wald, mit den Gedanken schon ganz bei ihren Frauen und den neugeborenen Prinzen.

»Ich hätte nicht gedacht, daß es mit der Geburt meines Sohnes nun doch so rasch gehen würde«, sagte Ivaldo und beugte sich, um nicht gegen einen herabhängenden Ast zu stoßen.

»Auch ich bin ein wenig überrascht«, stimmte Cataldo zu. »Immerhin hieß es doch, es wäre noch einige Wochen Zeit.«

»Sei's drum. Wir sollten Fantaghirò dankbar sein, daß sie sogleich zu uns gekommen ist«, fuhr Ivaldo fort. »Sie ist ohne Pause hierher geritten. Auch wir werden bestimmt zwei Tage brauchen, bis wir wieder im Schloß sind, und ....« Er hörte verwundert auf zu sprechen, denn Cataldo hatte unvermittelt sein Pferd angehalten und war steif wie ein Fels einige Meter hinter ihm stehengeblieben. Auf seinem Gesicht malte sich blankes Entsetzen. »Was ist? Was hast du?« fragte Ivaldo, während er sein Pferd wendete und zu seinem Begleiter zurück ritt.

Nur mühsam fand Cataldo seine Stimme wieder. »War

es dir nicht auch, als sei Fantaghirò dir plötzlich seltsam fremd?«

»Doch«, stimmte sein Freund zu. »Und auch ihre Stimme schien mir verändert.«

»Das Pferd«, flüsterte Cataldo jetzt. »Das Pferd auf dem sie ritt, war nicht ... nicht ...«

»Du meinst, es war nicht Goldmähne, sondern ein fremdes Pferd?«

»Es war ein schwarzes Pferd«, antwortete Cataldo dumpf. »Wir sind getäuscht worden, Ivaldo. Diese Frau war nicht Fantaghirò, auch wenn sie so aussah. Schnell, wir müssen umkehren, ehe es zu spät für Romualdo ist.«

Und die beiden trieben ihre Pferde so heftig an, daß der Erdboden von den Hufen aufspritzte und sie wie zwei Männer, die den leibhaftigen Teufel gesehen haben, atemlos durch die mittlerweile tiefschwarze Nacht ritten.

Doch als sie das Lager erreichten, empfing sie Totenstille. Keine Menschenseele war zu sehen. Es war, als hätte sich der Erdboden aufgetan und sämtliche Soldaten verschluckt.

Cataldo stürzte in König Romualdos Zelt. Auch hier war alles leer. Nur einige Teile seiner Rüstung, die versprengt auf dem Boden lagen, deuteten noch auf den ehemaligen Bewohner hin.

»Er ist entführt worden«, stellte Cataldo fest, während er ratlos die eisernen Handschuhe des Königs in seiner Hand betrachtete.

In diesem Augenblick ertönte von draußen Pferdegetrappel und das aufgeregte Rufen Ivaldos. Als Cataldo aus dem Zelt stürzte, um den Grund des Tumultes zu erfahren, wurde er unvermittelt von hinten gepackt, mit eisernen Ketten an den Händen gefesselt und neben seinen Freund gestoßen. Um Cataldo und Ivaldo herum stand ein riesiges Heer fremder Soldaten. Ihre Gesichter waren hinter eisernen Masken verborgen.

»Vorwärts!« kommandierte der Anführer der Schwarzen Ritter.

Und ohne daß Ivaldo und Cataldo sich zur Wehr setzen konnten, verschwand die Gruppe im Dunkel der Nacht und schleppte die Gefangenen mit sich.

Im Morgengrauen näherte sich dem Lager der königlichen Truppe erneut Hufschlag. Doch diesmal war der Reiter alles andere als furchterregend. Er schien fast noch ein Knabe, und seine dunklen Augen leuchteten, als er die Zelte des Lagers erblickte.

»Mir scheint, wir haben sie gefunden«, bemerkte Goldmähne und wieherte fröhlich.

»Das wurde auch Zeit«, bemerkte die Gans, die neugierig aus Fantaghiròs Jagdtasche hervorlugte.

»Allerdings«, stimmte Fantaghirò zu. Doch dann bemerkte sie die völlige Stille und blickte sich mißtrauisch um. »Möglicherweise sind sie schon in den Kampf gezogen.«

»Aber da drüben stehen noch die Pferde«, sagte Goldmähne und kniepte verstohlen einer hübschen braunen Stute zu.

Fantaghirò sprang aus dem Sattel. Eilig riß sie den Vorhang zu Romualdos Zelt auf. Doch es war leer, bis auf – Romualdos Rüstung.

»Sie sind nicht in den Kampf gezogen!« rief Fantaghirò nun entsetzt aus und stürzte wieder aus dem Zelt hinaus. »Sonst hätte Romualdo seine Rüstung angelegt. Etwas Schreckliches muß geschehen sein.«

»Du meinst doch nicht etwa, daß sie alle schon tot sind?« fragte Goldmähne vorsichtig.

Fantaghirò biß sich einen Augenblick lang auf die Lippen. »Nein, das glaube ich nicht. Man sieht keine Kampfspuren. Es scheint vielmehr, daß sie überwältigt und gefangengenommen wurden.« Sie richtete ihren Blick nachdenklich in die Ferne. In der höher steigenden Sonne wurde jetzt das Schwarze Schloß sichtbar. »Und ich fürchte, ich weiß auch, wer es getan hat«, sagte sie leise. Ihre Hand tastete hilfesuchend nach Goldmähnes Kopf. »Wir werden sie befreien, auch wenn ich noch nicht weiß, wie wir es anstellen sollen. Aber wir sind auf der Seite des Guten, und die Gerechtigkeit wird uns helfen. Ich schwöre, daß ich alles daran setzen werde, meinen Vater zu retten. Solange ich lebe, werde ich nicht aufhören zu kämpfen. Und ich werde Romualdo und seine Gefährten befreien – selbst wenn meine Liebe meine einzige Waffe bleiben sollte.«

Sie schwang sich in den Sattel. »Auf, Goldmähne«, rief sie, »wir reiten zum Schwarzen Schloß.« Und während sich das Pferd in Bewegung setzte, wischte sich Fantaghirò eine heimliche Träne aus dem Augenwinkel.

»Fantastisch!« Die Schwarze Königin kreischte vor Begeisterung, als sie Fantaghirò durch das Magische Auge beobachtete. »Sie kommt tatsächlich hierher. Das dumme Ding, diese unverschämte Göre. Sie wird viel bei mir lernen müssen, und ich bin eine unnachgiebige Lehrmeisterin. Nicht wahr?«

Blitz und Donner nickten eilig. »O ja, Herrscherin.«

»Und wie unmenschlich werden ihre Qualen sein, wenn sie erst ihren geliebten Romualdo wiedersieht!« Die Schwarze Königin schnalzte genüßlich mit der Zunge.

»Aber wird sie sich denn nicht freuen?« fragte Blitz.

»Dummkopf!« zischte die Königin. »Sie wird erkennen müssen, daß sie ihn für immer verloren hat. Mein Kuß war der Kuß aller Küsse. Er wird ihn für alle Ewigkeit nicht mehr vergessen und das Bewußtsein an alle anderen Küsse auslöschen.«

Donner sah ihre Herrin fragend an. »Aber wie kann das sein? Er hat Fantaghirò doch so geliebt.«

»Werden wir schon wieder gefühlsduselig?« herrschte die Schwarze Königin sie an. Dann schritt sie zu einer Liege, die mit gefährlich spitzen Zacken eingefaßt war, hinüber. »Seht her!« kommandierte sie.

Auf der Liege lag vollkommen bewegungslos ein Mann. Nur das schwache Heben und Senken seiner nackten Brust ließ erkennen, daß er noch lebte.

Die Hände der Schwarzen Königin glitten nun über seinen Kopf und durch seine Haare. »Mein kleiner Liebling«, säuselte sie, »wir wollen doch einmal sehen, ob er sich an das hübsche Gesichtchen seiner Verlobten noch erinnern kann.« Vorsichtig zog sie ein Augenlid des Gefangenen hoch.

Romualdos Pupillen blickten starr geradeaus. Doch wie in einem Spiegel war dahinter ein Bild zu erkennen – Fantaghiròs Gesicht, das den Betrachter zärtlich anblickte. Doch langsam schob sich ein nebelartiger Schleier darüber, und ihr Antlitz wurde schwächer und schwächer.

»Tatsächlich, er vergißt sie schon«, stellte Donner fest. »Das hätte ich nicht für möglich gehalten.«

»Für mich ist nichts unmöglich. Merk dir das gefälligst«, schrie die Königin sie an. Dann drehte sie sich wieder zu Romualdo, dessen Pupille Fantaghiròs Gesicht inzwischen nur noch ganz schemenhaft wiedergab. »Und das ist erst der Anfang meiner Kunst!«

Wie Fantaghirò erneut gegen Romualdo kämpfte

Zögernd schritt Fantaghirò den Weg zum Schwarzen Schloß hinauf. Doch noch bevor sie sich Gedanken machen konnte, wie sie in das abweisende Gemäuer hineingelangen konnte, öffnete sich wie von Geisterhand das riesige Tor, und hinter ihr erklang vielfacher Hufschlag. Eine Gruppe schwarzgekleideter Reiter stob heran. Die Nüstern ihrer Pferde stießen glühenden Atem aus, während unter ihren Hufen Funken zu sprühen schienen.

Im letzten Moment sprang Fantaghirò zur Seite, und schon donnerten die Ritter an ihr vorüber. Als sich das Tor hinter ihnen wieder schließen wollte, schlüpfte Fantaghirò noch schnell hindurch und fand sich im Innenhof des Schloßes wieder. Düster erhoben sich rings um sie dicke, graue Mauern, und es herrschte eine geradezu bedrohliche Stille. Jetzt bedurfte es nur noch ihres Mutes, um durch die unbekannten Gänge bis zum Herrscher dieses dunklen Landes vorzudringen. Fantaghirò machte sich auf den Weg.

Es dauerte nicht lange, da entdeckte sie am Ende eines Ganges auch schon ein schwaches Licht. Sie beschleunigte ihre Schritte und stand kurz darauf vor einem eisernen Gitter, das den Gang von einem riesigen Saal trennte. Vorsichtig spähte Fantaghirò durch die eisernen Stäbe. Rechts und links erblickte sie wieder schwarzmaskierte Ritter, die sich an den Wänden aufgestellt hatten, und an der Stirnseite des

Raumes saß eine mächtige Gestalt in schwarzer Rüstung auf einem Thron. Das Gesicht war hinter einer eisernen Maske verborgen. Einen Augenblick zögerte Fantaghirò. Sollte sie nicht doch noch umkehren? Doch die Gestalt erhob bereits ihren Arm und deutete in Fantaghiròs Richtung. »Wer wagt es, unangemeldet vor das Angesicht des Schwarzen Königs zu treten?«

»Von Angesicht kann ja wohl keine Rede sein«, schnatterte die Gans leise. In diesem Moment öffnete sich ein Tor in dem Gitter. Fantaghirò nahm allen Mut zusammen und trat in den Saal.

Sogleich versperrten ihr zwei Wächter mit gekreuzten Waffen den Rückweg. »Ich bin Graf von Waldorf«, antwortete Fantaghirò und versuchte, ihrer Stimme einen festen Klang zu geben. »Ich bin ein Gesandter der Königin Fantaghirò«, sagte sie und schritt auf den Thron zu. »Sie bittet Euch, ihren Vater, ihren Verlobten und seine Soldaten freizulassen.«

Der Schwarze König drehte gelangweilt seinen Kopf zur Seite. »Da war doch neulich schon mal einer, der das wollte«, sagte er leise zu einem seiner Schwarzen Ritter. »Welche Gegenleistung bietet Ihr mir dafür an?« wandte er sich dann wieder an Fantaghirò.

Sie überlegte einen Augenblick. »Ich werde von Euch als einem ehrbaren Herrscher zu berichten wissen.«

»Haha!« Der Schwarze König lachte donnernd los. Er erhob sich und zog aus seinem schwarzen Gewand einige Messer, die er mit ungeheurer Wucht gegen zwei Zielschilde an der Seite schleuderte. »Allein der Begriff ›ehrbar‹ ist für mich schon eine Beleidigung. Ihr wollt also den Krieg?« Wieder schleuderte er seine Messer, und Fantaghirò bemerkte, daß sie alle ins Schwarze trafen.

»Nein«, entgegnete Fantaghirò entschieden, während sie versuchte, die Augen des Schwarzen Königs zu erkennen.

»Ich will keinen Krieg. Doch wenn ich meinen Auftrag nur durch den Kampf erfüllen kann, nehme ich die Aufforderung an.«

Der Schwarze König zeigte mit dem Arm an den Wänden des Saales entlang. »Ihr seid meinen Soldaten schon allein zahlenmäßig unterlegen. Und wenn man dazu noch Eure Statur betrachtet ...« Er lachte hüstelnd.

»Ich stelle mich zum Kampf Mann gegen Mann«, erwiderte Fantaghirò. »Wer ist Euer bester Ritter? Gegen ihn will ich kämpfen. So lauten die Regeln der Ritterlichkeit.«

»Ritterlichkeit«, schnaubte der Schwarze König und warf einige Messer, »wie widerlich.« Doch dann überlegte er einen Augenblick. »Allerdings ist ein Duell auf Leben und Tod möglicherweise eine interessante Variante. Ich habe hier sonst wenig Abwechslung. Also gut, es sei so.« Auch das letzte Messer traf die Zielscheibe mitten ins Schwarze und durchbohrte sie, bis nur noch das Heft zu sehen war. Der Schwarze König setzte sich mit seiner unförmigen Rüstung in Bewegung und schritt direkt auf Fantaghirò zu.

Ihr erster Impuls war, vor dieser ungeheuren Gestalt zurückzuweichen, doch sie beherrschte sich und trat ihrem furchteinflößenden Gegner statt dessen tapfer entgegen.

»Und Ihr wollt es wirklich so und nicht anders?« fragte der König noch einmal, als er in seiner vollen Größe vor Fantaghirò stand. Obwohl er direkt in Fantaghiròs Gesicht blickte, gelang es ihr noch immer nicht, seine Augen zu erkennen.

Fantaghirò nickte nun. »So und nicht anders will ich kämpfen.«

Der Schwarze König klatschte daraufhin dreimal in die Hände, und eine Tür im Mauerwerk öffnete sich. In ihrem Rahmen erschien ein weiterer Ritter in schwarzer Rüstung, der mit mechanischen Bewegungen, so als würde er von

Geisterhand geführt, auf Fantaghirò und den Schwarzen König zuschritt.

»Das ist der Ritter Ohnenamen. Er vertritt unser Reich«, stellte der König vor. Dann deutete er auf Fantaghirò. »Dies ist der Graf von Waldorf. Die Regel lautet: Ein Kampf auf Leben und Tod. Der Sieger muß seinen Gegner töten.« Er machte eine bedeutungsvolle Pause. »Ihr habt jetzt zum letzten Mal Gelegenheit, miteinander zu sprechen.« Mit diesen Worten entfernte sich der Herrscher des dunklen Reiches langsam und mit ähnlich steifen Bewegungen wie der Ritter.

Fantaghirò begann die offizielle Begrüßung des Kontrahenten. »Ich grüße Euch, Ritter Ohnenamen. Seid versichert, daß ich gegen Euch persönlich nichts habe. Doch dieses Duell ist für mich die einzige Möglichkeit, den Auftrag meiner Königin auszuführen. Unser Kampf steht stellvertretend für den Krieg, und es möge der Bessere gewinnen.«

Der Schwarze Ritter blieb noch einen Moment lang unbeweglich stehen, dann setzte er seine Maske ab. »Der Schlechtere ist bereits so gut wie tot.« Und kalt und fremd blickten Romualdos Augen Fantaghirò an. »En garde!« Er hob sein Schwert.

Fantaghirò glaubte, der Boden müßte unter ihren Füßen nachgeben. Aber sie beherrschte sich schnell wieder. »Romualdo«, flüsterte sie.

Doch Romualdo reagierte nicht, sondern sah sie nur mit einem undurchdringlichem Blick an.

»Was hast du ... erkennst du mich nicht ...?« fragte Fantaghirò noch einmal leise. »Ich bin nicht der Graf von Waldorf.« Dann besann sie sich. Sie trat näher an ihn heran. »Ach, ich verstehe, du spielst nur, um mein Leben zu retten«, raunte sie.

»Keinen Schritt näher«, erwiderte Romualdo laut. »Der

Kampf möge beginnen. Aber was ist, Ritter, habt Ihr kein Schwert?«

Fantaghirò sah sich kurz um. Sie würde die Komödie noch ein wenig mitspielen. »Ich habe es zu Hause am Kamin mit den steinernen Löwen ... *vergessen*«, antwortete sie dann, um Romualdo einen weiteren Hinweis zu geben. Mußte er nicht spätestens jetzt erkennen, mit wem er es zu tun hatte? Erinnerte er sich nicht an das Versprechen seiner Verlobten in der Nacht vor ihrer Hochzeit?

Doch Romualdo lächelte sie nur geringschätzig an. »So gebt dem wackeren Ritter, der sich ohne Waffe dem Kampf stellt, ein Schwert«, rief er den Umstehenden zu.

Sogleich wurde Fantaghirò eine Waffe gereicht. Doch sie schob sie zur Seite. Sie mußte Zeit gewinnen, um noch länger mit Romualdo zu sprechen. »Wenn Ihr erlaubt, werde ich mir mein Schwert selbst aussuchen.«

»Das ist recht und billig.« Der Schwarze König winkte einem seiner Soldaten. »Geleitet den Grafen von Waldorf in die Waffenkammer«, befahl er. »Dort hat er die Wahl, mit welchem Schwert er zu verlieren gedenkt.«

Widerstrebend folgte Fantaghirò dem Soldaten. Anstatt noch mit Romualdo reden zu können, wurde sie jetzt von ihm getrennt. Wie sollte sie nur weiter vorgehen?

Kaum hatte sie die Waffenkammer betreten, fiel die mächtige Tür hinter ihr ins Schloß. Und da stand sie, inmitten der grausamsten Schwerter, die man sich nur vorstellen kann. Doch anstatt sich eines auszusuchen, ließ sich Fantaghirò auf einer hölzernen Truhe nieder.

»Ach, Gans«, seufzte sie, »ich glaube, Romualdo hat mich nicht erkannt. Was soll ich nur tun? Ich werde tatsächlich gegen ihn kämpfen müssen. Hätte er mir nur einmal wirklich in die Augen gesehen, dann hätte er doch mit Gewißheit bemerken müssen, daß ich vor ihm stand, seine Fantaghirò.«

Doch die Gans schüttelte bedauernd den Kopf. »Nein, Fantaghirò. Romualdo hat dir in die Augen gesehen. Aber sein Herz ist blind geworden. Die Schwarze Königin hat es geschafft, dich aus seinem Herzen zu vertreiben und sich selbst an deine Stelle zu setzen. Sie hat ihn verzaubert.«

»Er ist verzaubert?« Fassungslos wiederholte Fantaghirò die Worte. »Aber wie konnte das geschehen?«

»Die Weiße Hexe hat dich gewarnt«, nickte die Gans. »Es ist die List der Schwarzen Königin, daß ihr gegeneinander kämpfen und euch umbringen sollt.«

»Niemals«, rief Fantaghirò aus. »Nie im Leben werde ich den Mann töten, den ich liebe, oder ihm auch nur ein Haar krümmen. Und ich werde auch nicht zulassen, daß er mich tötet. Es gibt für uns beide nur noch einen Ausweg.« Fantaghirò nahm den Kopf der Gans in die Hand und sah ihr in die Augen. »Du mußt mir helfen, Weiße Hexe. Du mußt den Zauber lösen.«

»Du weißt, daß der Weißen Hexe im Land der Schwarzen Königin die Hände gebunden sind«, antwortete die Gans. »Du bist hier ganz allein auf dich gestellt.«

Fantaghirò zögerte einen Augenblick, dann ließ sie den Kopf der Gans los. »Das heißt, es ist also aus«, fügte sie leise hinzu. »Er wird nie mehr zu mir zurückkehren. Ich habe ihn auf alle Zeiten verloren.« Und eine Träne rollte aus ihrem Augenwinkel langsam die Wange hinab.

»Nicht weinen, Fantaghirò«, bat die Gans und mußte selbst schlucken, »sonst muß ich gleich mitweinen. Dabei wollte ich dich doch begleiten, um dir Mut zu machen.« Über ihren Schnabel rannen bereits ein paar Tropfen, und sie breitete verschämt einen Flügel darüber aus.

»Du hast recht, Gans«, sagte Fantaghirò schluchzend. »Ich sollte lieber meine Zeit damit verbringen, nach einem Ausweg für mich und Romualdo zu suchen.« Tapfer wischte sie die Tränen fort und ging mit entschlossenem

Schritt zum Waffenschrank hinüber. Sie wog ein Schwert nach dem anderen in der Hand und betrachtete die Klingen.

»Willst du dein Versprechen brechen und doch wieder mit einem Schwert kämpfen?« fragte die Gans.

»Ich werde nicht kämpfen«, antwortete Fantaghirò. »Auch wenn er mich nicht mehr liebt, könnte ich Romualdo doch niemals weh tun. Und erst mit meinem Tod wird auch meine Liebe zu ihm sterben«, fügte sie dumpf hinzu. Dann brach sie die Klinge eines Schwertes ab und steckte den Griff in die Scheide. »Ich hoffe, daß ich während des Kampfes mit Romualdo allein bin. Und dann werde ich ihm sagen, wie sehr ich ihn liebe. Die Liebe muß einfach stärker sein als alle Zauberkünste. Ich werde der Magie der Schwarzen Hexe die Aufrichtigkeit meines Herzens entgegenstellen.« Fantaghirò öffnete die schwere Tür und verließ die Waffenkammer, um sich dem Duell zu stellen.

Der König erwartete Fantaghirò schon. »Eure letzte Stunde ist gekommen, Graf von Waldorf«, rief er ihr von der Brüstung herab donnernd zu. »Der Kampf soll beginnen! Ich erwarte den Sieger in meinem Thronsaal.«

Fantaghirò sah furchtlos zu ihm herauf. »Ich bin bereit«, entgegnete sie, »aber wo ist mein Gegner, der Ritter Ohnenamen?«

»Ich bin hier!« Ohne daß es ihr bewußt geworden war, hatte sich hinter ihr eine Tür geöffnet, und Romualdo, immer noch in eine schwarze Rüstung gekleidet, betrat den Saal. »Ihr könnt Euer Ende also kaum mehr erwarten?« fragte er, und über sein Gesicht glitt ein hinterhältiges Lächeln. »So tretet näher und zieht endlich Euer Schwert.«

Fantaghirò warf einen kurzen Blick zur Brüstung hinauf. Der Schwarze König war verschwunden. »Ich trage kein Schwert, Romualdo«, antwortete sie, »denn ich liebe dich, und ich würde niemals gegen dich kämpfen. Ich bin auch nicht der Graf von Waldorf, sondern Fantaghirò, deine Verlobte.«

Romualdo sah sie einen Augenblick verdutzt an. Dann lachte er laut auf. »Jetzt gebt Ihr Euch auch noch für eine Frau aus! Ihr seid an Feigheit kaum zu übertreffen. Aber damit wollt Ihr wahrscheinlich nur Eure Angst entschuldigen: Frauen kämpfen ja bekanntlich nicht.«

»Doch«, erwiderte Fantaghirò, »du weißt selbst am besten, daß ich durchaus kämpfen kann. Aber ich will nicht. Ich bin unbewaffnet.« Und sie zeigte ihm den Griff ihres Schwertes, an dem sich nur noch ein kleiner Teil der Klinge befand.

Aus Romualdos Augen sprühten jetzt grausame Blitze. »Um so besser, dann ist der Kampf schneller beendet.« Er erhob sein Schwert und ließ es krachend auf Fantaghirò niedersausen. Doch im letzten Moment bückte sie sich und entwischte.

»Ich liebe dich, Romualdo«, rief sie, während sie vor Romualdos weiteren Schwerthieben zu flüchten versuchte. »Begreifst du denn nicht? Du bist Opfer eines Zaubers geworden!«

»Erzählt keine Märchen, Graf«, erwiderte Romualdo. »Bleibt endlich stehen und kämpft.«

Doch Fantaghirò lief durch die Tür in das Treppenhaus des Turmes. Romualdo folgte ihr auf den Fersen.

»Ich werde dich immer lieben, Romualdo, und ich weiß, daß du auch mich liebst«, rief Fantaghirò, während sie das bedrohliche Klirren von Romualdos schwarzer Rüstung immer näher hinter sich hörte.

Jetzt lachte Romualdo wieder, und sein Lachen klang fremd und gemein. »Ihr müßt mich verwechseln, Graf von Waldorf. Ich unterhalte keine zärtlichen Beziehungen zu Männern.«

In diesem Moment drehte Fantaghirò sich um und

schleuderte voller Wut den Rückkehrstein in seine Richtung. Aber Romualdo bückte sich geschickt, und der Stein flog unter lautem Jammern und Klagen an ihm vorbei durch eine offenstehende Tür in eines der Zimmer, die vom Treppenabsatz abgingen. Doch kaum war er dort verschwunden, schlug die Tür zu, und Fantaghirò hörte, wie der Stein, offenbar schon im Rückflug begriffen, von innen gegen das dicke Holz prallte und mit einem Schmerzenslaut zu Boden fiel.

Nun blieb ihr als Waffe nur noch die Feuer-Phiole, und die mußte sie sich als allerletzten Ausweg aufsparen. Sie floh in eines der vom Turm abgehenden Gemächer.

Romualdo folgte ihr auf dem Fuße. »Hört endlich auf, vor mir zu fliehen«, schrie er und hieb wild um sich, so daß die Klinge unvermutet in einer Tischplatte steckenblieb.

Diesen Moment nutzte Fantaghirò aus. Entschlossen griff sie nach einem Kerzenleuchter, schlug die brennenden Kerzen ab und richtete die Metalldornen gegen ihren Widersacher. Sie parierte einige Hiebe, dann gelang es ihr, Romualdo das Schwert aus der Hand zu schlagen. Schnell drückte sie die Dornen des Leuchters an seinen Hals.

Er sah Fantaghirò an, und einen Moment lang schien es ihr, als erkenne er sie. »Ihr habt wirklich viel Phantasie, Graf«, fuhr er dann jedoch fort. »Wollt Ihr mich mit einem Kerzenleuchter töten?«

»Ich will dich überhaupt nicht töten!« schrie Fantaghirò jetzt außer sich und warf den Kerzenleuchter von sich. Dann sank sie vor Romualdo auf die Knie. »Wenn meine Worte dein Herz nicht mehr erreichen, will ich nicht mehr leben. Töte mich, worauf wartest du?« Sie umschlang seinen Körper, um ihn ein letztes Mal an sich zu drücken. »Aber bedenke eines, Romualdo. Wenn du mich tötest, stirbt auch ein Teil von dir. Ich liebe dich, und ich weiß, daß wir auf ewig füreinander bestimmt sind.« Bei diesen Worten blickte sie ihm direkt in die Augen.

Doch Romualdo machte sich von ihr los, sprang zur Seite und griff erneut nach seinem Schwert. In voller Größe baute er sich vor ihr auf und erhob die Klinge. »Genug geredet, Graf von Waldorf! Bringen wir es zu Ende!«

»Ich liebe dich!« rief Fantaghirò ein letztes Mal verzweifelt. Dann erwartete sie den Todesstreich aus der Hand ihres Geliebten.

Doch in diesem Moment erhob sich ein starker Wind in dem Raum. Er war so stark, daß Romualdos Arm mit dem erhobenen Schwert zu schwanken begann.

Gleichzeitig erfüllte eine Stimme den Raum. »Machtlos bin ich im Reich des Dunklen. Doch damit der Kampf auf Leben und Tod mit gleichen Waffen geführt werden kann, verzichte ich, die Weiße Hexe, von diesem Moment an und für immer auf meinen Zauber im Reich des Lichtes. Fantaghiròs Versprechen sollte dem Guten dienen. Und ich werde nicht zulassen, daß das Böse es sich zunutze macht. Das Schwert, das ich auf Fantaghiròs eigenen Wunsch bannte, sei hiermit frei.«

Der Sturm, der das Schloß durchwehte, wurde noch stärker. Romualdo taumelte, und mit einem Mal zersplitterte das Fenster. Pfeifend zerschnitt eine Klinge die Luft.

»Ich fürchte mich nicht vor Eurer Zauberei«, schrie Romualdo und erhob sein Schwert erneut zum Schlag. »Und auch dieser Wind hält mich nicht von meinem Vorhaben ab.«

Fantaghirò ergriff den leuchtenden Gegenstand vor ihren Augen. »Der Wind nicht«, antwortete sie, »aber mein Schwert.« Und damit ließ sie die blitzende Klinge ihrer vom Bann erlösten Waffe Romualdo entgegenfahren.

»Du bist ein Versager!« Die Schwarze Königin hatte sich in ihrem Labor zu voller Größe aufgebaut und schaute Blitz verachtend an. Die Flüssigkeiten in den Reagenzgläsern blubberten Unglück verheißend vor sich hin. »Du bist ja noch nicht einmal in der Lage, eine Schwalbe vom Himmel zu holen – geschweige denn ein Schwert.«

»Aber, Königin«, erwiderte der Junge, »es war so schnell – und dann dieser Seitenwind.«

»Wenn ein Blitz nicht Herr über die Situation ist, welche Naturgewalt ist es dann?« herrschte sie ihn an.

Ihr Diener hob vorsichtshalber schon einmal die Schultern ein wenig hoch. »Vielleicht die Liebe?«

»Jetzt habe ich aber genug«, donnerte die Schwarze Königin. »Alle Mühe mit dir war umsonst. Geh weg! Verschwinde von hier und laß dich nie wieder blicken!«

Augenblicklich zog Blitz den Kopf ganz ein und schoß los. Wie vom Teufel gejagt lief er die Treppen hinab.

Doch auf halber Strecke wurde er von Donner aufgehalten. »Blitz! Wo willst du denn so schnell hin?«

»Ich muß fort. Die Schwarze Königin hat mich entlassen«, antwortete ihr Bruder völlig außer Atem.

Donner hielt ihn fest. »Laß mich nicht allein mit ihr«, bat sie. »Ich brauche dich. Willst du mich nicht mitnehmen?« fragte sie leise.

»Das geht nicht«, antwortete er. »Wenn die Schwarze Königin es bemerkt, wird sie furchtbar böse werden und uns beide vernichten. Allerdings – vielleicht bemerkt sie es gar nicht«, grinste er. Dann trat er näher an Donner heran und flüsterte seiner Schwester etwas ins Ohr.

»Ob das funktioniert?« fragte sie zweifelnd, als er geendet hatte.

»Wir müssen es versuchen. Wer will schon sein Leben lang böse sein?«

»Ich jedenfalls nicht«, antwortete Donner entschieden.

»Siehst du? Also, trau dich! Ungehorsamkeit ist eine Tugend. Das hat uns die Schwarze Königin gelehrt«, fügte er augenzwinkernd hinzu. Und dann verschwand er im Dunkel des Treppenhauses.

Donner zögerte noch einen Augenblick, aber schließlich schritt sie langsam weiter die Stufen des Turmes hinauf.

Als sie das Labor betrat, lag es völlig verlassen da. Die Königin mußte gerade erst gegangen sein. Beherzt schritt Donner an den Arbeitstisch und betrachtete die vielen Flaschen und Flüssigkeiten. Dann griff sie nach zwei Dosen mit verschiedenen Pulvern und schüttete je zwei Löffel davon in ein Glas. Sie überlegte einen Moment lang und füllte dann dieselbe Portion Gift noch in ein zweites Glas. Abschließend goß sie in beide etwas Wein ein.

In diesem Moment betrat die Königin den Raum. »Was machst du da?« schrie sie Donner an.

Donner fuhr herum. Sie war schreckensbleich. Doch dann beherrschte sie sich. »Ich ... ich wollte mit Euch anstoßen«, brachte sie hervor. »Auf ... auf die Entlassung von Blitz«, stotterte sie weiter. »Es wird sich alles noch zum Guten wenden.«

Die Königin fuhr auf. »Du weißt, wie sehr ich diese Vokabel hasse.«

Donner zuckte zusammen. »Ich meinte natürlich: zum Schlechten wenden. Hier«, sie reichte der Königin ein Glas.

Die Züge der Königin verzerrten sich zu einem gekünstelten Lächeln. Sie trat an das Laborpult und legte etwas Graues darauf ab.

»Von hier aus bin ich aber nicht geflogen«, meckerte der Rückkehrstein. »Und ich verlange, auf der Stelle wieder dorthin ...«

»Sei still«, herrschte die Königin ihn an. Dann ergriff sie das Glas, das Donner ihr entgegenhielt. »Man kann sich auf nichts mehr verlassen«, sagte die Königin mit süßlicher Miene. »Aber ich will doch hoffen, daß wenigstens innerhalb dieser Mauern alles beim alten geblieben ist und der Haß weiterhin regiert. Und das scheint ganz der Fall zu sein. Ich bin sicher, daß du diesen Wein vergiftet hast ...

Also her mit deinem Glas!« Mit boshaftem Blick riß sie Donner das Glas aus der Hand und setzte es an ihre Lippen, während sie das andere hinter sich warf. Sie trank in tiefen Zügen. »So leicht legst du mich nicht herein, kleine Bestie«, grinste sie und wischte sich den Mund. »Und selbst wenn du so schlau warst, beide Gläser zu vergiften: fremder Trank wirkt bei mir nicht.«

»Schwarze Königin«, antwortete Donner jedoch nur. »Ihr habt mir lange genug beigebracht, was Haß ist. Und glaubt mir, ich habe viel bei Euch gelernt. Vor allem aber, daß man das Böse nur mit seinen eigenen Waffen schlagen kann. Und genau das habe ich soeben getan. Es ist Euer eigenes Gift, das Ihr gerade zu Euch genommen habt!«

Die Schwarze Königin riß überrascht die Augen auf. »Verräterin! Du hast also nicht gezögert, deine Meisterin zu hintergehen? Und ich habe dich für ein verzärteltes Wesen gehalten.« Sie tastete nach einem Stuhl und versuchte, ein Gähnen zu unterdrücken.

»Seht Ihr, es wirkt schon«, triumphierte Donner. »Ich verlasse Euch jetzt, und bis der Mond aufgeht und Ihr wieder erwacht, bin ich über alle Berge. Also«, sie überlegte einen Moment, »*lebt schlecht*!«

»Unverschämte Göre!« gähnte die Schwarze Königin, dann schlossen sich ihre Augen. »Aber warte, wenn der Mond erst aufgeht ...«

Donner öffnete leise die Tür des Labors. Über sich spürte sie einen leichten Lufthauch, und aus dem Augenwinkel sah sie, wie der Rückkehrstein sich auf den Weg machte, um sein ursprüngliches Ziel wieder aufzusuchen. Das Mädchen aber lief hinab in den Keller, zu den finstersten Verliesen des Reiches.

Der Kampf um Leben und Tod zwischen Romualdo und Fantaghirò setzte sich fort.

»Bist du sicher, daß kein Funken Liebe mehr in deinem Herzen zurückgeblieben ist?« fragte Fantaghirò und wehrte die heftigen Hiebe ihres Gegners ab.

»Mein Herz ist sogar in heftiger Liebe entbrannt«, erwiderte Romualdo. »Allerdings nicht zu Euch, Graf von Waldorf.«

»Aber wenn du mich nicht liebst, wen liebst du dann?« rief Fantaghirò ihm entgegen.

»Die Königin meines Herzens«, antwortete Romualdo, und seine Augen leuchteten bei diesen Worten auf. »Die Schwarze Königin.«

Ein Schmerzensschrei entwand sich Fantaghiròs Brust.

»Euer Schmerz wird nicht mehr lange währen«, grinste Romualdo. »Dann seid Ihr durch den Tod erlöst, und ich werde zurück in ihre Arme und zu ihren Küssen eilen.« Seine Angriffe wurden noch heftiger als bisher.

»Ich werde dich niemals aufgeben!« Wilder und wilder schwang Fantaghirò ihr Schwert, während sie sich rückwärts schreitend zu verteidigen suchte.

Sie befand sich jetzt in der Mitte des Raumes, genau unter dem großen Kronleuchter. Mit einem kurzen Blick vergewisserte sich Romualdo, dann kappte er mit seinem Schwert das Seil, an dem die Halterung des Leuchters befestigt war.

Wie ein Käfig sauste der Kronleuchter auf Fantaghirò herab und sperrte sie ein.

Romualdo setzte nun langsam die Klinge seines Schwertes an ihren Hals. Schon pochte Fantaghiròs Schlagader an dem blitzenden Metall. »Eure letzte Stunde hat geschlagen, Graf von Waldorf. Ich habe das Duell gewonnen.«

»Du hast gewonnen«, antwortete Fantaghirò. »Aber alle Tränen der Welt werden nicht ausreichen, um das zu beweinen, was du mit diesem Hieb töten wirst: die Liebe zwischen Fantaghirò und Romualdo.«

»Genug des Gefasels, ich kenne diese Leute nicht«, antwortete Romualdo. »Fahrt dahin, Graf von Waldorf.«

Und er hob sein Schwert zum letzten entscheidenden Hieb.

»Romualdo!« Cataldo stürmte in den Raum. »Tu es nicht! Du würdest es ewig bereuen.«

»Es ist sinnlos, er ist verzaubert!« erklärte Donner, die Cataldo gefolgt war, völlig außer Atem.

Verblüfft ließ Romualdo von Fantaghirò ab und wandte sich um.

»Erkennst du mich nicht, ich bin Cataldo«, fuhr der Getreue fort. »Und die du gerade im Begriff bist zu töten, ist Fantaghirò, deine Verlobte.«

Romualdo näherte sich nun Cataldo. Seine Augen rollten wild, und er erhob drohend sein Schwert gegen den Freund. »Ich habe das Duell gewonnen«, stieß er zwischen den Zähnen aus, »und ich habe ein Recht, meinen Gegner zu töten.«

»Es gibt kein Recht zu töten«, entgegnete Cataldo.

»So gibt es wenigstens die Pflicht dazu«, zischte Romualdo drohend, »und zwar die gegenüber meiner Herrscherin und meinem Herrscher.«

Und mit diesen Worten ließ er sein Schwert gegen Cataldo fahren.

Doch plötzlich riß ihn etwas von hinten um. Sein Schwert flog ihm aus der Hand und landete mit einem lauten Scheppern in einer Ecke des Raumes. Romualdo sank bewußtlos zu Boden.

Mit einem erstickten Schrei befreite sich Fantaghirò aus ihrem Gefängnis und stürzte zu ihm hin. Sie hob seinen Kopf in ihren Schoß. »Mein Liebster«, flüsterte sie, während sie eine wirre Haarsträhne aus seiner Stirn strich.

Doch plötzlich fühlte sie, wie sich ohne ihr Zutun ihre Hände erhoben und einen kühlen, schweren Gegenstand auffingen.

»Ich hoffe, ich habe mein Ziel nicht zu spät getroffen?« fragte der Stein entschuldigend. »Ihr hättet mich allerdings durchaus auf die Schwierigkeiten bei dieser Mission hinweisen können.«

Wie Fantaghirò mit Romualdo aus dem Schwarzen Schloß floh

Überall im Schloß brach nun offener Kampf aus, denn Donner hatte die unterirdischen Verliese geöffnet und alle gefangenen Soldaten befreit. Doch die Schwarzen Ritter hatten den Verrat bemerkt und stellten sich jetzt den Freigelassenen in den Weg. Das gesamte Schloß hallte wider von dem Lärmen und Klirren der Waffen. Schmerzensschreie von Fantaghiròs Soldaten, wenn sie verwundet wurden, wechselten ab mit einem Scheppern, das wie zerberstendes Porzellan klang – denn sobald einer der grausamen Schwarzen Ritter überwältigt zu Boden ging, verwandelte er sich sofort wieder in das, was er ursprünglich gewesen war: eine Spielzeugfigur aus gebranntem Ton.

Nur der Schwarze König saß alleine in seinem Thronsaal und wartete immer noch auf den Ausgang des Kampfes zwischen Fantaghirò und Romualdo. Fantaghirò gelang es, sich ihm unbemerkt zu nähern.

Der Schwarze König fuhr überrascht zurück, als er sie erblickte. »Wer hat den Kampf gewonnen?« fragte er dann mit seiner donnernden Stimme.

Doch Fantaghirò ließ sich nicht einschüchtern. Anstatt eine Antwort zu geben, nutzte sie die Situation und setzte ihm die Klinge ihres Schwertes an die Gurgel. »Ihr jedenfalls nicht. Ergebt Euch, Schwarzer König. Ihr seid allein. Eure Ritter kämpfen gegen meine Soldaten.«

»Was meint Ihr mit *Euren* Soldaten?« fragte der Schwarze König und machte Anstalten, sich zu erheben.

»Genau das, was Ihr befürchtet«, antwortete der vermeintliche Graf von Waldorf und drückte das Schwert noch heftiger gegen den Widersacher. »Ich bin Fantaghirò.« Sie ergriff einige Ketten und fesselte damit die Hände des Schwarzen Königs. »Jetzt sagt mir, wo Ihr meinen Vater versteckt haltet.«

Doch der Schwarze König schüttelte nur langsam sein Haupt mit der mächtigen eisernen Maske. »Das weiß allein die Schwarze Königin«, antwortete er dumpf.

»Dann werde ich sie fragen«, antwortete Fantaghirò entschlossen.

»Nein, Ihr dürft sie auf keinen Fall wecken!« Donner, die jetzt ebenfalls in den Thronsaal gekommen war und die letzten Worte Fantaghiròs gehört hatte, sprang herbei. »Ich habe ihr einen Schlaftrunk gegeben, so daß ihre Macht vorerst gebannt ist. Aber sobald der Mond aufgeht, wird sie wieder erwachen. Bis dahin müßt Ihr außerhalb des Landes sein, sonst kann sie Euch mit einem neuen Zauber binden.«

Fantaghirò überlegte einen Augenblick. »Dann bleibt mir nichts anderes übrig, als den Schwarzen König als Geisel zum Austausch gegen meinen Vater zu nehmen. Los, auf«, kommandierte sie und stieß den König in seiner schwerfälligen, steifen Rüstung vor sich her zum Ausgang des Schlosses.

»Wartet!« Donner hielt Fantaghirò an ihrem Wams fest. »Ich ... ich habe es satt, böse zu sein und Schlechtes zu tun«, sagte sie. »Jahrelang stand ich in den Diensten der Schwarzen Königin. Aber ich möchte fort von hier. Nehmt Ihr mich mit? Ritter Cataldo hat es mir versprochen, als ich ihn befreite.«

Fantaghirò zögerte einen Augenblick, doch es schien, daß die Kleine es aufrichtig meinte. »Wenn Ritter Cataldo es versprochen hat, wird er sein Versprechen halten«, antwortete sie schließlich. »Lauf voraus zu dem Wagen, den Ivaldo aus dem Lager holen wollte. Die anderen warten sicher schon.« Und noch ehe sie zu Ende gesprochen hatte, war Donner wie der Blitz verschwunden.

Im Hof tobte noch immer ein heftiger Kampf zwischen Fantaghiròs Soldaten und den Schwarzen Rittern. Als Fantaghirò mit dem gefesselten König im Tor erschien, setzte sie ihrem Gefangenen erneut das Schwert an den Hals. »Haltet ein, oder ich töte Euren König!« rief sie den Schwarzen Rittern zu.

Die Kämpfer ließen sogleich die Waffen sinken, und Fantaghirò stieß den Schwarzen König ungehindert vor sich her zu dem Wagen, der draußen schon bereitstand. Ivaldo und Cataldo waren soeben dabei, den noch immer bewußtlosen, aber vorsichtshalber mit eisernen Ketten gefesselten Romualdo in das Gefährt zu heben.

Fantaghirò stieß den Schwarzen König hinterher. Dann sprang sie selbst auf den Kutschbock. »Wir haben keine Zeit zu verlieren«, rief sie Romualdos Getreuen zu. »Wenn der Mond aufgeht, bevor wir den Schwarzen Wald verlassen haben, ist es zu spät.« Sie gab den Pferden die Zügel, und der Wagen polterte davon.

Es war tatsächlich höchste Zeit, denn schon begann die Dämmerung hereinzubrechen. Noch war die Nacht nur zu ahnen, aber die ersten Rufe der Nachtkäuze waren ein mahnendes Zeichen. Bald würde der Mond aufgehen, und noch hatte der Wagen den Schwarzen Wald nicht durchquert.

Um so erleichterter war Fantaghirò, als sie nach einer Weile zwischen den Bäumen das Lager erblickte, aus dem Romualdo und die Soldaten entführt worden waren. Auch Goldmähne, den sie auf ihrem Weg zum Schwarzen Schloß dort zurückgelassen hatte, stand noch unversehrt unter den hohen Bäumen.

»Brrr!« rief Fantaghirò und hielt den Wagen an, um die Zügel an Cataldo zu übergeben. »Wir dürfen keine Zeit verlieren«, mahnte sie, während sie vom Kutschbock kletterte. »Wahrscheinlich erwacht die Königin schon wieder.« Sie deutete auf den Mond, der sich mehr und mehr durch die Wolken kämpfte.

Cataldo erhob seine Augen skeptisch zum Himmel. »Wenn es nicht schon zu spät ist.«

Ein ungeheurer Blitz erhellte in diesem Moment den dunklen Wald. Er kreuzte einige Male den Himmel über dem Wagen, dann schlug er direkt neben ihnen in dem Boden ein.

Unwillkürlich barg Fantaghirò das Gesicht in den Händen. Doch als sie die Arme wieder sinken ließ, stand ein kleiner Junge vor ihr. »Habt Ihr noch einen Platz frei?« fragte er.

»Blitz!« Donner sah aus dem Wagen und hielt ihrem Bruder die Hand entgegen. »Komm schnell!«

Doch der Ruf einer Eule, die mit schwerem Flügelschlag plötzlich dicht über den Fliehenden hinwegflog, lenkte sie von ihrer Wiedersehensfreude ab.

»Wir müssen uns beeilen«, stieß Fantaghirò aus und schwang sich auf Goldmähne. »Lauf voraus!« befahl sie dem Pferd. »Der Wagen folgt uns.«

»Ich kann nicht«, antwortete Goldmähne jämmerlich. »Der Weg ist versperrt.« Und jetzt sah auch Fantaghirò, wie sich die Äste der Bäume wie auf ein stilles Kommando hin untereinander zu verflechten begannen und ein undurchdringliches, von Dornen durchsetztes Gestrüpp bildeten.

»Fantaghirò«, schnatterte die Gans in der Jagdtasche leise, »das ist der richtige Augenblick. Öffne die Phiole, die die Weiße Hexe dir gegeben hat. Mir wird sowieso ganz anders, wenn ich daran denke, daß wir in Zukunft ganz ohne ihre Hilfe auskommen müssen«, setzte die Gans leise hinterher.

Fantaghirò griff nach dem Fläschchen. Und kaum hatte sie es entkorkt, schoß eine Stichflamme von ungeheurem Ausmaß aus dem zerbrechlichen Gefäß – direkt auf die Dornenwand vor den Fliehenden zu. Ohne das Gestrüpp in Brand zu setzen, zwang sie mit ihrer Kraft die Äste dazu, sich auseinanderzubiegen und den Weg freizugeben.

»Voran«, winkte Fantaghirò Cataldo auf dem Kutschbock zu. »Es kann nicht mehr weit sein, bis wir den Wald durchquert haben.«

Wieder überflog die Eule den Wagen, und diesmal stieß sie einen markerschütternden Schrei aus. Cataldo ließ die Zügel knallen, und auch Fantaghirò trieb Goldmähne noch heftiger an.

Doch der Schrei der Eule war nicht ungehört geblieben. Im Inneren des Wagens schlug Romualdo plötzlich die Augen auf. Noch immer spiegelte sich in ihnen das kalte Licht, das Fantaghirò so fremd gewesen war.

»Geliebte«, flüsterte Romualdo und erhob sich langsam. »Ich höre dein Rufen.«

»Hört nicht auf sie«, flehte Donner ihn an. »Es ist nicht mehr weit, und dann seid Ihr erlöst.«

»Unfug!« stieß Romualdo aus, und begann mit aller Macht, an seinen Ketten zu zerren. Offenbar hatte ihm der Zauber übernatürliche Kräfte verliehen, denn es dauerte nicht lang, und das Eisen, das ihn fesselte, zersprang. »Ich komme!« rief er aus. »Warte auf mich, meine Königin!«

»Nein, bleibt hier!« schrie Blitz.

Doch Romualdo stürzte sich bereits aus dem Wagen, rappelte sich vom Boden hoch und lief zurück, wieder tiefer in den Wald hinein.

Unablässig schrie die Eule, und jetzt konnte auch Fantaghirò hören, daß das Tier Romualdos Namen rief, mal flehend, mal lockend. Wie ein unablässiges Echo durchhallte er die Nachtluft.

Cataldo wollte den Wagen wenden und hinter dem Fliehenden herfahren, doch Fantaghirò hielt ihn zurück. »Nein, Ihr dürft nicht umkehren. Folgt weiter dem Weg. Der Wald wird bald enden, und dann verliert der Zauber der Schwarzen Königin seine Macht. Ich werde Romualdo allein zurückholen.« Und sie wendete Goldmähne und galoppierte davon, in das Dunkel des Waldes.

»Das darfst du nicht tun, Fantaghirò, das darfst du nicht tun«, schnatterte die Gans in der Jagdtasche aufgeregt. »Das ist doch genau das, worauf es die Schwarze Königin anlegt. Sie will dich herausfordern. Du darfst nicht darauf eingehen.«

»Doch«, rief Fantaghirò atemlos. »Ich muß es tun. Ich werde Romualdo zurückgewinnen.«

Weiter und weiter hetzte sie Goldmähne hinter Romualdo her. Doch dann stoppte sie unvermittelt. Auf einer Lichtung des Schwarzen Waldes sah sie Romualdo auf einem umgestürzten Baum sitzen. Ihm gegenüber hockte eine Eule, die heftig mit den Flügeln schlug. Aber plötzlich begann sich das Tier zu dehnen und zu wachsen – bis mit einmal die Schwarze Königin an seiner Stelle stand. Sie schloß Romualdo in die Arme und küßte ihn leidenschaftlich.

»Er liebt Euch nicht«, schrie Fantaghirò, die vom Waldrand aus diese Verwandlung beobachtet hatte, völlig außer sich. »Ihr habt ihn nur verzaubert.«

Die Schwarze Königin löste Romualdo vorsichtig aus ihren Armen, und lachte herablassend. »Die Liebe ist immer Zauberei. Füge dich in dein Schicksal, Fantaghirò! Er gehört mir!« Sie lächelte Romualdo, der nach ihrem Kuß bewußtlos zu Boden gesunken war, zärtlich an. »Aber ich bin großherzig«, fuhr sie dann fort. »Du kannst statt seiner den Schwarzen König haben.«

»Niemals werde ich Euch Romualdo kampflos überlassen«, rief Fantaghirò und zückte ihr Schwert. Mit wildem Blick galoppierte sie auf ihre Gegnerin zu.

Doch die Schwarze Hexe erhob ihre Hände, und mit ihren Fingerspitzen entfesselte sie einen solchen Sturm, daß Fantaghirò kaum dagegen ankam. »Ein Trick der Weißen Hexe«, lachte die Schwarze Königin, als eine heftige Böe Fantaghirò schließlich vom Pferd riß.

»So wird es dir nie gelingen«, schnatterte die Gans leise in ihrer Tasche. »Du mußt sie überlisten. Pack sie bei ihrer Eitelkeit.«

Fantaghirò überlegte einen Augenblick, dann warf sie trotzig den Kopf in den Nacken und schaute die Schwarze Königin herausfordernd an. »Brutal und grausam sein, das könnt Ihr. Aber das ist wohl auch der Grund, warum Ihr die Männer durch Zauber an Euch binden müßt. Freiwillig würden sie niemals kommen.«

»Was unterstehst du dich ...« Ihre Gegnerin wurde vor Wut bleich. »Was willst du damit sagen, du Wurm?«

Die Gans kicherte leise. »Gut so, Fantaghirò. Mach weiter so.«

»Ich will damit sagen, daß Euch die weiblichen Reize wohl fremd sind«, antwortete Fantaghirò. »Ich wette, Ihr könnt Euch nicht in etwas verwandeln, das zart und rein ist.«

»Wer hat dir erlaubt, so mit mir zu sprechen«, giftete die Schwarze Königin. »Zart und rein! Aber warte, du wirst es schon sehen.« Sie breitete ihre Arme aus, und Augenblicke später stand ein Strauch wunderschöner und zart duftender Rosen an ihrer Stelle. »Nun, was sagst du jetzt?« fragten die unzähligen Blüten Fantaghirò gleichzeitig.

»Nicht schlecht«, antwortete diese gelassen. »Aber eine Rose hat Dornen. Ihr habt mich noch nicht überzeugt.«

»Dann warte nur ab«, wisperten die Rosenblüten, und der Strauch fing an, seine Blätter einzuziehen und sich langsam zu seiner Wurzel zurückzuziehen. Doch er war noch nicht ganz im Boden verschwunden, da richtete sich an seiner Stelle eine schlanke und anmutige Gestalt auf – die eine Ritterrüstung mit einem schnabelförmigen Visier trug.

Fantaghirò glaubte, ihren Augen nicht trauen zu dürfen, denn die Schwarze Königin stand nun tatsächlich als ihr eigenes Spiegelbild vor ihr.

»Jetzt weiß ich auch, wie Romualdo sich in dich verlieben konnte«, sagte Fantaghirò leise, wie zu sich selbst.

Doch da zog die Schwarze Königin schon das Schwert und griff Fantaghirò an. Als ihr Ebenbild verfügte sie über alle Fähigkeiten, die auch die wirkliche Fantaghirò besaß. Und diese verteidigte sich so geschickt, wie es der Weiße Ritter ihr beigebracht hatte. Aber schließlich schlug die Schwarze Königin sie mit ihren eigenen Fechtkünsten, und Fantaghirò fiel auf den Rücken. Ein Schmerz durchfuhr ihre Glieder, denn sie war auf irgend etwas draufgefallen.

»Au!« vernahm sie eine leise, wohlbekannte Stimme. »He, Fantaghirò, ich bin hier. Ich wollte mich gerade in Erinnerung bringen. Denk an mich, vielleicht kann ich dir helfen.«

Vorsichtig tastete Fantaghirò nach dem Rückkehrstein. Und als sie ihn in ihrer Hand spürte, kam ihr eine Idee. »Dies ist nur ein neuer Beweis, daß Ihr nicht in der Lage seid, Euch in etwas Sanftes zu verwandeln«, rief sie der Königin herausfordernd zu. »Ihr habt Euch wieder getäuscht. Ich war in meinem Leben stets ungehorsam, aufbrausend und überheblich. Ich bin kein zartfühlendes und zerbrechliches Wesen. Und ich wette, daß auch Ihr ein solches niemals sein könnt.«

Die Schwarze Königin hatte sich inzwischen in ihre ursprüngliche Gestalt zurückverwandelt. »Ein letztes Beispiel meiner Kunst werde ich dir noch geben, bevor ich dir die Augen auskratze. Ich werde mich in das Reinste und Zerbrechlichste verwandeln, das Natur und Zauberei überhaupt kennen.« Unter den Füßen der Schwarzen Königin entwickelte sich Rauch, der immer höher stieg und dabei den Blick auf einen glasklaren, durchsichtigen Körper freigab. Vor Fantaghirò stand die Schwarze Königin als ein Kunstwerk aus geschliffenem Kristall.

»Wie wunderbar«, staunte Fantaghirò und lachte. »Noch nie habe ich Euch so schön und so grazil gesehen. Ihr habt recht, Kristall ist wirklich furchtbar zerbrechlich.« Und dann schleuderte sie mit so gewaltiger Kraft den Rückkehrstein auf die Schwarze Königin zu, daß die kristallene Statue mit schneidendem Klirren in Tausende Scherben und Splitter zerbrach.

Im selben Moment erfüllte der Lärm einer gewaltigen Explosion die Luft. Unwillkürlich verbarg Fantaghirò ihren Kopf. Doch als sie wieder aufsah, erkannte sie, woher das Geräusch gekommen war. Auf dem Berg, wo gerade noch das Schwarze Schloß gestanden hatte, waren jetzt nur noch Trümmer zu sehen.

Erschrocken sprang sie auf. »Aber das wollte ich nicht! Ich wollte das Schloß nicht zerstören. Mein Vater war noch darin!« Sie lief zu dem immer noch bewußtlosen Romualdo, auf dessen bleicher Stirn eine Wunde klaffte. Ein Kristallsplitter hatte ihn verletzt. »Ach, Romualdo, jetzt ist das Böse zwar besiegt. Aber nie hätte ich gedacht, daß ich dadurch meinen Vater verlieren würde. Um deiner wie auch um seinetwillen würde ich mein Leben lang gegen die Schwarze Königin kämpfen.« Weinend warf sie sich neben ihm in das Gras nieder.

Es dauerte geraume Zeit, bis Fantaghiròs Tränen versiegten. Dann machte sie sich daran, den verletzten Romualdo auf ihr Pferd zu heben und schwang sich ebenfalls in den Sattel. Nachdem sie noch einen letzten Blick auf die Überreste des Schlosses hinter sich geworfen hatte, trieb sie Goldmähne an und machte sich auf den Weg, um wieder zu Cataldo und Ivaldo zurückzureiten.

Sie versuchte, den Weg wiederzufinden, den sie auch hergekommen war. Doch nun kam ihr alles fremd vor. Ja, der ganze Wald schien verändert. Die dornigen Bäume und Sträucher waren denen gewichen, die auch in Fantaghiròs heimatlichem Wald standen. Auf gut Glück lenkte sie Goldmähne voran, denn auch die Gans wußte in diesem Fall keinen Ratschlag.

Endlich lichtete sich der Wald ein wenig. Fantaghirò vernahm Hufschlag und das langsame Mahlen von Wagenrädern. Sie beschleunigte Goldmähnes Schritt, und tatsächlich erblickte sie nach kurzer Zeit den Wagen, mit dem sie aus dem Schloß geflohen war, sowie einige ihrer Soldaten.

»Cataldo, Ivaldo!« rief Fantaghirò freudig und lenkte ihr Pferd durch die Bäume, dahin, wo das Licht des Mondes, der jetzt nicht mehr angsteinflößend, sondern freundlich herabblickte, auf eine Wiese schien.

Der Wagenzug hielt an. »Fantaghirò!« riefen ihr die Stimmen von Romualdos Getreuen entgegen. »Wir sind hier!«

Goldmähne brach durch das Dickicht und preschte auf die Wartenden zu. »Wie froh bin ich, Euch wiederzusehen«, rief Fantaghirò den Männern entgegen, als sie das Pferd zügelte.

»Du bringst Romualdo mit«, bemerkte Cataldo und machte sich daran, den Verletzten vom Pferd zu heben.

Fantaghirò nickte. »Ja, ich habe meinen Verlobten wiedergefunden – aber meinen Vater habe ich verloren«, fügte sie tonlos hinzu, und Cataldo und Ivaldo wurden ebenfalls von Trauer ergriffen.

In diesem Augenblick ertönte aus dem Inneren des Wagens eine schwache Stimme. »Fantaghirò! Fantaghirò! Komm zu mir, hilf mir!«

Fantaghirò horchte einen Augenblick auf, dann sprang sie wie der Wind vom Pferd. »Vater!« rief sie. »Ich komme!« In Windeseile kletterte sie in den Wagen, wo Blitz und Donner verschüchtert in einer Ecke saßen.

»Der Schwarze König ...«, stammelte der Junge und deutete auf die Gestalt mit der eisernen Maske.

»Fantaghirò, ich bitte dich, nimm mir die Maske ab«, fuhr die schwache Stimme jetzt fort.

»Nein, tut das nicht!« rief Blitz. »Die Schwarze Königin hat ihm die Maske aufgesetzt, weil er so häßlich ist – das hat sie jedenfalls gesagt.«

Doch Fantaghirò löste bereits die Ketten des Gefangenen. »Ich bin sicher, er ist nicht häßlich. Und er hat noch nie einem Menschen etwas angetan. Niemand muß ihn fürchten.«

»Beeil dich«, flehte die Stimme, »ich bekomme schon gar keine Luft mehr.«

Jetzt hob Fantaghirò die Maske an. Blitz und Donner drückten sich noch tiefer in die Ecke des Wagens. Dann schrieen sie erschreckt auf.

Unter der Maske kam ein grauhaariger Kopf zum Vorschein. Die dunklen Augen rollten einige Male hin und her, und ein ungeheurer Seufzer entwand sich der breiten Brust.

»Fast wäre ich erstickt«, sagte der alte König. »Du bist wirklich im letzten Moment gekommen, mein Kind.«

»Wer ist denn das?« fragte Donner überrascht.

»Ich wußte doch, daß es den Schwarzen König eigentlich gar nicht gibt«, setzte Blitz hinzu. »Die Schwarze Königin hat einfach einen Sterblichen dazu verzaubert.«

Fantaghirò fiel dem alten König um den Hals. »Das ist mein lieber Vater«, lachte sie glücklich. Dann rief sie die

Soldaten herbei. Und unter lauten Freudenrufen trugen sie den König aus dem Wagen.

Der König gebot ihrem Jubel Einhalt. »Laßt es gut sein, ihr hattet genug unter mir zu leiden, solange ich der Schwarze König war. Es tut mir leid, daß ihr gegen die Schwarzen Ritter kämpfen mußtet«, entschuldigte er sich.

»Das ist nun alles vorbei«, rief Fantaghirò. »Vergessen sei die Zeit, in der das Böse über uns herrschte. Die Schwarze Königin ist vernichtet, und mit ihr das ganze Reich.«

»Hoch lebe Fantaghirò! Hoch lebe die Königin!« jubelten die Soldaten.

Cataldo trat an Fantaghirò und ihren Vater heran. »Wir sollten jetzt aufbrechen«, mahnte er. »Auf dem Schloß erwartet man uns schon ungeduldig.«

»Du hast recht«, antwortet Fantaghirò, »besonders eure Frauen werden die Stunde eurer Rückkehr herbeisehnen.«

»Was ist mit Romualdo? Der Zauber ist doch nun gelöst. Wir sollten ihn aufwecken«, schlug Ivaldo vor.

»Nein«, entgegnete Fantaghirò. »Wir warten, bis er von selbst aufwacht. Legt ihn in den Wagen.«

Sobald Ivaldo und Cataldo Romualdo in den Wagen gebettet hatten, setzte sich der Zug in Bewegung. Fantaghirò nahm neben ihrem wiedergefundenen Geliebten Platz und legte seinen Kopf in ihren Schoß. Sein Gesicht war noch immer bleich, und von seiner Stirn rann eine dünne Blutspur.

Fantaghirò streichelte sanft über seine Lippen. »Schlafe, mein Liebster«, flüsterte sie, »ruhe dich aus. Bald sind wir zu Hause, und dann ist alles vorbei. Alles wird so werden, wie es früher war. Oder noch schöner.« Und sie drückte einen Kuß auf seine stillen Lippen. »Für immer.«

Wie Fantaghirò Romualdo ziehen ließ

Ein wunderschöner Morgen weckte das Land. Das königliche Schloß lag noch im silbernen Schein der soeben aufgegangenen Sonne, als sich schon die ersten Händler, Gaukler und allerlei anderes fahrendes Volk einfanden. Stelzenläufer und Feuerschlucker probten ihre Künste, Puppenspieler und Musikanten stellten ihre Bühnen auf, und ein feiner Duft nach gebratenem Spanferkel, Schmalzringen und anderen guten Sachen durchzog die Luft.

An der Brüstung des Balkons vor ihrem Gemach lehnte Fantaghirò. Sie trug wieder ihre königlichen Kleider, und niemand hätte mehr glauben wollen, sie sei der Graf von Waldorf. Jetzt betrachtete sie das geschäftige Treiben im Hof des Schlosses, und auf ihrem Gesicht lag ein glückliches Lächeln. Noch wenige Tage zuvor hätte sie es nicht für möglich gehalten, daß sich alles wieder zum Guten wenden würde. Ihr Vater war gerettet, so daß er nun der Hochzeit von Fantaghirò und Romualdo beiwohnen konnte. Auch Romualdo war, bis auf die unbedeutende kleine Wunde auf seiner Stirn, heil auf dem Schloß angekommen. Und Cataldo und Ivaldo waren ebenfalls rechtzeitig vor der Geburt ihrer Kinder aus dem Reich der Schwarzen Königin zurückgekehrt. Fantaghirò seufzte. Das alles zusammen war schon fast zuviel des Glücks.

»Da bist du ja, Fantaghirò!« Carolina betrat den Balkon. »Wir haben dich schon überall gesucht.«

»Ja«, stimmte Katharina zu, »du kannst dich freuen. Romualdo ist gerade aufgewacht.«

Fantaghiròs Gesicht begann zu strahlen. »Er ist wach? Oh, ich muß gleich zu ihm. Ich hoffe doch, daß ihr ihm kein Wort davon gesagt habt, was geschehen ist«, setzte sie dann hinzu.

»Nein, das haben wir nicht«, antwortete Carolina und lächelte, »aber es hat uns große Mühe gekostet, nichts zu verraten. Außerdem muß er doch wissen, wie mutig du gekämpft hast und was du für ihn getan hast.«

Doch Fantaghirò senkte jetzt ein wenig schamhaft den Kopf. »Er muß nicht alles wissen. Und was er darüber wissen soll, werde ich ihm schon erzählen. Aber langsam und Stück für Stück.«

»Dann solltest du aber besser gleich damit anfangen«, mahnte sie Katharina, »sonst wirst du nicht rechtzeitig fertig, und wir müssen die Hochzeit wieder verschieben.«

»Keine Sorge!« lachte Fantaghirò. Doch plötzlich kroch ein eisiger Hauch über ihren Rücken. Ein unbestimmtes Gefühl machte sich breit, und das Lachen blieb ihr im Hals stecken.

»Was hast du denn?« Katharina forschte im Gesicht ihrer Schwester nach der Ursache des plötzlichen Stimmungsumschwungs.

Doch Fantaghirò sammelte sich schon wieder. »Ach, es ist nichts«, antwortete sie schnell. »Ich dachte nur gerade ... Ach, ich weiß auch nicht.«

»Trübe Gedanken bringen Unglück!« Carolina strich Fantaghirò sanft über die Stirn. »Das kannst du so kurz vor deiner Hochzeit nicht brauchen. Nun lauf zu Romualdo. Er wartet schon auf dich.«

Fantaghirò lächelte unsicher. Am liebsten hätte sie das

Treffen mit Romualdo jetzt noch ein wenig hinausgeschoben. »Vielleicht hast du recht«, sagte sie. »Aber es gibt noch soviel zu tun ...«

»Geh nur, wir kümmern uns um die Vorbereitungen zum Fest«, versicherte Katharina und stupste ihre Schwester leicht an, damit sie sich endlich auf den Weg machte.

Zögernd näherte sich Fantaghirò dem Gemach, in das Romualdo gebettet worden war. Endlich würde sie ihn wiedersehen, mit ihm sprechen können wie früher. Doch sie konnte trotz ihrer Freude dieses unbestimmte Gefühl der Furcht nicht unterdrücken. Was war es nur, daß sie sich ihm nicht unbeschwert nähern konnte? War es der Schmerz, der noch in ihr nachklang, nachdem sie aus seinem Mund das süßeste Liebesgeflüster gehört hatte, das jedoch nicht ihr gegolten hatte? Fantaghirò zauderte noch einen Moment, dann drückte sie schließlich die Klinke der schweren Holztür herunter.

Romualdo saß im Schein der Morgensonne am Fenster seines Gemachs und sah in die Ferne. Vor dem hellen Licht zeichnete sich sein Gesicht als eine dunkle Silhouette ab, und in seinem Haar wurden die goldenen Strahlen der Sonne reflektiert.

Sobald Fantaghirò ihn erblickte, begann ihr Herz voller Sehnsucht zu klopfen. »Romualdo«, sagte sie zärtlich und ging auf ihn zu. »Wie lange habe ich auf diesen Augenblick gewartet.«

Romualdo erhob sich langsam und sah ihr entgegen. Von der Verletzung, die ihm der Kristallsplitter zugefügt hatte, war kaum noch etwas zu erkennen. Er blickte Fantaghirò aufmerksam an. »Wer seid Ihr?«

Fantaghirò war, als würde ihre Brust zerrissen. War dies Wirklichkeit oder ein Alptraum, aus dem sie so schnell wie möglich zu erwachen wünschte? »Aber Romualdo«, rief sie aus, »erkennst du mich nicht? Ich bin es, deine Fantaghirò.«

In Romualdos Augen fiel nun das helle Licht des Morgens. Unwillkürlich trat Fantaghirò einen Schritt zurück. Wieder rieselte ein eisiger Schauer über ihren Rücken. Der Blick ihres Verlobten hatte zwar nicht mehr den kalten Schein, der Fantaghirò während ihres Duells ebenso verletzt hatte wie es Romualdos Schwert hätte tun können. Aber trotzdem war er ihr fremd. Der Glanz, der früher in seinen Augen gelegen hatte, war erloschen.

Romualdo betrachtete sie eingehend. Es schien, als suche er nach einer Erinnerung. Doch dann schüttelte er den Kopf. »Nein, ich kenne Euch nicht.«

»Aber Romualdo! Erinnere dich doch. Wir waren ein Liebespaar. Unsere Hochzeit stand bevor, doch dann brach der Krieg aus.« Sie zeigte ihm die Kette, die sie um den Hals trug. »Diesen Ring hast du mir am Abend vor unserer Trauung geschenkt. Er gehörte deiner Mutter, bevor sie starb.«

»Er gehörte meiner Mutter«, murmelte Romualdo und wendete den Ring ratlos ein paarmal in seinen Händen. »Ich kann das alles nicht glauben«, sagte er dann mit niedergeschlagener Stimme. »Es hört sich an wie ein Märchen – aber es weckt in mir keinerlei Gefühle. Und ich kann mich an all das, was Ihr zu wissen glaubt, nicht erinnern. Möglicherweise verwechselt Ihr mich einfach.«

»Nein!« Fantaghirò schüttelte den Kopf. »Ich verwechsle dich nicht. Mein Herz würde dich unter Tausenden blind erkennen, denn ich liebe dich.«

Romualdo wich zurück. »Wie könnt Ihr so etwas sagen? Ich kenne Euch nicht einmal.« Auf seinem Gesicht malte sich jetzt ein unsicheres Lächeln. »Dennoch spüre ich, daß es eine Frau gibt, die ich verzehrend liebe. Aber ich weiß nicht, wer sie ist.« Er wandte sich wieder dem Fenster zu und sah hinaus.

»Romualdo, ich bin die Frau, die du liebst«, antwortete Fantaghirò.

Romualdo blickte düster in die Ferne. »Ich bin in Eurer Hand. Ihr könnt mit mir machen, was Ihr wollt. Aber zur Liebe könnt Ihr selbst einen Gefangenen nicht zwingen.«

Bei diesen Worten schrak Fantaghirò auf. »Aber wie kannst du so etwas sagen? Wie kannst du glauben, mein Gefangener zu sein? Romualdo, besinne dich!«

Doch Romualdos Blick blieb düster. »Wenn es stimmt, daß ich nicht Euer Gefangener bin«, sagte er schließlich, »so bitte ich darum, gehen zu dürfen.«

Nur mit Mühe gelang es Fantaghirò jetzt noch, Fassung zu bewahren. Wie ein Donnerschlag hallten seine letzten Worte in ihren Ohren nach. »Aber wohin willst du gehen?« fragte sie schließlich. »Hier ist doch dein Zuhause.«

Romualdo barg verzweifelt seinen Kopf in den Händen. »Nein«, stammelte er, »nein. Es ist nicht hier. Aber ich weiß auch nicht, wo es ist.«

Fantaghirò schritt nun näher an ihn heran und legte beruhigend eine Hand auf seine Schulter. »Romualdo«, flüsterte sie, »geh nicht fort. Ich werde dir helfen, dich zu erinnern. Vertraue mir.«

Sie hob ihren Kopf und näherte sich seinem Gesicht. Fast berührten sich schon ihre Lippen, als er plötzlich zurückzuckte. »Nein, nein, verzeiht mir«, rief er aus und entwand sich Fantaghiròs Umarmung. »Ich will Euch nicht verletzen, aber Ihr seid nun einmal nicht die Frau, die ich liebe.«

Jetzt konnte sich Fantaghirò nicht mehr zurückhalten, und die Tränen rannen ihr übers Gesicht. Romualdo fuhr fort: »Ich leide grenzenlos, und ich muß die finden, für die allein mein Herz schlägt. Bitte, wenn Ihr mich wirklich liebt, so laßt mich gehen. Sonst werde ich mich vor Verlangen verzehren.« Er sank vor ihr auf die Knie. »Es liegt allein in Eurer Hand.«

Fantaghirò streichelte über Romualdos Haar. Wenn dies doch alles nur ein Alptraum wäre, aus dem sie bald erwachen würde! Aber ihr war klar, daß es Wirklichkeit war, die härteste, die sie je erfahren hatte. »Geliebter«, sagte sie schließlich mit zitternder Stimme, »nichts liegt mir ferner, als dich zu etwas zu zwingen, das du nicht willst. Die Vorstellung, dich als einen Gefangenen hierzubehalten, bereitet mir Schmerzen. Wenn du nicht bei mir bleiben willst, mußt du fortgehen, selbst wenn es mir das Herz brechen wird.« Sie reichte Romualdo die Hand und half ihm, sich zu erheben.

»Ihr laßt mich also ziehen?« fragte Romualdo ungläubig.

Fantaghirò nickte unter Tränen. »Wann immer du willst.«

Ein lauer Wind umwehte den Turm. Fantaghirò stand auf der höchsten Zinne und blickte in den Hof hinab. Dort unten bestieg Romualdo soeben das Pferd, das Fantaghirò für ihn hatte satteln lassen. Sie hatte diesen höchsten Punkt des Schlosses gewählt, um ihrem Geliebten so lange wie möglich hinterhersehen zu können.

Die Bedienten befestigten noch einige Proviantbeutel am Sattel des Pferdes, die Romualdo bei seiner Reise auf unbestimmte Zeit benötigen würde. Dann gab der rechtmäßige König des Landes dem Pferd die Sporen, und in eiligem Galopp verließ er den Hof seines Schlosses. Fantaghiròs Augen füllten sich mit Tränen, als sie zusah, wie Romualdo vor ihrer Liebe davonritt. Sie war jetzt völlig allein, selbst die Gans hatte sie seit der Ankunft im Schloß verlassen.

»Wie konntest du ihn einfach ziehen lassen?« Außer Atem trat der alte König neben sie auf die Plattform des Turmes. Unter großen Mühen hatte er die Stufen erklommen, um mit seiner Tochter zu sprechen. »Er ist immerhin König dieses Landes, und damit sind gewisse Pflichten verbunden«, redete er ihr ins Gewissen.

»Er liebt mich nicht mehr«, antwortete Fantaghirò und

wandte ihr tränenüberströmtes Gesicht ab. »Er wollte mich verlassen.«

»Was?« fragte der König ungläubig. »Ach, Unfug, er ist das Opfer eines Zaubers.«

»Vielleicht hast du recht, Vater, aber was nützt es? Wie kann ich eine Liebe einfordern, die mein Geliebter nicht empfindet«, widersprach Fantaghirò. »Er hat mich und unsere Geschichte einfach vergessen.«

»Dann hat er also auch vergessen, daß er König dieses Landes ist?« fragte der König.

»Ja, er erinnert sich an nichts mehr«, antwortete Fantaghirò tonlos. »Sein Herz und seine Gedanken werden von einer fremden Macht bestimmt. Ich kann nichts mehr tun.«

Der König schwieg einen Moment. »Meine liebe Fantaghirò«, sagte er dann tadelnd, »ich kenne dich nicht wieder. Auch du bist anscheinend von einer neuen, mir gänzlich unbekannten Macht besessen. Dein ganzes Leben lang hast du mir Widerworte gegeben. Du warst dickköpfig und unerschrocken. Und oft genug ging es dabei nur um allerlei Kleinigkeiten.« Er sah Fantaghirò von der Seite an, aber ihr Gesicht verriet keine Regung. »Wo sind dein Mut und deine Willenskraft geblieben? Jetzt ist der Moment gekommen, wo du sie einsetzen mußt.«

Doch Fantaghirò schüttelte den Kopf. »Ich kann nicht, Vater. Ich habe meine Kraft verloren. Sie ist mir seit dem Moment genommen, seitdem ich weiß, daß er mich nicht mehr liebt.« Fantaghirò lehnte sich plötzlich an ihren Vater und vergrub den Kopf an seiner breiten, alten Brust. »Helft mir, Vater. Ich habe keine Hoffnung mehr, ihn jemals wiederzusehen.«

»O nein, o nein«, der alte König schob Fantaghirò energisch von sich. »Stell dich richtig hin, und dann hörst du mir zu.« Seine dunklen Augen leuchteten voller Energie und sogleich so liebevoll, wie Fantaghirò es von ihrem

Vater gar nicht kannte. »Ich will dich jetzt nicht weiter weinen sehen«, fuhr der alte König fort. »Wo ist mein dickköpfiges Kind geblieben? Willst du dich einfach in dieses Schicksal fügen? Und was willst du dem Volk sagen, wenn es bemerkt, daß der König einfach auf und davon ist?«

Fantaghirò drehte sich zur Seite. »Ich werde niemandem mehr auch nur ein Wort sagen, der nicht bereit ist, meinen Schmerz zu respektieren«, rief sie aus. »Laßt das Volk feiern – und mich mit meinem Schmerz allein!« Und mit diesen Worten warf sie sich die Kapuze ihres Umhangs über und lief davon.

Der alte König blieb allein auf der höchsten Zinne seines Schlosses zurück. »Oh, Fantaghirò«, seufzte er. »Wenn dich die Weiße Hexe doch auch diesmal nur wieder zur Vernunft bringen könnte!«

Der Abend legte sich wie ein dunkles Tuch über die Ereignisse des Tages, und mit ihm begann das Fest. Denn noch wußte das Volk nichts von Romualdos Abreise, und überall im Land wurde die Rückkehr des Königspaars und seine bevorstehende Hochzeit gefeiert. Die Untertanen waren in ausgelassener Stimmung und jubelten Hochrufe auf Fantaghirò und Romualdo.

Nur im Schloß war alles still. Die Mitglieder der königlichen Familie hatten sich in ihre Gemächer zurückgezogen, auf den Gängen und in den Sälen herrschte eine traurige Stimmung. Hier war niemandem nach Feiern zumute.

Im Hof führten unterdessen die Gaukler und Spielleute ihre Künste vor. Musik erklang allenthalben, und das Volk tanzte ausgelassen zu den fröhlichen Klängen. Kinder, Frauen, Männer und Alte – alles war auf den Beinen, denn bei diesem freudigen Anlaß hielt es keinen Menschen zu Hause.

Fantaghirò fiel es schwer, von ihrem Fenster aus das Treiben zu beobachten. Sie hatte eigentlich allein sein und keine Menschenseele sehen wollen. Doch nun merkte sie, daß die Einsamkeit alles nur noch schwerer machte. Schließlich warf sie sich ihren Umhang über und trat hinaus auf den Hof. Sie verbarg das Gesicht so gut es ging in ihrer Kapuze, damit niemand sie erkennen konnte. Dann mischte sie sich unter die Feiernden. Fackeln erleuchteten den Hof, und in ihrem flackernden Schein sah Fantaghirò lauter fröhliche Mienen um sich herum. Sie zog die Kapuze noch enger um das Gesicht, das noch immer feucht von Tränen war.

Mit einem Mal drangen die Rufe einiger Kinder an ihr Ohr. »Kommt mit«, riefen sie, »der Puppenspieler spielt ein Stück über Fantaghirò und Romualdo.«

Fantaghirò wollte sich abwenden, um ihre Geschichte und die ihres Geliebten nicht in einem Kinderstück noch einmal betrachten zu müssen. Doch schon wurde sie vom Strom der Zuschauer erfaßt, der nun auf die kleine Bühne zustrebte.

Noch bevor sie umkehren konnte, hob sich der Vorhang, und Fantaghirò erblickte zwei Puppen, die sie und ihren Vater darstellten. Es war offenbar der Tag ihrer Geburt. Und dann führten die Puppenspieler Szenen aus ihrem gesamten Leben vor. Fantaghirò sah sich, wie sie als Kind immer wieder in den Brunnen hinabgelassen wurde; wie der Schreiber die endlose Liste der Versprechen vorlas, die Fantaghirò geben mußte, und über die jetzt selbst die Kinder lachten. Nun erschienen sogar Carolina und Katharina als Puppen, und man konnte zugucken, wie Fantaghirò mit ihnen stritt; wie die Schwestern sticken und kochen lernen mußten, während Fantaghirò sich über spannende Bücher beugte.

Dann sahen alle Zuschauer, wie Fantaghirò sich weigerte, den Ring des Prinzen Ussubul an den Finger zu stekken, und wie ihr Vater sie daraufhin zornig fortschickte, damit sie ihm bis zu dem Tag, da die Prinzen selbst im Schloß erscheinen würden, nicht mehr unter die Augen käme.

Jetzt mußte sogar die echte Fantaghirò ein wenig lächeln, denn sie erwartete nun die Szene, in der die drei Prinzen von Assabal um sie und ihre Schwestern werben würden. Doch plötzlich wechselte das Bühnenbild des kleinen Theaters, und zeigte einen dichten Wald, in den die Strahlen der Sonne kaum eindrangen. In diesem Wald befand sich Fantaghiròs Puppe, und an ihrer Seite stand der Weiße Ritter.

Als Fantaghiro das sah, seufzte sie leise. Nie mehr würden sie die Zauberkräfte der Weißen Hexe führen und beschützen können. Zu ihren und Romualdos Gunsten hatte sie auf ihre Macht verzichtet. Doch wozu? Es war alles umsonst gewesen.

Fantaghiròs Puppe trug genau das gleiche Kleid, das damals die Prinzessin getragen und dann abgeschnitten hatte, als der Weiße Ritter sie in der Kunst des Schwertkampfes unterrichtete. Und genau wie Fantaghirò an diesem Tag hob jetzt die Puppe einen Bogen.

»Nun atme ein«, erklärte der Weiße Ritter. »Hebe den Bogen und ziele. Denke den Flug des Pfeiles voraus. Dann atme aus und laß die Sehne frei.«

»Aber worauf soll ich denn zielen«, fragte die Puppe, während sie mit ihren hölzernen Händen den Bogen weiter aufrecht hielt. »Auf den Baum da drüben?«

»Das ist ein viel zu nahes Ziel«, antwortete der Weiße Ritter. »Ziele auf die Sonne. Du mußt versuchen, über den Hügel zu schießen.«

»Aber da drüben beginnt das Land des feindlichen Königs«, entgegnete Fantaghiròs Puppe. »Außerdem ist es ganz unmöglich. So weit komme ich nie!«

»Bevor du aufgibst, solltest du es versuchen«, ermunterte sie ihr Begleiter. »So wird es immer im Leben sein.

Und wenn du es erst versucht hast, wirst du feststellen, daß das Wort ›unmöglich‹ gar nicht existiert.«

»Schieß den Pfeil, schieß doch, Fantaghirò!« riefen die umstehenden Kinder der Puppe aufgeregt zu. »Du mußt es versuchen.«

»Und ich will es versuchen«, sagte Fantaghiròs Puppe. Dann schoß sie unter dem Jubel der Zuschauer den kleinen hölzernen Pfeil ab.

Das Publikum applaudierte, dann fiel der Vorhang zum Ende des Aktes.

Abrupt wandte Fantaghirò sich um. Was sie gesehen hatte, war nur ein harmloses Puppenspiel. Doch es rief schmerzhafte Erinnerungen in ihr wach: Die Erinnerung daran, wie sie bei der Jagd Romualdo zum ersten Mal begegnet war. Wie sie durch das Gebüsch hindurch, in dem Fantaghirò sich damals versteckt hatte, voneinander nur die Augen sahen und doch vom gleichen Moment an in heftiger Liebe zueinander entbrannt waren. Tränen verschleierten jetzt wieder Fantaghiròs Blick.

Der Weiße Ritter, der sie kämpfen gelehrt hatte, stand ihr nicht mehr zur Seite. Er war es gewesen, der ihr Vertrauen gegeben hatte und Zuversicht, als sie selbst keine Hoffnung hatte.

Noch einmal wandte Fantaghirò den Kopf der kleinen Bühne zu. Der Weiße Ritter selbst war längst verschwunden, es war nur eine Puppe gewesen, die seine Worte wiederholt hatte: »Bevor du aufgibst, solltest du es versuchen ...«

Von einem plötzlichen Entschluß gepackt, lief sie nun ins Schloß zurück. Der Wind wehte ihr die Kapuze vom Kopf, und sie bemerkte, daß einige der Untertanen sich ungläubig nach der Königin umdrehten. Doch sie hatte ihre Furcht und ihre Mutlosigkeit abgelegt. Warum sollte sie sich also noch verbergen?

Katharina und Carolina hatten ihrer Schwester noch einen kurzen Besuch abstatten wollen, bevor sie sich schlafen legten. Doch voller Schrecken stellten sie fest, daß Fantaghirò sich nicht in ihrem Zimmer befand.

»Wo mag sie nur sein?« fragte Carolina und ließ ihre großen braunen Augen ängstlich durch den Raum schweifen.

»Sie wird sich doch hoffentlich nichts angetan haben«, überlegte Katharina.

In diesem Moment wurde die schwere Holztür energisch aufgerissen, und Fantaghirò stürmte herein. Ihr Haar hing wild herunter, und sie warf ihren Umhang in die Ecke.

»Was ist los?« riefen Katharina und Carolina fast gleichzeitig aus.

Aber Fantaghirò antwortete nicht, sondern lief auf eine hölzerne Truhe zu, in der sie ihre Kleider aufbewahrte. Sie riß den Deckel hoch und begann, darin das Oberste zuunterst zu kehren.

»Nun sag doch etwas«, forderte Katharina besorgt.

»Meinst du, daß der Schmerz ihr die Sprache geraubt hat?« fragte Carolina.

»Keine Angst«, antwortete Fantaghirò jetzt, »ich bin weder stumm noch verrückt. Ich suche nur etwas. Ah, da ist es ja.« Sie zog an einem Kleid, das ganz unten auf dem Boden der Truhe lag. Jetzt kam es zum Vorschein. Es war das, welches Fantaghirò getragen hatte, als der Weiße Ritter sie damals im Bogenschießen unterrichtet hatte; das Kleid, das zur Vorlage von Fantaghiròs Puppe gedient hatte. »Das ist das Kleid, das ich trug, als Romualdo und ich uns zum ersten Mal begegneten«, erklärte sie ihren Schwestern.

»Und was willst du mit dem alten Fetzen tun?« Carolina sah ihre Schwester ungläubig an. »Du kannst dieses Kleid unmöglich noch einmal anziehen.«

»Das Wort ›unmöglich‹ solltest du aus deinem Wortschatz streichen«, gab Fantaghirò zurück. »Alles ist möglich, wenn man nur will. Und ich habe mich gerade entschlossen, meine und Romualdos Geschichte noch einmal von vorn zu beginnen.«

Wie Fantaghirò und Romualdo einander erlösten

Kaum war die Sonne aufgegangen, sattelte Fantaghirò ihr Pferd Goldmähne und ritt aus dem Schloß hinaus. Sie trug das Kleid, das sie am vorherigen Abend aus der Truhe gezogen hatte, und ihr Bogen hing, wie zur Jagd, griffbereit über ihrer Schulter. Ein kurzer Blick in den Spiegel hatte Fantaghirò bestätigt, daß sie genauso aussah wie an jenem Tag, als sie Romualdo zum ersten Mal gesehen hatte und die Prinzen von Assabal auf das Schloß ihres Vaters gekommen waren, um um die Hand der Prinzessinnen anzuhalten.

Für Fantaghirò galt es nun, die Vergangenheit einzuholen. Sie mußte Romualdo wiedertreffen, vielleicht würde dann alles so wie früher. Doch wohin sollte sie Goldmähne lenken? Wo mochte Romualdo hingeritten sein? Und würde sie ihn tatsächlich finden, bevor ihm eine andere Liebe und ein anderes Schicksal begegneten? Vom Fenster seines Gemaches aus waren Romualdos Blicke in die Ferne gestreift, so, als läge sein Ziel dort, irgendwo weit hinter dem Horizont. Inständig hoffte Fantaghirò, daß es nur der Horizont dieser Welt war, der Romualdo magisch anzog, und nicht die Grenze eines fremden und unheimlichen Reiches …

Fantaghirò zügelte ihr Pferd und blickte sich um. Der Wald sah in der einen Richtung so aus wie in der anderen. Wohin also sollte sie sich wenden?

Plötzlich vernahm sie ein feines Wispern. »He, Fantaghirò«, flüsterte jemand ihren Namen. Fantaghirò sah um sich. Wer konnte ihr so unbemerkt gefolgt sein?

»Hier sind wir«, flüsterte nun eine andere Stimme, die Fantaghirò irgendwo schon einmal gehört hatte. Sie blickte in die Höhe.

Auf dem breiten Ast eines mächtigen Baumes hockten Blitz und Donner. Sie baumelten vergnügt mit den Beinen und sahen aus wie zwei ganz normale, friedliche Kinder – wenn man einmal von ihrer nachtschwarzen Kleidung und den merkwürdig struppigen Haaren absah. »Pst!« machte Blitz, als Fantaghirò soeben den Mund öffnen wollte. »Er sitzt da vorne auf der Lichtung und macht Rast.«

»Seid leise«, fügte Donner jetzt hinzu, »sonst entdeckt er uns.«

»Ihr habt recht«, antwortete Fantaghirò, »es ist lieb von euch, daß ihr mich gewarnt habt.«

Donner lächelte breit. »Wir müssen von nun an ja das Gute-Werke-Tun üben.«

Fantaghirò nahm den Bogen von der Schulter. »Er darf mich keinesfalls sehen, bevor ich den Pfeil abgeschossen habe«, flüsterte sie und griff in den Köcher, um einen herauszuholen.

»Halt«, rief Blitz. »Ihr solltet kein Risiko eingehen. Was ist, wenn der Pfeil sein Ziel verfehlt? Nehmt lieber uns, wir sind absolut treffsicher.« Behende sprang er vom Baum herab, und als er den Boden berührte, steckte anstatt seiner ein spitzer, nachtschwarzer Pfeil in der Erde.

Jetzt sprang auch Donner vom Baum. »Blitz hat recht. Außerdem macht Bravsein solchen Spaß!« Sie verwandelte sich ebenfalls in einen schwarzen Pfeil und grub sich in den weichen Waldboden.

»Oh, danke!« antwortete Fantaghirò ein wenig verblüfft. Doch dann stieg sie aus dem Sattel. »Eure Hilfe beruhigt mich, jetzt, wo ich auf den Zauber der Weißen Hexe nicht mehr zählen kann. Nicht auszudenken, wenn der Pfeil danebenginge.«

Sie griff nach einem der Pfeile und hauchte einen flüchtigen Kuß darauf. Dann spannte sie ihn in die Sehne.

»Atme ein. Hebe den Bogen und ziele«, vernahm sie in ihrem Inneren wieder die Stimme des Weißen Ritters. »Denke den Flug des Pfeiles voraus. Dann atme aus und laß die Sehne frei. Ziele auf die Sonne. Du mußt versuchen, über den Hügel zu schießen.«

Fantaghirò hob ihre Augen zur Sonne, die durch das grüne Dach des Waldes schien. Dann ließ sie die Sehne los, und der Pfeil schoß mit einem leisen Pfeifen davon.

Romualdo stieg nach seiner kurzen Rast wieder in den Sattel. Die ganze Nacht hindurch war er unterwegs gewesen, ohne zu wissen, wohin. Trotz der Pause war er immer noch müde und erschöpft, so daß er sich kaum aufrecht auf dem Pferd halten konnte. Doch seine Sehnsucht, nach etwas, das er selbst nicht kannte, trieb ihn weiter voran.

Seitdem das Licht des Tages wieder in seine Augen fiel, lebte er nur noch im Heute. Er hatte keine Ahnung mehr, wer er war. Er wußte nicht, was mit ihm geschehen war. Dunkel erinnerte er sich, daß er auf einem fremden Schloß aus einem tiefen Schlaf erwacht war. Eine fremde Königin hatte mit ihm gesprochen, während sein Herz sich in Liebe verzehrte. Doch in Liebe zu wem? Wen konnte er lieben, wenn er von sich selbst nichts wußte; nicht wußte, wer er war? Und Romualdo merkte, daß er auch den flüchtigen Eindruck des Schlosses und der Frau schon wieder zu vergessen begann.

Er ergriff die Zügel des Pferdes, um es zu wenden, als plötzlich ein pfeifendes Geräusch die Luft zerschnitt. Unmittelbar darauf erklang ein dumpfer Ton, und ein Pfeil vibrierte im Stamm der mächtigen Linde, unter der Romualdo Rast gemacht hatte. Er hatte Romualdo nur um ein Weniges verfehlt.

Überrascht sah er sich um. Ihm war, als risse der Vorhang, der seine Erinnerung verschleierte, ein Stück auf. »He, wer ist da?« Er wendete sein Pferd und ritt in die Richtung, aus der der Pfeil gekommen war.

»So weit sind wir schon mal!« Donner, die gerade noch als schwarzer Pfeil die Luft durchquert hatte, hangelte vom Baum herunter und lächelte Romualdo zufrieden hinterher.

Nur unweit vor sich erblickte Romualdo eine Reiterin. Sie betrachtete ihn kurz aus der Ferne, dann gab sie ihrem Pferd die Sporen.

»Wartet, bleibt stehen!« rief Romualdo, aber die Reiterin trieb ihr Pferd nur noch mehr an. Schon galoppierte sie in schnellem Tempo über die Wiesen, die sich hinter dem Wald auftaten, davon, so daß ihre braunen Haare wild um ihren Kopf flatterten.

So sehr Romualdo sein Pferd auch anspornte, konnte er das vorauslaufende Tier doch nicht einholen. Geschickt setzte es über Bäche und umgestürzte Bäume, und es schien, daß es das Gewicht seiner Reiterin überhaupt nicht spürte.

»So wartet doch«, rief Romualdo, »ich muß mit Euch sprechen.«

Doch die Reiterin blickte sich nur einmal kurz um, dann lenkte sie ihr Pferd wieder in den Wald hinein. Romualdo folgte ihr, um sie nicht aus den Augen zu verlieren. Aber als er kurz nach ihr den Wald erreichte, war nichts mehr von ihr zu sehen; das Dickicht schien sie verschluckt zu haben. Er zügelte sein Pferd und blieb schließlich unschlüssig stehen. Nirgendwo entdeckte er auch nur den kleinsten Hinweis auf sie. Der Wald lag still und unberührt vor ihm. Wohin war sie nur verschwunden?

»Wo seid Ihr?« rief Romualdo in die Bäume hinein. »Glaubt mir, ich will nicht mit Euch kämpfen. Welchen Grund sollte ich haben? So zeigt Euch doch!« Und er machte ein paar Schritte in die Richtung, wo Fantaghirò sich im Gebüsch versteckt hielt. »Bestimmt, ich will Euch nichts antun.« Er bog die Zweige eines Strauches auseinander.

War es eine Sinnestäuschung, oder erblickte er jetzt tatsächlich ein Gesicht? Ja, es war das Gesicht einer jungen Frau. »Da bist du ja!« rief er aus, und für einen Moment glomm in seinen Augen der alte Glanz wieder auf.

Doch nun sprang Fantaghirò mit einem kleinen Schrei auf. Sie drehte sich um und lief davon, durch das Dickicht und das Gestrüpp der Bäume, und ohne darauf zu achten, daß die Zweige ihr die Kleider zerrissen.

»Nein! Warte!« rief Romualdo ihr nach. »Lauf nicht weg! Bitte!« Und er zog sein Schwert und schlug sich den Weg durch die Äste des Waldes frei, um ihr zu folgen. Doch er kam nicht weit.

»Halt, Ritter!« Eine gebieterische Stimme erklang aus den Tiefen der Bäume.

Augenblicklich ließ Romualdo sein Schwert sinken und sah sich nach der Stimme um. Vor ihm stand jetzt eine weiße, hochgewachsene Gestalt. »Wer seid Ihr?«

Die weiße Frauengestalt sah Romualdo fest an, aber ihr Blick verriet Güte. »Ich bin die Fee dieses Waldes. Fürchtet Euch nicht, ich besitze keine Zauberkräfte.« Bei diesen Worten zeichnete sich auf ihren Lippen ein wehmütiges Lächeln. »Doch ich wünsche nicht, daß Ihr auf die Bäume einschlagt. Sie stehen nicht in Eurer Schuld.«

»Es war nicht meine Absicht, sie zu verletzen. Ich war einfach unbedacht«, entschuldigte sich Romualdo. Dann leuchtete sein Gesicht plötzlich wieder auf. »Aber vielleicht könnt Ihr mir helfen. Ich bin auf der Suche nach einem

Mädchen oder einer jungen Frau. Ich habe ihr Gesicht zwischen diesen Sträuchern gesehen, und ich habe mich in sie verliebt.«

Die Weiße Fee nickte lächelnd. »Sie ist eine meiner Flußnymphen. Sie macht sich ihren Spaß mit den Sterblichen, denn niemals können eine Nymphe und ein Mensch zueinander finden.«

»Aber ihre Augen ...«, sagte Romualdo.

Doch die Weiße Fee winkte ab. »Sucht diese Augen in Eurer Welt. Und wenn Ihr sie gefunden habt, habt Ihr die Liebe gefunden – und Euch selbst. Nun geht, Ritter, geht.«

»Habe ich Hoffnung, sie zu finden?« fragte Romualdo.

»Ihr dürft die Hoffnung niemals aufgeben«, antwortete die Weiße Fee. »Dann werdet Ihr eines Tages auf sie treffen.«

Nun wandte sich Romualdo ab. »Eine Flußnymphe«, sagte er leise und starrte nachdenklich vor sich hin. »Ich werde also einen Fluß suchen müssen.« Er nahm die Halfter seines Pferdes und führte es eilig davon.

Sobald er außer Sichtweite war, erhob sich Fantaghirò aus ihrem Versteck. »Weiße Hexe, Weiße Hexe! Du bist da! Wie ist das möglich? Hast du nicht auf deine Zauberkraft verzichtet?«

»Doch, das habe ich.« Die Weiße Hexe nickte, und wieder umspielte ein wehmütiges Lächeln ihre Lippen. »Ich habe auf meine magischen Kräfte verzichtet. Ich werde nie mehr einen Gegenstand, einen Sterblichen oder Unsterblichen verzaubern können. Aber ich selbst werde immer ein Zauberwesen bleiben, dem es gegeben ist, zu kommen oder zu gehen, ohne sich dabei an die Regeln der Sterblichen halten zu müssen. Schau!« forderte sie Fantaghirò dann auf. »Ich habe dir etwas mitgebracht, von dem ich glaube, daß du es gebrauchen kannst.« Und sie deutete auf einen metallischen Gegenstand am Boden, in dem sich das Licht der Sonne brach – Fantaghiròs Rüstung.

Es dauerte nicht lange, bis Romualdo an einen Fluß gelangte. Er ließ sein Pferd am Ufer stehen und schritt selbst ein Stück in das Wasser hinein.

»Ihr Nymphen, wo seid ihr? Zeigt euch doch, nur einen kleinen Moment lang. Ich muß diese Augen wiederfinden.« Seine Stimme wurde flehender. »Nur durch diese Augen kann ich mich selbst wiederfinden. Wer bin ich ohne sie? Ich leide, also bitte, zeigt euch, ihr Nymphen!« Und er hieb verzweifelt auf die Oberfläche des Wassers ein.

»Auf diese Weise werdet Ihr sie sicher nicht locken können!« Eine strenge Stimme sprach Romualdo vom Ufer aus an. »Überhaupt! Was sucht Ihr in meinem Fluß?«

Romualdo sah zum Ufer und erkannte einen Ritter zu Pferde. Er war in voller Rüstung, und das schnabelförmige Visier seines Helmes war kampfbereit heruntergeklappt.

»Ich wußte nicht, daß es Euer Fluß ist«, antwortete Romualdo und schritt durch das seichte Wasser zurück ans Ufer. »Außerdem bin ich der Ansicht, daß ein Fluß niemandem gehört.«

»Ihr seid recht anmaßend«, entgegnete der Ritter. »Ich bin der Graf von Waldorf, und Ihr befindet Euch auf meinem Land.«

»Das habe ich nicht gewußt«, antwortete Romualdo. »Verzeiht, wenn ich Euer Gebiet verletzt habe.«

»Nicht nur mein Gebiet, sondern durch Eure frechen Reden habt Ihr auch meine Ehre verletzt. Ich fordere Euch zum Kampf.« Mit diesen Worten sprang der Ritter vom Pferd, zückte sein Schwert und hieb einige Male in Romualdos Richtung. Jetzt hatte auch Romualdo sein Schwert gezogen. Ein erbitterter Kampf entspann sich.

Doch es schien, daß Romualdo seinem Herausforderer überlegen war. Der Ritter wehrte sich zwar, aber so ungeschickt und schwach, daß er schon kurze Zeit später sein Schwert verlor und rücklings zu Boden fiel. Durch den

Sturz klappte sein schnabelförmiges Visier hoch und gab Fantaghiròs Gesicht frei.

»Ihr seid mutig, Graf von Waldorf«, sagte Romualdo, als er sich über Fantaghirò aufbaute und sein Schwert an ihren Hals setzte. »Leider seid Ihr kein guter Kämpfer. Ich könnte Euch jetzt den Todesstoß versetzen.«

»Dann tut es doch«, antwortete Fantaghirò und sah Romualdo fest an. »Ihr seid der rechtmäßige Sieger.«

Doch Romualdo schüttelte den Kopf. »Ich habe nicht die Absicht, Euch zu töten.« Er setzte sein Schwert ab und reichte Fantaghirò die Hand. »Steht auf, es ist ...« Er stockte plötzlich, als ihre Augen einander begegneten, und sah Fantaghirò an, als sehe er sie zum ersten Mal.

Auf diesen Moment hatte Fantaghirò gewartet. »Was ist?«

»Eure Augen ...«, stammelte Romualdo. »Ich habe sie schon einmal irgendwo gesehen. Aber ich kann mich nicht erinnern, wo. Und sie können nicht Euch gehören – einem Mann.«

»Vielleicht doch?« Fantaghirò richtete sich jetzt auf. »Küß mich«, sagte sie leise und näherte ihr Gesicht dem von Romualdo.

Aber Romualdo schüttelte den Kopf, während er weiter wie gebannt in Fantaghiròs Augen sah. »Nein«, er lachte ein wenig irritiert. »Ich kann mich zwar an nichts erinnern, aber ich glaube dennoch, daß ich noch nie einen Ritter geküßt habe.«

»Erinnerungen sind oft trügerisch«, antwortete Fantaghirò und blickte Romualdo ebenfalls tief in die Augen. Und wie von einer geheimen Magie angezogen, kamen sich ihre Gesichter langsam näher, bis sich ihre Lippen endlich berührten.

»Fantaghirò!« Wie ein Seufzer entrang sich ihr Name Romualdos Brust. »Du bist Fantaghirò!«

»Ja! Endlich erkennst du mich wieder!« Fantaghirò schob sich den Helm vom Kopf, so daß ihre langen, braunen Haare über ihre Schultern hinabfielen.

»Du bist Fantaghirò, und ich bin Romualdo«, rief Romualdo glücklich aus. »Meine Erinnerung. Endlich kehrt sie zurück.« Doch plötzlich wurde sein Blick starr.

»Romualdo? Was hast du denn?«

»Ich ... ich weiß nicht.« Er griff sich an den Kopf. Vor seinen Augen tanzte Fantaghiròs Gesicht plötzlich hundertfach hin und her. Dann verzerrte es sich zu einer erschrekkenden Grimasse, und Romualdo wich verstört zurück. Ein ungeheurer Schmerz dröhnte in seinem Kopf, so daß er schreiend zu Boden sank.

Fantaghirò schrie ebenfalls auf. »Geliebter, was hast du?«

»Es ist schrecklich«, stöhnte Romualdo, »es ist, als wollte mein Kopf zerspringen.«

In diesem Moment klaffte plötzlich die Wunde, die ihm der Kristallsplitter der Schwarzen Königin zugefügt hatte, auf seiner Stirn wieder auf und begann zu bluten. Dann sah man, wie sich langsam ein spitzer, kristallklarer Gegenstand aus ihr herausschob, mit ungeheurer Wucht aus Romualdos Stirn herausschoß, einige Meter weit flog und dann zu Boden fiel.

Zugleich erschütterte ein hysterisches Lachen die Luft, und überall breitete sich gelbschwefeliger Nebel aus. »Auf diesen Moment habe ich lange gewartet!« erklang eine Stimme aus dem Dunst, der inzwischen so dicht war, daß man kaum die eigene Hand vor den Augen sehen konnte.

Fantaghirò verlor Romualdo aus den Augen. Aber sie vernahm sein Rufen. »Geliebte! Fantaghirò! Wo bist du? Folge meiner Stimme.«

»Ich bin hier«, antwortete Fantaghirò, während sie sich langsam vorwärtstastete. »Sprich weiter mit mir, Romualdo, damit ich dich finde.«

Aber alles blieb still. Um sie herum war nur dichter Nebel. Auf einmal nahm sie jedoch einen Schatten wahr und ging auf ihn zu. »Da bist du ja endlich. Ich dachte schon, ich hätte dich wieder verloren.«

Der Schatten wandte sich um – und Fantaghirò blickte in ein Gesicht, das sie niemals wiederzusehen gehofft hatte.

»Ja, da bin ich endlich!« Die Schwarze Königin lachte aus vollem Halse. »Anscheinend konntest du es schon gar nicht mehr erwarten.«

»Wie kommt Ihr hierher?« schrie Fantaghirò entsetzt. »Ich habe Euch doch vernichtet!«

»Nicht ganz«, entgegnete die Schwarze Königin. »Ein kleiner Teil von mir hat überlebt, und Romualdo hat mir geholfen, im richtigen Moment wiederzukehren. Es war nicht einfach für mich«, fuhr sie fort, »aber es hat sich gelohnt. Denn jetzt ist der Augenblick gekommen, um eure Liebe endgültig zunichte zu machen.«

»Das wird Euch niemals gelingen«, entgegnete Fantaghirò, und wie zur Bestätigung vernahm sie Romualdos Stimme, die verzweifelt ihren Namen rief.

Auch die Schwarze Königin schien ihn gehört zu haben. Ihr Gesichtsausdruck wurde noch gemeiner. »Es ist aus. Ich werde euch beide auf ewig trennen.«

»Selbst wenn Ihr mich umbringt, meine Liebe zu Romualdo wird ewig leben«, schrie Fantaghirò außer sich.

»Ich werde dich nicht töten, Dummchen«, widersprach die Schwarze Königin gehässig, »ich will an euch noch viel länger Freude haben. Du wirst sogar sehr lange leben. Aber niemand wird mehr glauben wollen, daß du einstmals die schöne, kluge und mutige Fantaghirò warst!« Und sie machte mit ihren Fingern unheimliche Zeichen. »Leb wohl, Fantaghirò!« Und dann war um sie herum nichts mehr als dichter Nebel zu sehen.

»Was hast du mit ihr gemacht?« Romualdo stand jetzt

neben der Schwarzen Königin und hielt drohend sein Schwert über sie.

Die Zauberin sah ihn herablassend an. »Es gab Zeiten, da hast du nicht solche Fragen gestellt. Da warst du ganz von mir beseelt.«

»Durch Hexerei!« entgegnete Romualdo. »Ich war nur das Spiegelbild deiner eigenen Liebe zu dir selbst. Und jetzt sag mir, wo Fantaghirò ist.«

»Sie lebt!« antwortete die Schwarze Königin kurz. »Aber du wirst sie nie wiedersehen.«

»Dann töte mich«, forderte Romualdo.

»Niemals!« Die Schwarze Königin fuhr wie eine gereizte Schlange auf. »Du sollst leiden, so lautet mein Urteil, weil ich dich nicht besitzen kann. Und du sollst als Mensch zugrunde gehen, während deine Fantaghirò ganz nahe bei dir ist und doch unerreichbar bleibt. Es soll allen, die an die Reinheit und die Ewigkeit der Liebe glauben, eine Lehre sein.«

Jetzt zückte Romualdo sein Schwert und hieb voller Zorn und Verzweiflung auf seine Gegnerin ein. Doch der Stahl der Klinge durchschnitt ihren Körper, ohne ihn zu verletzen.

»Du Dummkopf, glaubst du, daß mir die Waffen der Sterblichen etwas anhaben können?«

»Wenn es die Waffen der Sterblichen nicht können, so kann es die Magie.« Säuselnd erhob sich ein Wind, und zwischen den Nebeln wurde die Gestalt der Weißen Hexe sichtbar.

Laut und hysterisch erklang das Lachen der Schwarzen Hexe. »Was willst du? Du hast deine magischen Kräfte verloren. Du kannst mir nichts anhaben.«

Die Weiße Hexe lächelte. Dann hob sie einen Bogen, in den ein Pfeil eingelegt war. Sie legte ihn an und spannte die Sehne. »Nein, ich kann dir nichts anhaben. Aber dieser Pfeil ist ein Überbleibsel deiner schwarzen Künste.« Und dann ließ sie die Sehne los. Nahezu lautlos durchschoß der schwarze Pfeil die Luft.

Die Schwarze Königin kreischte auf. »Verrat und nochmals Verrat. Nichts ist ekelhafter, als gegen die eigene Lehrmeisterin ...« Doch in diesem Moment bohrte sich der Pfeil schon in sie hinein und durch sie hindurch. Aus ihrem Körper stieg eine Feuersäule mit einem ungeheuren Fauchen in die Luft, zerstob in Funken, und dann sank sie auf dem Boden zusammen. Statt der Schwarzen Königin lagen jetzt nur noch unzählige pechschwarze Steine herum, aus denen einzelne schwache Rauchfahnen aufstiegen.

»Darauf habe ich mein Leben lang gewartet.« Blitz erhob sich zufrieden von der Stelle, wo sich der schwarze Pfeil zuvor in den Boden gebohrt hatte, dann lief er davon.

Romualdo stand noch immer wie gebannt. Er sah sich um, doch es war niemand zu sehen. Nur ein leichter, weißer Nebel, der sich langsam auflöste. »Fantaghirò?« rief er. »Was ist geschehen?«

»Die Schwarze Königin hat sie verzaubert«, erklang eine Stimme aus dem weißen Nebel. »Aber deine Liebe ist stärker als dieser Zauber. Du wirst sie suchen müssen.«

»Aber wo? Wo kann ich sie finden?« rief er.

»Dein Herz wird es dir sagen. Aber du hast nur eine Chance«, antwortete die Stimme erlöschend. Dann war alles still.

Mutlos wandte sich Romualdo zum Gehen. Wo sollte er Fantaghirò suchen? Wohin war sie verschwunden?

»Fantaghirò, wenn du mich hörst, gib mir ein Zeichen!« rief er schließlich.

Nichts geschah. Das Wasser des Flusses reflektierte vielfach das Licht der Sonne, und im hohen Gras des Ufers zirpten die Grillen.

»Romualdo«, rief plötzlich eine Stimme. Doch sie klang

nicht im entferntesten wie die von Fantaghirò, sondern tief und feucht, fast ein wenig blubbernd.

Romualdo drehte sich um und entdeckte am Ufer des Flusses einen dicken Karpfen, der Romualdo auffordernd anblickte. »Ich bin es«, sagte der Fisch, »ich bin deine Fantaghirò. Komm und nimm mich mit. Ich könnte in deinem Schloßteich leben, und du könntest mich jeden Tag mit Brotstückchen füttern.«

»Hör bloß nicht auf ihn«, meldete sich jetzt eine andere Stimme. Sie klang zwar wesentlich angenehmer als die des Fisches, aber ein wenig schnatternd. Als Romualdo sich verwirrt nach ihr umblickte, sah er einen schneeweißen Schwan auf sich zuschwimmen. »Oder bist du der Ansicht, daß deine Fantaghirò kalt wie ein Fisch war«, fragte das Tier.

Romualdo betrachtete den Schwan. »Bist du Fantaghirò, meine Geliebte?«

»Erkennst du mich denn nicht an meiner Schönheit wieder?« antwortete der Schwan und spreizte einen Flügel. »Küß mich!«

»Eingebildet bis dorthinaus«, fiel jetzt eine schnarrende Stimme ein, und Romualdo erblickte einen Krebs, der in dem seichten Wasser mühsam auf einen Stein kroch. Er klapperte ein paarmal mit den Scheren. »Sieh nur meine exzellenten Waffen. Ich bin deine Fantaghirò.«

»Niemals, niemals!« Eine Schildkröte reckte ihren Hals aus dem Wasser heraus und sah Romualdo sehnsüchtig an. »Es sind alles Betrüger. Ich bin die, die du küssen mußt.«

Und nun erhob sich unter den Tieren ein lauter Wettstreit darüber, wer denn nun in Wirklichkeit Fantaghirò sei. Jedes beteuerte, Romualdos Geliebte zu sein.

»Muß ich euch jetzt alle küssen?« fragte Romualdo.

»Nein, nur mich. Nur mich«, erscholl es ihm von allen vieren entgegen. »Du hast nur diesen einzigen Kuß.«

»So komme ich nicht weiter«, antwortete Romualdo. Er mußte seine Wahl wohlüberlegt treffen.

»Küß mich, Romualdo«, sagte der Schwan noch einmal eindringlich. »Verschleudere nicht deine einzige Chance.«

Romualdo zögerte. Doch dann schüttelte er den Kopf. »Nein, die Schwarze Königin hätte Fantaghirò niemals in ein so schönes Tier verwandelt.«

In diesem Moment fiel sein Blick auf den Boden. Ein wenig abseits hockte, ganz still, eine riesige Kröte. Sie klappte ein paarmal ihre Augen auf und zu, während sie Romualdo unverwandt ansah. Dann sprang sie plötzlich auf, machte einen gewaltigen Satz und landete am Ufer des Flusses.

»Willst du jetzt auch noch behaupten, daß du meine Geliebte bist?« fragte er. Aber die Kröte quakte nur kurz. Dann sprang sie noch einmal auf und platschte ins Wasser.

Romualdo sah ihr nach.

»Du machst einen Fehler, Romualdo«, meldete sich der Schwan wieder zu Wort. »Einen großen Fehler.«

Aber Romualdo schüttelte den Kopf. »Irgend etwas sagt mir ...« Doch dann hörte er abrupt auf zu sprechen, als wäre ihm plötzlich ein Gedanke gekommen, und stürzte sich ebenfalls in das seichte Wasser. Er machte einen Satz und noch einen. Dann hielt er die Kröte in den Händen.

»Du bist das einzige Tier, das nicht mit mir spricht«, sagte er zu ihr und sah ihr fest in die Glubschaugen. Doch die Kröte unkte nur vor sich hin. »Dabei könnte ich mir vorstellen, daß du mir am meisten von allen zu sagen hast.«

Die Kröte unkte noch immer. Doch plötzlich öffnete sie ihr Maul und spie einen gewaltigen Strahl genau in Romualdos Gesicht.

»Das sieht dir ähnlich«, lachte Romualdo. »Nur Fantaghirò ist in der Lage, Menschen von königlichem Geblüt so respektlos zu behandeln. Und jetzt, meine Liebe, werde ich dich küssen. Auch wenn du eine noch so häßliche Kröte bist.« Er hob das Tier ein wenig höher und drückte einen liebevollen Kuß auf den grünen Kopf.

Doch er hatte seine Lippen kaum wieder gelöst, da sprang die Kröte mit einem mächtigen Satz davon. Sie landete im tieferen Wasser und war augenblicklich verschwunden.

»Halt! Warte!« rief Romualdo. Dann sprang er hinter ihr her und tauchte an derselben Stelle wie sie im Wasser unter.

Prustend kam er kurz darauf zurück an die Oberfläche. Seine Brust rang nach Atem, und zugleich fühlte er an ihr das heftige Schlagen eines weiteren Herzens – Fantaghirò drückte sich fest an ihn.

»Ich hätte nie gedacht, daß ich jemals in meinem Leben eine Kröte küssen würde«, sagte Romualdo. »Das ist normalerweise die Aufgabe der Prinzessinnen, und nicht der Prinzen.«

»Du liest zu viele Märchen«, lachte Fantaghirò ihn aus. »Und außerdem war es sowieso das erste und das letzte Mal in deinem Leben. Ab sofort küßt du nur noch mich.«

»Meine Königin«, sagte Romualdo leise.

Und dann fanden ihre Lippen zueinander, als wollten sie sich nie mehr trennen.

»Es stimmt also doch, daß Küsse Wunder bewirken«, sagte Fantaghirò schließlich atemlos.

»Ja«, antwortete Romualdo. »Vorausgesetzt, man glaubt an Wunder.«

»Und an Küsse«, ergänzte Fantaghirò. Und so hatte sie, wie sie es von ihrer Kindheit an gewöhnt war, wieder einmal das letzte Wort.